中国歴史の旅

陳舜臣

Chin Shunshin
A journey into old china

たちばな出版

中国歴史の旅

中国歴史の旅　目次

北

西

東

南

装丁　川上成夫
写真　伊藤昇（日本写真映像専門学校・顧問）

北

黒龍江
大興安嶺
古高原
ハイラル
チチハル
大慶
哈爾浜
佳木斯
牡丹江
牡丹江
東京城
吉林
長春
通遼
四平
長白山脈
瀋陽
撫順
遼陽
鞍山
通化
鴨緑江
八達嶺
北京
天津
山海関
大連・旅順
渤海
煙台（芝罘）
黄河
済南
泰山
泰安
孔子廟
曲阜
青島
黄海
開封
徐州

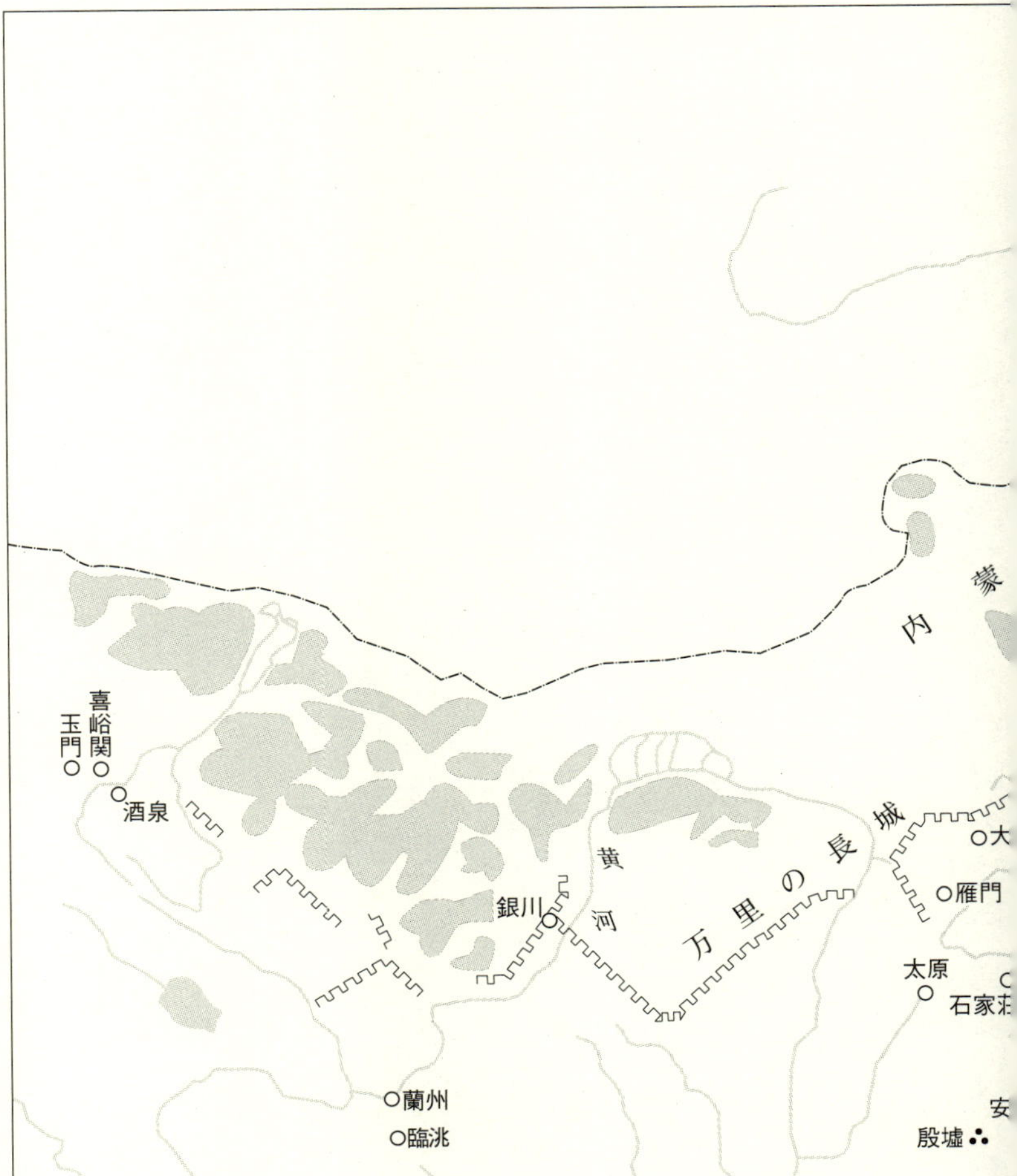

蒙
内
喜峪関
玉門
酒泉
万里の長城
黄河
銀川
大
雁門
太原
石家荘
蘭州
臨洮
安
殷墟
鄭州
渭水
咸陽
西安
洛陽
嵩山

北京　上

北京《ペキン》地方は、周《しゅう》代のはじめから燕《えん》に属していました。燕という国は、紀元前二二二年に、秦の始《し》皇帝《こうてい》にほろぼされたのですが、それまで約九百年もつづいたといわれています。そのあいだ、春《しゅん》秋戦国《じゅうせんごく》の乱世を経ていますので、都はなんども移転したでしょう。それでも、たいてい現在の北京の近辺であったと推定されています。そんなわけで、北京の別名を、「燕京《えんけい》」と呼ぶこともあるのです。

燕は戦国七雄《せんごくしちゆう》の一つでしたが、燕の都といっても、中国全土からみれば、一地方政権の所在地にすぎません。

十世紀になって、北京は遼《りよう》の五京の一つとされました。遼は宋《そう》と天下を二分した勢力なので、ただの地方政権ではなかったのです。それでもやはり中国の中心とはいえません。遼代の北京は「南京」と呼ばれていました。いまの私たちには奇異に思えるのですが、遼の版図からいえば、ここは国土の南方にあたっていたからです。

十二世紀半ば、北京は金《きん》の「中都」となりました。金は遼よりも大きな国でしたが、依然として中国の統一政権ではありません。宋がまだ南方でがんばっていたのです。

南宋《なんそう》がほろびたのは一二七九年のことで、元《げん》はやっと全中国を支配し、北京は、事実上の国都としてはじめて全中国の中心となったのです。当時の北京は「大都《だいと》」と呼ばれていました。

明《みん》の太祖《たいそ》朱元璋《しゆげんしよう》が、元をたおしたのは一三六八年のことで、はじめは南京《ナンキン》を国都としましたが、成祖《せいそ》永楽帝《えいらく》の時代、北京に紫禁城《しきんじよう》を造営し、一四二一年に正式に遷都したのです。

このときの明の成祖の国都づくりは、元の大都を一部にとりこんでいますが、ほとんど新しい造営といってよいでしょう。それは現在の北京の主要骨格となっています。明につづいて清《しん》も、北京を国都として、長期政権を保ちましたが、北京のまちにたいしては、根本的な変革は加えませんでした。

むかしの中国の都市は、城壁で囲まれていたものです。北京も例外ではありません。けれども、城壁をつくると、一定限度の建物しか収容できなくなります。人びとは、しぜんに城外に家をつくるようになりました。そこで、それらの民家をさらに囲むために、新しい城壁をつくることをきめたのが、一五五三年のことでした。はじめは四囲にそれをつくって、二重の城壁にするつもりでしたが、経費の都合で、南がわにつぎ足しただけになったのです。それ以来、もとの城壁は「内城」、つぎ足した南の部分は「外城《がいじよう》」または「羅城《らじよう》」と呼ばれています。

解放後、北京の城壁は、つぎつぎと取り払われました。近代都市として生き残るためには、城壁はどうしても邪魔になります。かつての北京を囲んでいた城壁は、東面五・五キロ、西面四・七キロ、南面七キロ、北面六・八キロで、のべにして二十四キロもありました。場所によって差はありますが、城壁の高さは、たいてい十メートル以上あり、基層部の厚さは二十メートル、上面のはばは十七メートルほどあったのです。

地上から姿を消した城壁を、頭のなかで再現したいと思われる人は、記念物として保存されている正陽門（「前門《チエンメン》」と呼ばれています）のまえに立ってください。その両翼に、灰黒色の煉瓦《れんが》で積まれた壁が、ずうーっとのびているシーンが、すこしは想像できるでしょう。

北京市といえば、省と同格の特別市で、面積は一万七千八百平方キロもあり、これは日本の四国全県のひろさとほぼおなじです。このような中国の特別市は、首都北京のほかに、天津《てんしん》と上海《シャンハイ》の二つがあります。私たちがふつう北京と考えているのは、そのなかの一部で、かつて城壁に囲まれていた北京のまちを中心にした一帯ということになります。北京市の人口は約七百五十万ということです。

北京を訪れた人は、かならず故宮《こきゅう》に案内されるでしょう。

故宮とは、封建王朝の支配者たちが住んでいた、「故《もと》の宮殿」を意味します。

北京の内城のなかに、皇城と呼ばれる一画があります。そこもかつては城壁で囲まれていました。皇帝の住む、いわゆる紫禁城《しきんじょう》は、さらにその皇城のなかにつくられていたのです。むかしの専制皇帝は、三重に囲われた土地に宮殿を建てたことになります。彼らのぜいたくな生活や、ものものしい権威は、搾取によって成り立っていたので、彼らは人民が造反することをたいそうおそれ、このように用心に用心を重ねたのです。

故宮を囲む皇城の正門が天安門《てんあんもん》で、故宮そのものの正門は「午門《ごもん》」と呼ばれています。天安門は明代には承天門《しょうてんもん》と呼ばれたのを、清の世祖のとき、重建したのを機に、天安門と改称したのです。天安門は新しい北京、いや新しい中国のシンボルとして、テレビや写真によく登場するので、日本の人たちにもなじみの深いものとなりました。

その下に五つのアーチ型の通路をもつ天安門は、それ自体がすでに巨大な宮殿です。この天安門は、長いあいだ、黙って中国の歴史をながめてきました。国家に大事件があったとき、それがよろこびごとであれ、悲しむべきことであれ、ここでさまざまな詔書が発表されたのです。

一九〇〇年の義和団《ぎわだん》事件のとき、天安門のすぐ前に、戦いの焰《ほのお》と煙とがあがったはずです。一九一九年の五四運動《ごしうんどう》のとき、北京の愛国的な学生や知識人は、日本のつきつけた二十一ケ条の要求に屈した軍閥《ぐんばつ》政府に、抗議の行動をここからスタートさせました。一九四九年十月一日、中華人民共和国の成立が告げられたのも天安門においてだったのです。

一九七六年四月の清明節《せいめいせつ》におこった天安門事件が、ここを舞台にしたことはいうまでもありません。

天安門はむかし、為政者が一般の人たちにしらせる、詔書発表の舞台でした。二十世紀になってからは、そこは奮起した人びとが、自分たちの革命的な意図を、全国に訴える場所となりました。天安門はその意味でただの中国のシンボルではなく、高らかに鼓動する中国の心臓といってよいでしょう。

城といえば、石垣のうえにそびえる天守閣の白壁を、すぐに想像する日本の人たちにとって、黄の琉璃瓦《るりがわら》をいただいた朱塗りの柱、代赭《たいしゃ》の壁、大理石の欄干という故宮は、いささか勝手がちがうと思います。ともあれ、天安門をくぐり、さらに午門を抜けると、そこに別世界がひろがっているのです。

太和殿、中和殿、保和殿は外朝三殿と呼ばれ、封建王朝の公式の行事をおこなう場所でした。ひろい外朝をまっすぐ北へ行くと、内廷にはいります。外朝はがらんとしていますが、内廷は建物が多く、迷路のようなかんじの場所もあります。日本でいう大奥に相当するのですが、皇帝が日常の政務をみるのも、この内廷のなかでした。

形式的な外朝よりも、この内廷で歴史はつくられたといえるでしょう。乾清宮《けんせいきゅう》という建物は、清代の皇帝執務室でした。アヘン戦争の直前、林則徐《りんそくじょ》が呼ばれて皇帝に会ったのもここです。

さまざまな歴史が、故宮のなかに封じ込められています。またおおぜいの宮女が、ここで青春をとじこめられたのです。彼女たちの嘆きが、故宮の地下に埋められているような気がします。宮殿造営にあたった工匠たちの苦心も、一本の柱、一枚の瓦のなかにこめられて、私たちになにかを語りかけてくるようではありませんか。

明と清という、二つの大きな王朝が、この故宮で滅亡の日を迎えています。清の場合は、王朝が滅びたあとも、退位した元皇帝がしばらくここに住むことを許されていました。けれども、明の場合は、李自成《りじせい》軍に攻められて北京城が陥落し、皇帝が自殺するといった事件がおこったのです。

それは一六四四年のことでした。日本では三代将軍家光《いえみつ》の時代です。日本では新しい政権が樹立されてまもない時期でしたが、中国では二百余年つづいた王朝が腐敗しきっていました。誰も人民の生活のことなど考えません。失政つづきでしたが、皇帝はその責任を大臣になすりつけ、そのたびに処刑に処したのです。役人たちは役人たちで、頭にあるのは賄賂《わいろ》と横領のことばかりでした。これでは人民はたまったものではありません。飢饉《ききん》がつづき、農民は離散しました。飢饉の原因は、かならずしも天候不良による凶作ではなかったのです。いくら汗を流して田を耕しても、収穫はほとんど地主と役人に持って行かれます。いや、それだけではありません。まだ足りないのです。税金滞納で投獄されます。これでは、農民が土地をすてて逃亡するのもむりはないでしょう。

逃亡した農民たちは、組織をつくり、圧政に反抗しようとしました。さまざまなグループが統合され、しだいに大きな組織となり、みずからを武装したのです。李自成はそのような武装農民集団の指導者でした。彼自身は失業した駅卒（日本の宿場人足にあたる）でしたが、強力な統率力をもち、西安《せいあん》（陝西省《せんせい》）から東のかた北京をめざして攻めのぼったのです。

――たかが百姓や宿場人足に、なにができるか。……

明王朝の幹部たちは、はじめはそうタカをくくっていましたが、李自成軍は連戦連勝、東進するに従って、軍勢はますますふえて行くのです。皇帝や大臣たちが、まさかと思っていたのに、李自成軍は北京の城下にそのすがたをあらわしました。

あっというまに北京城は包囲され、明軍は戦意を喪失してしまったのです。紫禁城のなかで、崇《すう》禎《てい》帝は妻子を殺し、うしろの景山《けいざん》に登って自縊《じい》してしまいました。そのまえに、彼は非常用の警鐘を、みずから鳴らしたのですが、一人も馳《は》せ参じる者はいなかったということです。人心を失った政権の末路は、このようなものだというサンプルでしょう。

明の最後の皇帝が自殺した景山は、紫禁城の鎮山として、故宮のすぐ北につくられた人工の山です。一名を「煤山《メイシャン》」といいます。煤とは中国語で石炭のことです。この人工の山は、元の時代につくられました。万一、北京が敵に包囲されたとき、燃料に困らないように、石炭の山を積みあげ、それに土をかぶせたということです。いまでは草木が茂って、ふつうの小山にしかみえません。地中にほんとうに石炭が埋められているのかどうか、まだ試掘した人はいないようです。

景山は高さ九十二メートルにすぎませんが、故宮を足もとに望むことができます。景山の西が北海です。海といっても、むろん湖のことで、しかも景山とおなじように、人工のものです。北海のなかにやはり人工の島があり、そこにラマ寺院の白い塔があるので、ふつう白塔山《バイタア・シャン》と呼ばれています。景山も北海も、四人組時代は閉鎖されていましたが、いまは開放されて、再び人民の憩いの場所になりました。

北海は冬になると結氷します。十八世紀の清代の記録に、人びとが鉄歯《てつし》をつけた靴をはいて氷上をすべった、とありますから、中国のスケートの歴史はかなり古いようです。けれども、北海は故宮の外とはいえ、皇城のなかですから、一般の人は立入りできません。古い歴史をもつとはいえ、北海のスケートは、むかしは一部の特権階級だけに許されたスポーツでした。

景山が紫禁城の鎮めの山として築かれたのは、前述したように元代ですが、北海のほうは、もっと古く、十二世紀の金《きん》代ともいい、また遼代だという説もあります。遼代だとすれば、十世紀から十一世紀にかけての時期にあたるのです。

白塔山の本名は瓊島《けいとう》で、うつくしい玉《ぎょく》のような島という意味です。金軍が北宋《ほくそう》の首都（現在の開《かい》封市《ほう》）を陥《おと》し、その東北の艮嶽《こんがく》で名石を得て、北京へ持ち帰り、それをもとにして人工の島をつくったといわれています。北宋の首都陥落は一一二六年のことでした。島のうえにラマ教の白塔がつくられたのは、清《しん》の順治《じゅんち》年間（一六四四—一六六一）と記録されていますから、島ができて五百年以上もたってからのことです。

おそらくこの緑濃く水清い北海のほとりでも、さまざまな歴史絵巻がくりひろげられたことでしょう。禁苑《きんえん》として庶民には無縁の土地でしたから、ここでおこった出来事は、すべて宮廷人にまつわることでした。着飾った人たちが、はなやかにいろどられた舟に乗って、のんびりと舟遊びをたのしんだのです。表面はのんびりしているようにみえても、頭のなかは、いそがしく陰謀をたくらんでいたかもしれません。宮女たちの歓声が、水のうえを風にのって、そのあたりにきこえたことでしょう。

舟遊びの最豪華版は、元《げん》の最後の皇帝がつくった龍船ではないかと思います。一三五三年の十一月に建造された龍船は、長さ百六十メートル、はば六・五メートル、船上に五つの宮殿をのせ、五彩の装飾をほどこし、黄金で飾られていました。船首は龍をかたどっていますが、船がうごけば、その龍の頭や目玉もうごく仕掛けがしてあったそうです。こんなものをつくって遊び呆《ほう》けていたので、その十五年後、明の朱元璋に北京を攻められ、あわてて北の草原の彼方《かなた》に逃げなければならなくなりました。元の順帝はこのとき、抵抗もせずに首都を脱出しましたので、元・明の交替期に、北京は戦火を免れることができたのです。

景山あるいは北海の白塔山から、北京のまちを眺めてみましょう。いまは高層建築がかなりふえていますが、むかしはそのようなビルはありません。それどころか、地域によって、二階建を禁じられたところもありました。封建王朝の支配者たちは、自分たちの宮殿や役所などを大きく造り、そのうえ、いっそう大きく見えるように、まわりに民間の大きな建造物を禁じたのです。まわりが低く、小さいので、彼らの建てたものの巨大さが、際立つという考え方でした。

鼓楼《ころう》と鐘楼《しょうろう》はいまでも目立っていますが、むかしはもっとくっきりしていたことでしょう。読んで字のごとく、太鼓と鐘をおいた楼閣で、市民に時刻をしらせ、非常のときには警報用にしたものです。どちらも元の世祖フビライ（在位一二六〇—一二九四）の時代に建てられました。鐘楼はいちど自然倒壊し、つぎに火災で失われ、現在のものは一七四五年に建てられた三代目です。鼓楼は創建のものに、なんども大修理を加えて、なんとか保存してきています。鐘楼は修理のたびに規模が縮小されましたので、現在では鼓楼のほうがずっと大きいわけです。長さ五十メートル、はば三十四メートル、高さ三十メートルといわれています。

元の首都であったころ、鼓楼のあたりがまちの中心でしたが、明代の大改建で、いまは北寄りになっています。まちの南寄りの大建造物といえば、あの有名な天壇《てんだん》です。ほんとうは、白い三層の大理石の台が天壇で、皇帝がここで天を拝したのです。高さはそれほどではありません。むかしは禁苑でしたが、いまはむろん一般に公開され、「天壇公園」と名づけられています。その公園の北がわに、巨大な祈念殿《きねんでん》という建物があり、農作祈願の場所とされていました。三層の傘型の屋根は琉璃瓦《るりがわら》で、本体は朱塗り、内部はまばゆいほどあざやかな過剰装飾です。梅原龍三郎の絵で日本人にもなじまれた建物で、その絵が「天壇」と呼ばれているように、天壇といえば、この建物を指すこともあります。

明の成祖が遷都に備えて、都城造営と時を同じくして築かせたもので、一四二〇年の創建です。祈年殿（明代は大享殿と呼ばれていました）は、一八九九年、義和団事件のちょうど一年まえ、落雷のため焼けおちてしまいました。

現在の祈年殿はその七年後に完工したので、二十世紀の建物ということになります。再建のとき、もとの祈年殿よりひとまわり小さくしたそうです。もとの建物の大きさを、この祈年殿から拡大想像してみるのもおもしろいでしょう。

天壇の西に、農業神をまつった先農壇があり、いまは体育場になっています。さらにその西隣が陶然亭《とうぜんてい》です。祈年殿のけばけばしい、いかにも人工的な過剰装飾に接したあと、その反対のものを見ると、ほっとするのでしょう。芥川龍之介も北京を訪れたとき、陶然亭のたたずまいを見て、

——簡素にして愛すべし。

と、ほめています。ここは一六九五年、工部郎中の江藻《こうそう》という人物が建てたものです。亭の名前は、白居易《はくきょい》の詩の、

更待菊黄家醸熟　更に菊の黄にして家醸熟すを待てば
与君一酔一陶然　君と一たび酔えば一たび陶然たり

から採《と》ったといわれています。清代は文人墨客《ぶんじんぼっかく》がよくここを訪れ、詩の応酬をしたものです。なかには、その壁に詩を書きつける人もいました。

科挙《かきょ》の試験の最終段階である会試《かいし》に失敗した、龔自珍《きょうじちん》のつくった己卯《きぼう》（一八一九）雑詩のなかにも、陶然亭の壁に書きつけたものがあります。ついでに、それを引用してみましょう。

楼閣参差未上灯　楼閣参差《しんし》として未《いま》だ灯を上《のぼ》せず
菰蘆深処有人行　菰蘆《ころ》深き処《ところ》人の行く有り
憑君且莫登高望　君に憑《よ》りて且《しばら》く登高して望む莫《なか》れ
忽忽中原暮靄生　忽忽中原《こつこつちゅうげん》に暮靄《ぼあい》生ず

これには「陶然亭の壁に題す」という自註《じちゅう》がついています。

このあたりの楼閣は高低まちまちで、まだあかりがついていないという、夕暮どきの情景をうたったものです。菰蘆（まこもや葦《あし》）の深いところを歩く人のすがたが見えます。陶然亭には円池があり、水辺にそのような草が生えているのです。「憑君」とは、君におねがいする、というほどの意味でしょう。この陶然亭を訪ねるあなたに、あまり高いところへ登って眺めるのはやめなさい、とアドバイスしています。なぜかといえば、中原——中国の中心であるこの北京は、夕もやが立ちこめているのですから。……これが詩の大意です。

夕もやがかかって、どうせはっきりと見えないから、高みに登って見渡しても仕方がありません。

——表面上はそんな意味ですが、その底にかくされているのは、

——中国の黄金時代はすぎ去り、斜陽の時代にはいった。景色は夕もやにくもっているが、それを見る人の心もくもるだろう。

という、切ないおもいでしょう。

そうです。北京は新興の意気にもえた時代、はなやかだった時代もあれば、衰退の時代もあったのです。

元が北京で国都をつくったときの意気ごみは、たいへんなものだったでしょう。モンゴル族皇帝フビライはチンギス汗の孫であり、その世界帝国の継承者でした。北京はまさに世界のキャピタルだったのです。フビライの時代に北京を訪れたマルコ・ポーロは、

——その美しさ、巧みな配置ぶりに至っては、とうてい筆舌の及ぶところではない。

と感歎《かんたん》しました。しかし、世界帝国の首都であった北京にも、暗黒面がなかったわけではありません。北京のすばらしさに目をみはったマルコ・ポーロも、

——二万五千人にのぼる遊女が、金銭のため男たちに春をひさいでいる。

と、影の部分を述べています。

元の世界帝国もやがて没落し、歴史の舞台から去って行きました。

かわった明王朝は、成祖の時代に南京からこの北京へ国都を移したのですが、天壇などをつくったときは、最強盛の時代でした。しかし、爛熟《らんじゅく》期から衰退期にはいり、ついには皇帝の警鐘をきいても、誰一人かけつけないという末期症状を呈することになったのです。

つぎの清王朝も、康熙《こうき》、雍正《ようせい》、乾隆《けんりゅう》の三代がピークでした。龔自珍が陶然亭の壁に詩を題したのは、もう盛りをすぎた時代だったのです。彼は詩人の鋭い感覚で、時代の傾斜していることに気づきました。アヘン戦争勃発《ぼっぱつ》の直前に、彼は急死したのです。彼の詩には、アヘン戦争後の、中国の転落を予言するようなものがあります。

日本人がはじめて首都北京を訪れたのは、いつだったでしょうか？　元代は元寇《げんこう》などがあって、両国は交戦状態がつづき、国としてのつき合いはほとんどありませんでした。鎌倉《かまくら》時代は、僧侶の中国訪問はかなり盛んでしたが、おもに浙江《せっこう》省の天台山《てんだいさん》へ行ったようです。それでも、たまには旅行で北京を訪ねた人があったかもしれません。

室町《むろまち》時代、足利義満《あしかがよしみつ》は明《みん》に国書を送りましたが、成祖が北京へ遷都する前なので、使節は南京へ行っただけでしょう。

明の成祖永楽《えいらく》帝は、幸田露伴の小説『運命』によって、日本の文学愛好者にもよく知られた人物です。足利義教《あしかがよしのり》が明へ使節を送ったのは、一四三二年と一四三四年の二回でしたが、当時の明の皇帝は成祖の孫にあたる宣宗《せんそう》で、国都はいうまでもなく北京です。日本人の北京入り第一号は、おそらくこのときの使節だったでしょう。

けれども私が北京の地を踏んで、中国と日本の交流の歴史をおもうとき、まず念頭にうかぶのは、雪舟《せっしゅう》のことです。雪舟は中世日本最高の画人でした。彼は室町幕府の遣明船《けんみんせん》に乗って中国に渡りましたが、けっして外交官ではありません。彼は画業を磨くために渡航したのです。一四六七年、雪舟四十八歳のとき、念願かなって彼は中国に上陸しました。そのときの遣明正使は天与清啓《てんよせいけい》、副使は桂庵玄樹《けいあんげんじゅ》でした。当時の遣明使には、たいてい五山の学僧がえらばれたのです。『明史』日本伝には、成化四年（一四六八）十一月、使臣清啓が復《ま》た来貢す、と記されています。文化史的には、雪舟のほうが清啓や玄樹よりも重要ですが、明の史官はそんなことは知りませんから、清啓の名しか記録していません。雪舟は清啓より先に北京にはいっていたようです。その待機の期間、彼は礼部院中堂に壁画をかいたといわれています。画人としての実力は、明の首都でも認められたのです。

雪舟はこの北京で、中国の画人からいろんなことを学んだでしょうが、同時に中国の景観からも学ぶところがあったはずです。日本と似た江南《こうなん》だけではなく、日本とはまったく異なる華北《かほく》の山水に接したことは、雪舟の画業に大きな収穫となったにちがいありません。彼は四季山水図をよくかきましたが、現在、東京国立博物館に蔵されている『四季山水図』は、北京滞在中の作品だといわれています。

雪舟がその後の日本の画壇に与えた影響は、きわめて大きいといわねばなりません。その意味で、彼が北京で吸収したものが、日本の後世の画人に、なにかの形で伝えられているにちがいないのです。

北京滞在中、雪舟がどこに泊っていたかわかりませんが、新年の賜宴に出席したそうですから、故宮にはいったことはたしかです。それに、前にも述べましたが、当時は目立つ建物はかぎられていたでしょう。

景山や北海は、参内《さんだい》のときに見たでしょうし、鼓楼のすがたも、この日本の代表的画人の心眼に焼きつけられたはずです。北京のまち、それから郊外を歩くとき、私はふと自分が雪舟の目を追って、風景を見ているような気がすることがあります。

なお明が滅亡して、清《しん》が北京にはいった年に、日本人がここへ連れてこられています。無名の越前商人です。彼は漂流して救出され、北京へ護送されました。帰国したあと、彼は幕府に、中国事情を聴取され、それが記録に残っています。日本人が奇妙な歴史の証人となったのもおもしろいのですが、彼の北京印象記を、もっとくわしくききたい気がします。

北京　下

北京《ペキン》の郊外へ行ってみましょう。

ここで郊外というのは、むかしの城壁の外という意味です。西北郊に北京大学、清華《せいか》大学そして頤和園《いわえん》などがありますが、東京の住人の感覚からいえば、このあたりは市内に属するでしょう。都心からそんなに遠くはなれていません。

頤和園は清朝時代の離宮です。西太后《せいたいこう》が海軍の予算を、この離宮につぎこんだのは有名な話なので、彼女がつくったと思われています。じっさいは、西太后は手を加えたにすぎません。ここにはもと寺院があり、好山園と呼ばれる庭園もありました。それを離宮にするために改造したのは、乾《けん》隆《りゅう》十五年（一七五〇）のことです。

乾隆帝は江南の風物を好みました。ところが、河北にある首都北京の近くでは、江南らしいムードに接することはできません。そこで、人工的にそれをつくったのが、この離宮だったのです。はじめは「清漪園《せいいえん》」と名づけていましたが、百四十年ほどのち、西太后が自分の隠居所にするため、大改造をしたとき、「頤和園」と改名しました。

園内にある万寿山は、乾隆帝が皇太后の誕生日を祝って、一七六〇年に報恩延寿寺を建て、その岡《おか》にこのめでたい名をつけたのです。ひろびろとした昆明湖《こんめいこ》も、もとをただせば人工のもので、石舫《せきぼう》（石造の船）が似合うのもそのためかもしれません。

頤和園の名物は、なんといっても、邀月門《ようげつもん》からはじまる七百メートルの「長廊」です。その長い廊下の天井や梁欄《りようらん》に、極彩色の絵がびっしりと描きこまれています。

ここでは総体的に、人工的な、けばけばしさが目立ちます。歴史をふりかえるとすれば、西太后という一人の愚かな女性のために、一般の中国人がどんなひどい目に遭ったかということが、その中心になるでしょう。絶対的な権力者だったかもしれませんが、彼女にわがままを通させた、李鴻章《りこうしよう》はじめ当時の政治家たちの不甲斐《ふがい》なさに、歯痒《はがゆ》い気がしてなりません。

歴史を回顧するのであれば、頤和園よりもっと適当な場所が、その近くにあります。それは円明園《えんめいえん》です。

頤和園の東北にある円明園も、清の皇室の離宮でした。離宮としての歴史は、頤和園よりもやや古く、雍正《ようせい》帝が父の康熙《こうき》帝からもらいうけた廃園を、りっぱなものに改造したのが一七〇九年のことでした。その後、近くに長春園《ちようしゆんえん》や綺春園《きしゆんえん》がつくられ、円明園とあわせて三園となったのです。この三園を総称するときは、一ばん古い円明園の名が用いられています。

本来の円明園だけで、東西一・六キロ、南北一・三キロありました。この円明園の特長は、十八世紀のはじめ、中国ではまだめずらしかった西洋ふうの建物「海晏堂《かいあんどう》」があったことでしょう。それはパリのベルサイユ宮殿を模したものといわれています。

北京に近い離宮というので、歴代皇帝はよく円明園を利用しました。とくに乾隆帝は、こよなくここを愛したようです。園内の四十景をえらんでその詩をつくり、挿絵をつけて刊行したほどでした。また自分の畢生《ひっせい》の文化行事である『四庫全書《しこぜんしょ》』をはじめ、金と権力にあかして集めた書画、骨董《こっとう》、善本のコレクション、金銀財宝などをここにおさめたのです。ですから、当時、ここは世界最大の美術館であり、図書館でもありました。

では、なぜ西太后が、このすばらしい離宮を利用しなかったのでしょうか？　距離からいって、円明園と頤和園はそれほどかわりはありません。――理由はいたってかんたんです。西太后が権力を手にしたころ、円明園はすでに破壊されていたからです。のこされたのは残骸《ざんがい》だけでした。それに、清の皇室としては、円明園はあまり芳しくない記憶しかありません。ですから、西太后は円明園跡を整理して、新しい隠居所をつくる気にはなれなかったのでしょう。

では、円明園はいったいどのようにして破壊されたのでしょうか？

円明園を破壊し略奪したのは、第二次アヘン戦争における英仏連合軍だったのです。日本の歴史の教科書には、ふつう「アロー号事件」というタイトルがつけられていますが、中国ではこれを第二次アヘン戦争と呼んでいます。

第一次アヘン戦争が終わって、江寧《こうねい》（南京《ナンキン》）条約が結ばれたのは一八四二年のことです。じつはさすがのイギリスも、この条約ではまだアヘンを合法化することをもりこんでいません。アヘンは依然として中国では禁制品だったのです。中国の当局は、アヘンの取り締まりをつづけていました。

中国の官憲がアロー号を臨検したことから、戦争は勃発《ぼっぱつ》したのです。イギリスはアロー号はイギリス籍だと主張しました。当時のアヘン密輸船は、香港《ホンコン》で船籍登記をして、イギリス船ということにして、中国の取り締まりを免れていたのです。ところが、アロー号はオーナーが中国人であったばかりか、香港における船籍登記の有効期限がすでに切れていて、法律的にみても、イギリス船ではなくなっていました。それなのに、イギリスがこの機会をとらえて、軍事行動に出たのは、江寧条約よりも有利な条約をかちとろうとしたからです。具体的にいえば、アヘンの取引を合法化することを含む、中国にとって不平等なさまざまな条約でした。

アロー号臨検事件は、一八五六年十月のことですが、おなじ年の二月に、フランス籍のカトリック神父シャプドレーヌが、広西《カンシー》で逮捕されて処刑されるという事件がおこっていました。シャプドレーヌは中国の法律に違反していたのですが、フランスはこのことで中国と係争中だったのです。そんなわけで、イギリスとフランスが結んで、中国へ遠征軍を送ることになりました。

問題がおこったのは、広東《カントン》や広西ですが、現地でいくら交渉しても埒《らち》があきません。そこで、英仏連合軍は艦隊とともに北上しました。その結果、清朝は軍艦と大砲の威嚇に屈して和を乞《こ》い、つきつけられた要求をうけいれたのです。その条項の一つに、

——税率表改正のための委員を任命する。

というのがありました。表面からみれば、いかにも事務的な条項のようですが、これが曲者《くせもの》だったのです。税率表に新しい品目を追加するのが、この条項の眼目でした。それはアヘンです。「洋薬」という品目になっていますが、アヘンにほかなりません。税率表に明記された以上、アヘンは

禁制品ではなくなり、中国側はその取り締まりができなくなりました。

円明園の破壊と略奪は、一八六〇年、右の条約の批准を迫るために、英仏両国が三回目の遠征軍を送ったときに発生したのです。このとき英軍は艦隊百七十三隻、兵員一万八千余、仏軍は艦隊三十三隻、兵員六千三百という大規模なものでした。その大軍は北京の西郊から安定門へむかっていたのです。

ときの清国皇帝はどうしていたかといえば、とっくに熱河《ねっか》の離宮へ逃げていました。皇帝の北京逃亡のちょうど二週間後にあたる十月六日、英仏連合軍は円明園のあたりを通りかかりました。彼らは文字どおり一物ものこさずに、きれいに略奪したのです。略奪の主役はフランス人だったといわれています。イギリス軍の一部の将校がそれに参加しました。

軍服のポケットは大きいものですが、どの兵隊も貴金属や宝石で、それをふくらませています。日用品などを詰めていたズックの袋も、いまはもう絹や宝飾品ではちきれそうです。略奪品をいったん詰めこんだけれど、もっと高価そうな品をみつけると、たちまち詰め直しがおこなわれます。こんなふうにして略奪は徹底したものになりました。

円明園の略奪は十月六日からはじまりましたが、翌七日は日曜日でしたので、全員、朝から晩まで、ひたすら泥棒行為にうちこんでいたのです。

ちょうどそのころ、英仏連合軍の渉外主任であったパークス（のちの駐日イギリス公使）をはじめ、清軍側の捕虜となった者たちが、交渉の結果、釈放されましたが、それ以前に捕虜二十名が死亡していました。英人十三名、仏人七名です。連合軍はこれにたいする報復として、円明園を焼き払うことにしました。

略奪の主役はフランス軍でしたが、放火の主犯はイギリス軍だったようです。イギリス軍の放った火で、円明園は三日にわたって燃えつづけました。結果として、この放火は、略奪の形跡をかくすことになったのです。

それから百二十年もたっています。円明園廃墟《はいきょ》には、いまも崩れ残った石柱や大理石の彫刻の残骸がころがっているのです。ヨーロッパふうの大庭園の遺跡は、ヨーロッパ人によっておこなわれた暴行の記念碑として、北京《ペキン》西北の原野によこたわっています。

正直いって、円明園遺跡はほかに見るべきものはありません。第二次アヘン戦争の歴史を知らない者にとっては、草むらにころがる石柱や装飾のかけらは、なんの意味もないように思えるでしょう。

——夏草やつわものどもが夢のあと。……

歴史に関心のある人は、そこからほど遠からぬ香山《こうざん》の碧雲寺《へきうんじ》を訪れるでしょう。そこはかつてチンギス汗の宰相であった耶律楚材《やりつそざい》の子孫が、自分たちの邸宅を喜捨してつくった寺院だったのです。清代につくられた五百羅漢《ごひやくらかん》は、とりわけ人びとに知られています。

だが、それにもまして碧雲寺の名が、中国人に忘れられないのは、孫文《そんぶん》の遺体がここに五年間もおかれていた事実によってでしょう。孫文は一九二五年三月十二日、北京の鉄獅子胡同《フートン》で死去しました。その後、北伐が完成され、孫文の遺体は南京に造営された、巨大な中山陵にうつされたのです。この遷葬は一九二九年五月のことでした。

孫文の遺体が四年間にわたって置かれていた場所は、いま「孫中山記念堂」となっています。孫文の死にさいして、ソ連からガラスの柩《ひつぎ》が贈られましたが、南京の中山陵ではそれを用いなかったので、この北京郊外の碧雲寺にそのまま記念物として、のこされています。人びとは、かつて孫文の遺体を覆ったものとして、そのガラスの柩に、熱い視線をそそいでいるのです。

香山は行楽地としても知られていて、とくに紅葉の名所であります。孫中山記念堂のある碧雲寺のほかに、釈迦涅槃像《しやかねはん》で有名な十方普覚寺という寺もあります。一般には「臥仏寺《がぶつじ》」という通称のほうが知られているでしょう。涅槃像は釈迦臨終のもようを写したもので、横になった釈迦像の長さは六メートル以上もあるそうです。

円明園にしても孫中山記念堂にしても、あるいは海軍予算をつぎこんで西太后がつくった頤和園にしても、近代史の遺跡といえるでしょう。

それにたいして古代史、いや、むしろ歴史以前の遺跡を見たいと思えば、北京の南西郊に周口店《しゆうこうてん》があります。そのあたりの洞窟《どうくつ》に、いまから五十万年前に、原人が住んでいたのです。周口店から原人の遺骨が発見されて、世界を驚かせたのは一九二一年のことでした。人類《ホモ》に属すると思われる遺骨では、世界最古のもので、しかも断片ではなく、完全な形であらわれたのです。

ふつう北京原人と呼ばれていますが、中国では「猿人」と呼ぶほうが一般的のようです。学名はシナントロプスペキネンシスと名づけられ、北京の協和医院の大金庫のなかにおさめられていました。この医院はアメリカのロックフェラー財団の経営するものでしたから、一九四一年十二月八日、アメリカに宣戦布告した日本が、即日、接収にやってきたのはいうまでもありません。それは世界の至宝と謳《うた》われたものです。ところが、医院の大金庫をひらいてみると、北京原人の遺骨は影も形もなくなっていました。

これは二十世紀のミステリーのなかでもトップクラスのものといえるでしょう。大金庫をひらいたときに立ち会った、中国側の研究者の裴文中《はいぶんちゅう》博士は、一週間前はたしかにそこにあったと証言しています。日本との開戦必至と予想したアメリカ側の関係者が、極秘のうちに遺骨を移そうとしたのかもしれません。移送の途中で事故があったという説もありますが、正確なことはわかっていないのです。

北京原人の遺骨が出土した周口店には、現在、北京猿人展覧館があり、おもに先史時代の遺品やその模型が展示されています。私たちは、その館内を参観するだけでなく、五十万年まえに、北京原人が住んでいた洞窟をじっさいに見ることもできるのです。

なによりも五十万年という歳月の長さに、私たちは心をうたれるでしょう。いま西暦と呼ばれている紀元は、キリストの生誕あたりを基準にしてかぞえられているのですが、それもたった二千年足らずにすぎません。その十倍としても二万年です。紀元の百倍、二百倍以上の歳月ですから、考えただけで目がくらみそうになります。ともあれ、この周口店に立てば、私たちはまちがいなく長い歴史を背負っており、しかもこれからも悠久の歳月にむかって、新しい時代をきりひらかねばならないのだとかんじて、身のひきしまるおもいがするはずです。

北京から周口店へ行くのは、永定河《えいていが》を通らねばなりません。永定河の上流を桑乾河《そうかんが》といいますが、マルコ・ポーロの『東方見聞録』に出るサンギン・ダリヤとはこの河のことでしょう。その河にかかっている、二百三十五メートルに及ぶ、長い白大理石の橋が蘆溝橋《ろこうきょう》です。拱橋《きょうきょう》といって、アーチ型の孔をもつ形式のもので、日本の人たちには、長崎の眼鏡橋《めがねばし》のようなスタイルのもの、と説明したほうがわかりやすいでしょう。

橋の左右の欄干に、おびただしい獅子《しし》の石像がとりつけられていますが、一頭ずつその表情が異なるのです。

——まったく世界じゅう、どこをさがしても匹敵するものはないほどのみごとさ。

と、マルコ・ポーロはほめています。彼が最上級の形容詞を用いてほめたせいか、西方の人たちは、いつのまにかこの橋を「マルコ・ポーロ・ブリッジ」と呼ぶようになりました。またそのため、この橋をつくったのがマルコ・ポーロだという、とんでもない伝説さえうまれたほどです。

一九三七年七月七日、この蘆溝橋で勃発した、局地的な紛争が、大きな戦争にひろがったことは、記憶に新しい現代史の重要な一頁《ページ》です。日中平和友好条約が締結されたいま、私たちはこの橋のたたずまいから、歴史の教訓を学びとらねばなりません。

現代史ではなく、かといて北京原人のような五十万年もむかしのことでもない、せいぜい数百年の過去を、北京の郊外にたずねてみましょう。

北京の市街地区から四十キロほど北に、有名な「明《みん》の十三陵《じゅうさんりょう》」があります。

明王朝の創始者である朱元璋《しゅげんしょう》は、南京を国都と定めました。北京に遷都したのは、三代目の成祖永楽帝《えいらく》のときです。したがって、北京郊外につくられた明の陵墓は、成祖以後の諸帝のものでした。景山で自殺した最後の皇帝を含めて十三人で、陵域一帯は十三陵と呼ばれています。天寿山の麓《ふもと》の盆地状になったところで、温楡《おんゆ》河が流れ、南に十三陵ダムがあり、およそ十平方キロの広さです。

高さ十一メートル、はば約三十メートルという大理石の大牌楼《はいろう》が、この十三陵の正門と考えてよいでしょう。そこから一キロほど行くと、大紅門、小紅門、碑亭がならび、それをすぎると三十六の石彫群が、参道をはさんで立っています。功臣、文官、武将の石像が、それぞれ四体ずつ、計十二体で、あとの二十四体はすべて石獣です。馬、麒麟《きりん》、獅子、駱駝《らくだ》、獬豸《かいち》（想像上の動物）などがならんでいます。死後も家臣や使役した動物のサービスを受けようと考えたのは、古代の権力者のとうぜんの発想といえるでしょう。日本の埴輪《はにわ》も、おなじ線上のものにちがいありません。秦の始皇帝陵から、おびただしい武人俑《よう》が出土しましたが、それにくらべると、明の十三陵の石人や石獣は、まだしもおとなしいといえそうです。

大牌楼からこの石像群のならぶ参道を八キロほど行くと、成祖永楽帝を葬った長陵に出ます。遷都後、最初につくられた陵です。その後につくられた十二の陵は、いずれもこの長陵に遠慮して、これ以上に大きなものはつくりませんでした。

長陵をはじめとする十三陵は、規模の大小はありますが、おなじ墓陵制によっていますから、大同小異です。それぞれ一キロか二キロほどはなれていますので、ぜんぶをまわることはありません。代表的なものをえらぶとすれば長陵ですが、これはまだ発掘されていないのです。

中国では長陵発掘の計画がありましたが、なにしろ最大の陵なので、ひとまわり小さい定陵を先に発掘することにしました。定陵は神宗万暦《ばんれき》帝を葬った陵です。一九五八年に発掘作業が完了しています。地下の玄宮まではいることができますから、ここを参観するのが最も理想のコースです。

神宗は一五七三年から一六一九年まで在位した皇帝ですが、在位中に豊臣秀吉《とよとみひでよし》が朝鮮を攻めたので、明は朝鮮へ援軍を送るといった出来事があり、日本とも奇妙な関係があったことになります。この皇帝は酒色にふけって、政治をかえりみなかったそうです。病気でもないのに、二十数年にわたって、朝廷に出たことがないという記録をもっています。とんでもない皇帝でした。彼の死後二十四年で明は滅亡してしまいます。彼は亡国のときの皇帝ではありませんが、亡国の原因の大半をつくった皇帝といえるでしょう。

定陵のあるじ神宗は、十歳で即位し、二十二歳のときから自分の墓づくりをはじめました。政治には不熱心でしたが、こんなことにかけては、意外に積極的だったのです。六年の歳月と銀八百万両の経費をかけて、この定陵は完工しました。

陵門《りようもん》、稜恩門《りようおんもん》、稜恩殿、明楼の順番にならんでいるのが、明の陵制です。ただし、定陵の稜恩殿は一九一四年に火災で失われ、稜恩門も日中戦争のときに破壊され、門脇《もんわき》の壁だけが残っています。地上の施設の広さは、長さ五百メートルを越え、はばは一ばんひろいところで二百二十メートルあるのです。

発掘された玄宮は、まさしく地下の宮殿でした。長さ八十七メートル、最大はば四十七メートルで、内部はぜんぶ大理石でつくられ、前殿、中殿、後殿、左配殿、右配殿の五区画に分かれています。さまざまな品が、この地下宮殿におかれていました。死んだあともぜいたくな暮しができるように、宮廷生活のためのあらゆる物品が用意されていたのです。

定陵から出土した物品は、玉座その他のものを除いて、地上の陳列館に展示されています。細い金糸で編まれ、後部は双龍が宝珠を争うすがたになっている「翼善冠」などは定陵出土品のなかの白眉《はくび》といえるでしょう。染付《そめつけ》の梅瓶《メイピン》などすばらしいものがすくなくありません。

こうしたものを日常に使ったのは、皇帝をはじめとする一部の特権階級でしたが、それをつくったのは、専門の職人だったのはいうまでもありません。定陵のつくられた十六世紀末葉の、中国の工芸技術水準のすばらしさ、審美眼のたしかさに、私たちは心をうたれます。

ここでいったん北京の旧城内に戻りましょう。——

十三陵の文化遺産を見たのですから、北京の文化地区ともいうべき琉璃廠《リユウリチヤン》あたりを散策するのもよいでしょう。

明代につぎ足された外城（羅城）のなかに、琉璃廠という地名があるのです。正陽門（前門）の南を行くと、西がわに庶民的な繁華街がありますが、それが大柵欄《だいさくらん》と呼ばれる地区で、そこをさらに西へ行けば、琉璃廠に出ます。じつは大柵欄から琉璃廠まで、約一キロありますが、ショッピングでもたのしめば、それほど疲れないでしょう。

琉璃廠とは書画、骨董《こっとう》、古書、拓本、文房、篆刻《てんこく》、工芸品などのまちです。品物が品物ですから、あらゆる商店が軒をならべている大柵欄のような、沸き立つばかりのにぎやかさはありません。また文化財保護の見地から、文物管理委員会の許可のない品は、一般に売ることができませんので、目をみはるような掘出し物は期待しないでください。特殊な商品を、少数の限られた客に売るまちです。そのなかで、最も有名なのは「栄宝斎《えいほうさい》」という店でしょう。

栄宝斎で有名なのは、名画や名筆の複製です。ていねいな仕事で、ほとんど手づくりというべき複製です。

地名でもわかるように、この地区は宮殿用の琉璃瓦《るりがわら》を焼く窯《かま》のあった場所です。封建王朝時代、色のついた琉璃瓦で屋根を葺《ふ》くことができるのは、皇室と関係のある建物に限られていました。宮殿、離宮、陵墓といった建物の屋根です。一般の人には関係のない品でした（一般の人が用いると死刑に処せられたほどです）。ですから、ここの窯が官営だったのはいうまでもありません。

元の世祖フビライ（チンギス汗の孫）の至元十四年（一二七七）以後、ここに窯がつくられたと考証されています。日本に元の大軍が攻めてきて、台風で全滅したあの弘安《こうあん》の役のころにあたるのです。

明の成祖が北京に遷都したころ、琉璃瓦の需要が最も多かったでしょう。首都づくりが一段落すると、需要はしだいに減るものです。あとは修理ていどしかないのですから。おそらく、だんだんと規模を小さくしたのでしょうか、ついに廃止となりました。これが清の康熙《こうき》三十三年（一六九四）

のことといわれています。

規模の縮小と廃止によって、琉璃廠に空地がふえたのはいうまでもありません。窯がつくられたのは、近くに燃料がたくさんあったからでしょう。つまり樹木が鬱蒼《うっそう》と茂っていた地域だったと思われます。ところが、おびただしい琉璃瓦を焼くために、樹木をつぎつぎと伐採したので、いつのまにか林もなくなり、あとは空地になったところが多くなりました。

土地の長老たちの悩みは、空地をどのように利用するかということだったのです。北京の都心なのに、いまから考えると夢のような話でした。一ばんてっとり早い空地利用は、露天市をひらくことでしょう。そんなわけで、琉璃廠は露天商人のむらがる場所となりました。

清代の統治方針は、民族分離をはかることにあったのです。中国はむかしから複合民族国家でした。いろんな民族を国内に抱えています。清朝は風俗習慣の異なる民族を雑居させると、あれこれ問題がおこると心配して、はじめからひきはなすことを考えました。ですから、北京も満洲族《まんしゅう》は内城に、漢族は外城に住まわせることになったのです。

もともと明代では、書画骨董の店は、王府井《ワンフウチン》に近い燈市《とうし》というまちに多かったのです。それは内城ですから、清代になると、漢族の居住地ではなくなりました。書画骨董のおもな顧客は漢族です。それらの品を扱う商人は、顧客の多い外城に移りたがっていました。

空地があり、そこで露天市がひらかれています。そこへまず古書商人が進出し、地面に古書をならべました。つぎつぎと同系統の商人――文房具商や骨董商もやってきたでしょう。露天市がいつのまにかバラックの店になり、それがいつのまにか本格的な構えの店となります。

こうして文化のにおいのするまちが、琉璃廠に誕生したのでしょう。

清代の著名人の日記、たとえば林則徐の日記などを読んでも、上京すれば琉璃廠に寄って買いものをしています。歴代の文人はこのまちに親しんだものです。

万里の長城

北京《ペキン》の西北郊、明《みん》の十三陵と万里の長城が走っている八達嶺《はったつれい》とのあいだに、居庸関《きょようかん》という遺跡があります。

紀元前三世紀のころの『呂氏春 秋《りょししゅんじゅう》』という本に、すでに居庸関の名称が出ていますから、ここは古くからの関所だったのでしょう。箱根《はこね》、勿来《なこそ》、安宅《あたか》などの日本の例でもわかるように、関所というのは要害の地に設けられるものです。居庸関も北京を守るための、要害の地であったのはいうまでもありません。

居庸関城は六百年ほどまえの、明初の築造です。その南に過街塔《かがいとう》というアーチ型の門がありますが、こちらはもっと古く、元の至正五年（一三四五）に建てられています。その名のとおり、かつてはラマ教の塔がそびえていたのでしょうが、長い歳月のあいだに、いつのまにか倒壊して、現在は大理石の門だけしか残っていません。

過街塔門のアーチの上部には、金翅《きんし》鳥と蛇神のレリーフがあります。仏教とともに中国に伝わった、インド神話の物語がテーマになっているのです。金翅鳥はインドの空想上の怪鳥で、大蛇を常食としているのですが、中国の人たちはそれを鳳《おおとり》や龍になぞらえて想像したのでしょう。これも文化交流の一つの形にちがいありません。

過街塔門の内壁には、四天王像が両側に彫られ、そのあいだに六種の文字による陀羅尼《だらに》経文も彫りつけられているのです。六種の文字とは、サンスクリット（梵字《ぼんじ》）、ウイグル文字、チベット文字、パスパ文字、西夏《せいか》文字、そして漢字です。

過街塔の六種の文字は、諸民族の文化交流の証拠物件ともいえるでしょう。大阪の国立民族学博物館の一室の壁に、この過街塔の六種の文字が、たしか原寸大の写真でとりつけられています。さまざまな民族が、さまざまな形（交易、戦争、移住など）で、ここを通ったことでしょう。それは、こんにちの中国をかたちづくった要素の一部分となったはずです。

居庸関はもともと山城で、西北の角楼などは標高八百三十メートルほどのところに築かれていました。天険によったものですが、明が元の大都（現在の北京）を陥《おと》し、元の順帝を北に走らせた直後につくったといわれています。大都攻撃の殊勲者であった大将軍徐達《じょたつ》の指揮によって築城されたのでしょう。朔北《さくほく》に逃げた元軍が、また勢いを盛り返して反攻してくるのに備えたのです。清代《しん》になってから、北京の政府と蒙古《もうこ》族との関係がよくなったので、関城もほとんど無用の長物となり、しだいに荒廃するようになりました。そんなわけで、いまでは居庸関の遺跡で最も重要なものといえば、過街塔ということになったのです。

緑のすくない地方ですが、居庸関のあたりだけは樹木も比較的多く、「居庸畳翠《きょようじょうすい》」といって北京八景の一つにかぞえられています。

京包《けいほう》（北京―包頭《バオトウ》）線の鉄道に南口という駅がありますが、それは居庸関の南の口の意味です。

そこから十キロほどで居庸関に達し、さらに三キロほど行くと上関《じょうかん》というところに出ます。南口、居庸関、上関をあわせて、「居庸三関」と呼ばれることもあります。

公路（自動車道路）は過街塔からすこしはなれたところを走っています。交通量がふえた場合、古い遺跡があまり近すぎると、保存のうえでよくない影響を受けるおそれがあり、それを考慮して道路をつくったそうです。

明代の国防計画は、北からの敵をまず長城線で防ぎ、長城が破られたときは、この居庸関の天険で防ごうというものでした。それなのに、明末（一六四四）、李自成《りじせい》軍が北京を攻めたとき、大同から南下してこの居庸関をあっさりと通過しています。抵抗らしい抵抗はなかったのです。明軍はすでに戦意を喪失し、人民はとっくに皇帝の失政に愛想をつかしていました。人心を失ったときは、天険も味方ではありません。

南口という地名は前出しました。それにたいする北口という地名があります。北口とはほかならぬ長城が走っている八達嶺近辺の別名です。

では、いよいよその八達嶺へ行ってみましょう。

万里の長城ということばは、日本では子供でも知っています。世界史を習った高校生なら、秦《しん》の始皇帝が、東は遼東《りょうとう》から西は臨洮《りんとう》にいたるまで、長城を築いたという教科書の記述をおぼえているはずです。

けれども、長城は始皇帝がはじめてつくったものではありません。戦国時代は「七雄」といって、七つの大国が中国に割拠していました。それらの国がぞれぞれ自分たちが国境と考えている線を、長城で囲んだものです。天下を統一した始皇帝は、そんな各国の長城をつなぎ合わせ、補強したりしました。また始皇帝のあと、各時代においても、長城はつぎ足されたり、部分的に場所が変更されたりしたものです。

八達嶺のところを走っている長城は、塼《せん》（煉瓦《れんが》の一種）でつくられています。それは、じつは秦の始皇帝時代のものではなく、明代に築造された部分です。始皇帝時代の長城はずっと北方——八達嶺から百数十キロも北方を走っていました。秦のときのほうが、対外的にも積極的で、明代になると、もっぱら守勢であったことが、長城築造の場所えらびからも察しられます。

八達嶺近辺の長城は、場所によって異なりますが、城壁の高さはほぼ九メートル、はばも基層部のところはおなじく約九メートルあるそうです。上部のはばは四、五メートルで、ひろいところは六メートルもあり、そこは甬道《ようどう》といって、連絡用の通路になっています。三十六丈（約百十メートル）ごとに一つの墩台《とんだい》が設けられ、これは方形の砦《とりで》のような形で、守備の将兵たちの詰所だったのです。おそらく墩台の兵士たちは昼夜をわかたず、交替で長城の外に監視の目を光らせていたのでしょう。敵の襲撃の兆候を発見すれば、ただちにのろしがあげられます。後方の基地本部である居庸関では、すぐに戦闘配置につくことになるのです。

塼《せん》というのは、日干し煉瓦《れんが》を焼いたものです。黄土にすこし水をまぜ、粘土細工のようにこね、型にいれてかため、それを天日で干したのが日干し煉瓦で、雨量のすくない地方では、そのまま使います。この煉瓦を焼成したのが塼ですが、私たちがすぐに想像するような赤煉瓦ではありません。くろずんだねずみ色です。

戦国時代の長城は、塼を積んでつくったのではなく、「版築《はんちく》」といわれる方法でつくられました。両側に板を立てならべ、そのあいだに土をいれて水分を加え、杵《きね》で搗《つ》きかためるのです。これが意外に堅牢《けんろう》な壁になります。長城のつくられた地方は、南方のように雨量が多くないので、これでじゅうぶん役に立ちました。

夢をこわすようで申訳ないのですが、八達嶺の長城を見て、秦の始皇帝の築いた長城そのものと思わないようにしてください。前述したように場所もちがっていますし、その形式も塼造と版築という大きなちがいがあります。

版築の長城は焼成していませんので、その遺跡は残りにくいものですが、最近、東北で発見されたというニュースが新聞にのっていました。

今世紀はじめ、敦煌《とんこう》の西北で発見された漢代の長城跡は、版築ですが土のなかに柳条《りゅうじょう》や蘆《あし》などをまぜて補強してありました。また墩台やのろし台に相当する部分は、なかみは版築ですが、木材や塼で外部を覆っていたということです。敦煌あたりに長城が築かれたのは、漢の武帝《ぶてい》時代、紀元前一世紀初頭前後でしょうから、秦の始皇帝時代から百年以上たっています。築城法もすこしは進歩したのかもしれません。

塼造にしろ版築にしろ、敵を防ぐための設備ですから、その大きさはあまり変わりはないでしょう。その意味では、八達嶺の長城によって、戦国、秦代の長城を連想してもよいわけです。

ともかく巨大な構築物でした。それが山々のたてがみのように、蜿蜒《えんえん》とつらなっているのです。それを見る人たちに、まさに歴史のまっただ中にある、というかんじをおこさせます。

長城をつくらせたのは、戦国の君主であり、秦の始皇帝であり、漢の武帝たちでしたが、土を運んだり搗いたり築きあげたり、じっさいの工事にあたったのは、名もなく貧しい人たちであったのはいうまでもありません。彼らはなにも好きこのんで仕事をしたのではなかったのです。政府の徴用令によって、親兄弟や妻子と別れを告げ、朔風《さくふう》の吹きすさぶ長城の工事場に連れて来られました。強制労働です。工事監督の役人が、彼らを奴隷としてこき使ったのはいうまでもありません。

万里の長城の築造のかげには、人民の血と涙と汗があります。おびただしい生命が奪われたことでしょう。それはかずかずの悲劇をうみました。そのなかで最も人びとに知られているのは「孟《もう》姜女《きょうじょ》」の伝説です。

孟姜女は范杞梁《はんきりょう》の妻でした。斉《せい》の国の人ということですから、いまの山東省に住んでいたのです。范杞梁は徴用されて、長城築造に連れて行かれました。八達嶺よりさらに百数十キロも北ですから、冬になると寒さがはげしいのはいうまでもありません。孟姜女は夫の身を案じ、「寒衣」すなわち防寒用の衣服をつくり、それを届けるために旅立ちました。斉から燕《えん》の北へ、それは長い旅です。しかも女性の身ですから、艱難辛苦《かんなんしんく》の旅だったのはいうまでもありません。やっと彼女は工事場に着きましたが、なんと彼女の夫はすでに死んでいたのです。彼女は城壁の下で慟哭《どうこく》しました。すると、ふしぎや高い城壁がみるみる崩れ、そこから夫の遺骸《いがい》があらわれたという物語です。

孟姜女の伝説はいろいろあって、細部については異同がすくなくありません。この物語は芝居になったり歌曲になったりして、おおぜいの人を感動させたものです。夫をうしなった妻の涙が、城を崩壊させたという話は、古く春秋時代からあったようですが、孟姜女の伝説はそれに長城築造という人びとを苦しめた大工事がからんでいて、一般の人びとの胸に、とくべつ強く訴えるものがあったのでしょう。

敦煌《とんこう》出土の曲子詞集のなかにも「孟姜女」がありますから、すでに唐代でもこの物語がさかんに歌われ、また舞台で演じられていたことがわかります。

孟姜女は一人ではなかったのです。長城築造は、何百、何千もの孟姜女をつくりだしたにちがいありません。また後世でも似たような境遇の人がすくなくなかったので、それにかんする戯曲や歌曲がうけつがれたのでしょう。孟姜女の歎《なげ》きは、圧政にたいする怨嗟《えんさ》にほかなりません。

『史記』の秦始皇本紀には、刑獄をつかさどる役人で不正をはたらいた者を流罪にして、長城の築城工事にあたらせた、とあります。不正役人だけでは長城はつくれません。おなじ『史記』の蒙恬《もうてん》伝には、秦の将軍蒙恬は、天下統一後、始皇帝の命令で三十万の大軍を率いて北方に遠征し、長城を築き、地形によって「険塞《けんさい》」（険阻な城塞）をつくったと述べられています。

——臨洮《りんとう》に起り、遼東《りょうとう》に至る、遠袤《えんぼう》万余里、是《ここ》に於《おい》て河《か》（黄河）を渡り、陽山に拠《よ》り、逶蛇《いい》（曲がりくねる）して北す。

というのが長城を形容した文章です。

始皇帝の大工事は、万里の長城だけではありません。国都咸陽《かんよう》の造営、阿房宮《あぼうきゅう》、そして自分の墓である驪山《りざん》陵などでした。阿房宮と驪山の工事には、七十余万の徒刑者を動員したと『史記』にしるしています。

いったいどうして、そんなにおおぜいの徒刑者がいたのでしょうか？　法律がきびしすぎて、叩《たた》けば誰でも埃《ほこり》が出たので、大工事のときは、好きなだけ人数をあつめることができたのかもしれません。徒刑者といっても、そのほとんどは現在の私たちの考えているような犯罪人ではないでしょう。

軍隊、徴用人夫、犯罪人ではない徒刑者たちが、役人の鞭《むち》の下で、営々と働いて築きあげたのがこの長城です。

『史記』には遼東から臨洮までとあります。遼東とは遼河《りょうが》の東ですから、現在の鉄鋼都市鞍山《あんざん》あたりが東の起点だったのでしょう。臨洮は現在も同じ地名が、甘粛《かんしゅく》省の蘭州《らんしゅう》市南方にあります。当時の長城は、オルドス地方を包むように大きなカーヴをえがいている黄河をすっぽりとそのなかに囲んでいたのです。ですから、現在の長城線より、ずっと大きく迂回《うかい》していました。ただし現在の長城は、臨洮より遥《はる》か西までのびています。漢の武帝のころ、敦煌の西北の玉門関《ぎょくもんかん》あたりまで、長城をのばしていますが、いまはそれは失われ、酒泉《しゅせん》の近くにある嘉峪関《かよくかん》城が、長城の西の終点となっています。東も遼東までのものは失われ、東の起点は山海関《さんかいかん》まで後退しているのです。現在の長城は、ほぼ明代のそれであるといえましょう。

秦漢のころの一里は四百メートルあまりにすぎませんでした。ですから、一万里といえばほぼ四千キロに相当します。

ところで、現在の長城を地図のうえで測ってみますと、二千七百キロになるそうです。これは全部を平地としての勘定ですが、じっさいには長城は山岳地帯を走っている部分が多く、その起伏も計算しなければなりません。また二重になっているところ、三重になっているところもあり、それを計算にいれると五千キロになるかもしれないといわれています。

現在の長城と秦の長城とは、さきほど比較しました。臨洮から西の嘉峪関までの部分は、山海関から遼東までの部分と相殺し、さらに大カーヴの部分を考慮しますと、秦の長城はけっして現在の長城にくらべて、延長にして短いとはいえません。そうすると、

——万里の長城

という名称は、かならずしも誇張ではないということになります。

八達嶺近辺の長城は、城壁のうえに凸字型の姫牆《ひめがき》が築かれ、さらに銃眼があけられています。銃のなかった紀元前三世紀の長城は、とうぜんこのような形ではありませんでした。それでも嶺《みね》から嶺へ、どこまでものびて行く城壁のつらなるさまは、やはり二千数百年まえとたいして変わらない景観でしょう。

なぜこんなものを造ったのか？

二十世紀の私たちには、すでにそんな疑問が胸にうかぶでしょう。外敵に備えるにしては、もっと効果的な方法があるはずだという気がします。しかし、弓矢や騎馬の戦闘の時代では、城壁のもつ強味は、私たちの想像以上のものだったかもしれません。

かつて長城を、農耕民族と遊牧民族の境界線とみなした説がありました。しかし、むかしの長城は内蒙古《ないもうこ》まで囲んでいたのですから、その内部には農耕に適しない、牧草地域がひろく存在していたのです。長城内部に、農民も遊牧の民も住んでいたことになります。やはり長城というものは、当時の為政者が自分の勢力圏だと考えている土地を、塀で囲うような気持で築いたと解釈するべきでしょう。

八達嶺の長城の甬道は、たいてい観光客で賑《にぎ》わっています。遠くから見るとそれほどでもないのですが、じっさいにはかなりの急勾配《こうばい》です。場所にもよりますが、壁をつたってでないと歩けないようなところもあります。

明代には、ここから外を関外と呼んでいました。長城がもっと北にあった時代は、そこも関内だったのです。長城の存在は、土地の名称まで変えてしまいます。そこに長城があるだけで、その外が荒涼とした土地というかんじになるものです。

長城から外を眺めると、やはり朔北《さくほく》というかんじがします。たぶんに長城が私たちに心理的な魔法をかけているせいでしょう。明代では長城のことを、「辺牆《へんしょう》」と呼んでいたそうです。辺境の地方につくった牆《かき》（壁）という意味でした。そのようなわけで、どうしても長城の外は異質の土地という感じが抜けなかったのです。徳川時代の江戸っ子は、

――箱根のむこうは化け物が住む。

などと粋《いき》がっていましたが、似たような心理があったのでしょう。

万里の長城は、けっして民族の境界線ではありません。魏晋《ぎしん》以後、さまざまな民族が南下して、

彼らの政権をつくりました。たとえば、北魏《ほくぎ》ははじめ平城《へいじょう》（大同《だいどう》）を国都とし、のち洛陽《らくよう》にうつりました。洛陽はいうまでもありませんが、平城も長城の内部にあったのです。

民族の交流は、長城をもってしても妨げることはできません。私たちはその証拠を、過街塔門の内壁に見たではありませんか。


始皇帝は天下を取って、十年あまりで死にました。この短い期間に、なにからなにまでやったとは思われません。蒙恬《もうてん》につくらせていた万里の長城も、すっかり完成したわけではないでしょう。

秦が滅亡したあと、劉邦《りゅうほう》と項羽《こうう》の天下争いとなり、北方防備などに手がまわりません。そのすきに匈奴《きょうど》が南下したのはとうぜんでしょう。やっとのことで天下を手中にした劉邦——漢の高祖は、匈奴を攻めましたが、かえって平城で包囲され、匈奴の君主の妻を買収して、危機をのがれることができたのです。匈奴との戦いは、すべて長城内でおこっています。長城はそのとき、まだ未完成だったのか、あるいは容易に乗り越えることができたのでしょう。

漢は屈辱的な条約を結んで、しばらくのあいだ匈奴との平和を保っていました。長城は一片の条約文ほどの力もなかったのです。劉邦の死後、無理をしなかった文帝《ぶんてい》、景帝《けいてい》の二代四十年で、漢の国力はとみに充実し、意欲的な若い武帝が即位して、はじめて匈奴に積極的な姿勢をとることができるようになりました。

漢の将軍衛青《えいせい》は十年間に、七たび長城を出て匈奴と戦っています。これを衛青の七出と称していますが、その第一回は紀元前一二九年で、上谷《じょうこく》から出撃したのです。上谷ルートというのが、どうやら居庸関から八達嶺を経由するものとされています。おなじとき、別のルートから北進した公《こう》孫敖《そんごう》、公孫賀《こうそんが》、李広《りこう》たちが匈奴に負けたり、戦闘の機会もなく空しくひきあげたりしたのです。衛青だけは深く匈奴の地に進出し、龍城《りゅうじょう》まで行って敵を破りました。龍城というのは、匈奴が天を祭る土地のことです。

ほかの将軍の成績がよくないので、衛青の勲功はとくに目立ちました。

衛青とはどんな人物だったのでしょうか？

第一回出撃のとき、彼はまだ二十八歳にすぎませんでした。しかも、彼は貴族や功臣の家系ではなかったのです。奴隷の子として生まれました。母と同姓ですから、中国の家族関係からいえば、彼は私生子にほかなりません。彼には一人の姉がいました。その姉も衛姓を名乗っていたのですから、父親のわからない娘でした。彼女は女奴隷として、平陽公主《へいようこうしゅ》（武帝の姉）の邸《やしき》に売られ、そこで謳者《おうしゃ》（歌手）となっていました。声がよかっただけではなく、みめうるわしい女性だったのでしょう。武帝は姉の邸に遊びに行ったとき、彼女に目をつけ、宮殿に伴って帰りました。こうして衛青の姉――衛子夫《えいしふ》は武帝の寵愛《ちょうあい》を受け、羊飼いをしていた弟の衛青にもチャンスが訪れたのです。

衛青が幼年時代にすごした平陽は、山西省にあって、その地方は匈奴の影響をかなり受けていました。農耕よりも遊牧が盛んで、衛青は羊飼いをして、馬を乗りまわしていたのでしょう。平原での騎馬生活は、もともと匈奴のものでした。ですから、そのあたりの漢族は、生活風習のうえで、匈奴的要素をすくなからずもっていたのです。私たちは、そこにも中国の諸民族の交流の、古い形式を見ることができます。

——敵を知る。

これが将軍にとって不可欠の条件であります。匈奴的な生活環境にあった衛青は、まさに敵をよく知っていた将軍といわねばなりません。彼がほかの将軍にくらべて、対匈奴作戦で大成功しているのは、そのためだという考え方もあるでしょう。

皇帝の愛人の弟ということで登用されたのは事実ですが、衛青はそれにこたえる能力をもっていました。姉の七光りだけではありませんでした。いや、衛青の武功が、宮廷における姉の地位を高める、ということにもなったのです。衛青の第一回出撃の翌年、姉の衛子夫は皇子を生み、皇后に立てられました。

衛青の第二回出撃は雁門《がんもん》から、第三回は雲中《うんちゅう》からで、いずれも現在の山西省を通るルートです。対匈奴作戦の主戦場は、しだいに西のほうへ移って行きました。衛青につづいて、彼の甥《おい》である霍《かく》去病《きょへい》という将軍も、匈奴との戦いに活躍しましたが、出撃はたいてい甘粛《かんしゅく》方面だったのです。

衛青や霍去病は武装軍団を率いて、長城の彼方《かなた》へ出て行ったのです。私たちは長城のうえに立てば、やはり軍馬の蹄《ひづめ》の音や戦鼓の響きをきくおもいがします。けれども、長城はそのような血なまぐさいシーンに飾られているだけではありません。

平和なシーンもありました。

漢の元帝《げんてい》（在位紀元前四九—三三）のころ、漢と匈奴の関係は友好的でした。両者のあいだには縁組がおこなわれていたのです。漢から匈奴に嫁いだ女性で、一ばん有名なのは王昭君《おうしょうくん》でしょう。

王昭君については、さまざまな物語がつくられています。ある物語によれば、元帝は画工に宮女の似顔を描かせ、それを見て寵愛する女性をえらんだといわれています。たいていの宮女は、画工に賄賂《わいろ》を使って、じっさいより美しく描いてもらったのですが、容貌《ようぼう》に自信のある王昭君は、そのようなことはしませんでした。そのため醜く描かれ、匈奴に送られる女にえらばれたというのです。

別の物語によれば、王昭君は後宮生活に絶望して、みずから志願して匈奴王に嫁したことになっています。これまでの物語では、匈奴へ行った彼女の不幸を歎くのが多かったのですが、はたしてそうだったでしょうか？　漢はその後、匈奴へ使節団を送るときは、かならずその一行に、王昭君の親戚《しんせき》の者を加えることにしたそうです。それによって、さびしさもいくらかまぎれたでしょうが、大切なことは、漢の文化が彼女とともに匈奴の地に移植された事実でしょう。

おなじことが、東漢末期の蔡文姫《さいぶんき》（戦乱によって匈奴に連れ去られ、匈奴王子の妻にされた女性。学識ゆたかであったといわれている）についてもいえるのです。このような文化の力こそ、なににもまして強かったのではないでしょうか。

未曾有《みぞう》の大長城を築いた秦の始皇帝は、それによって国を守り抜くことができたでしょうか？　彼の死後わずか三年で、さしもの大帝国も、あっけなく亡びてしまいました。外敵の侵攻による亡国ではありません。陳勝《ちんしょう》、呉広《ごこう》をはじめとする民衆のリーダーたちが、悪政にたいして抵抗し、決起したからであります。

現在の八達嶺をみごとに飾った明も、李自成軍の進撃をこの長城でくいとめることはできませんでした。宣府（現在の張家口のあたり）から南下した李自成軍は、難なく長城を越えて、居庸関を制したのは前述したとおりです。

かぞえきれないほど多くの墩台や、のろし台がありましたが、誰一人としてのろしをあげようとする者さえいなかったのです。李自成軍が北京の城門に迫るまで、紫禁城にいた皇帝とその側近たちは、そのことを知りませんでした。彼らは人心を失って国を亡ぼしたのです。

八達嶺にいまもその雄姿をみせる長城も、けっして国を守り切ることはできません。国を守るのは、人民の心をつなぎ合わせた、目に見えない長城です。八達嶺の長城は、ほかならぬそのことを私たちに教えてくれます。

東北

秦《しん》の始皇帝は、戦国の諸国を撃破して中国を統一したのですが、燕《えん》をほろぼすときは、とくに敵《てき》愾心《がいしん》を燃やしたようです。燕という国は、現在の北京《ペキン》あたりを本拠にしていましたが、その版図は現在の東北といわれる地方の南部に及んでいました。燕の太子の丹《たん》が、荊軻《けいか》という刺客を秦に送って、始皇帝を暗殺しようとしたのは、紀元前二二七年のことでした。暗殺は未遂に終わり、荊軻は殺されるのですが、始皇帝の胸は怒りで煮えくり返っていたことでしょう。ただちに王翦《おうせん》を将軍として、燕を撃たせました。

翌年、燕は国都の薊《けい》（現在の北京の近辺）を攻め陥《おと》されて、遼東《りょうとう》へ退却しました。現在の遼寧《りょうねい》省の中央を流れている遼河の東で、ほぼ瀋陽《しんよう》市のあたりにあった拠点です。始皇帝の怒りをやわらげるために、燕は刺客を送った張本人の太子丹を斬《き》って、秦に献上したのですが、それだけでは秦の攻撃をかわすことはできません。

秦の将軍王賁《おうほん》が、遼東を陥して燕王を捕虜にして、燕をほろぼしたのは紀元前二二二年のことでした。その翌年、秦は最後に残った斉《せい》の国をほろぼして、念願の天下統一をはたし、秦王ははじめて始皇帝と称したのです。

天下を統一したあと、秦は戦国諸侯が築いた長城をつなぎあわせ、補修し、増強しました。これが始皇帝の大事業の一つといわれる「万里の長城」です。『史記』に、

――地（領土）は東は海（渤海《ぼっかい》）および朝鮮に至り、西は臨洮《りんとう》・羌中《きょうちゅう》（甘粛省）に至り、南は北戸（ベトナム）に至り、北は河《か》（黄河）によって塞《とりで》を為《つく》り、陰山に並《そ》いて遼東に至る。……

とあります。

現在、河北《かほく》省と遼寧省の省境にある山海関《さんかいかん》は、「天下第一関」の扁額《へんがく》をかかげ、万里の長城の東端と思われがちです。けれども、その扁額は明の蕭顕《しょうけん》の書を模したもので、城門も明初の建造でした。秦の長城も、それ以前の燕の長城も、山海関より数百キロも北、そしてはるか東の遼東までのびていたのです。最近、東北の各地に、古代の長城跡が発見されたというニュースがありました。

前漢時代、朝鮮半島北部には、楽浪《らくろう》、臨屯《りんとん》、玄菟《げんと》などの漢の郡が置かれ、東北地方南部には、真番、遼東《りょうとう》、遼西《りょうせい》などの諸郡が置かれたのです。中原《ちゅうげん》、いわゆる中国中央部との結びつきは、ますます強くなりました。楽浪郡あたりに、漢の文化が濃厚にはいったことは、近代の考古学でも証明されています。それらの文化は、朝鮮半島経由で日本にも紹介されるようになりました。文化交流の回廊の役目をはたしたことでも、中国の東北は日本とも深い関係があります。

日本ではこの地方を「満洲《まんしゅう》」と呼ぶならわしがありました。けれども、満洲は民族名であって、地名ではありません。中国では東北と呼ぶのがふつうです。遼寧、吉林《きつりん》、黒龍江《こくりゅうこう》の三省がありますので、「東三省」という呼び方もあります。中原から遠いので、古い時代には、この地方はあまり歴史の檜舞台《ひのきぶたい》となることはありませんでした。燕の滅亡のときのように、どちらかといえば、争

覇戦に負けて逃げこむ土地だったようです。おなじみの『三国志』の物語でも、曹操《そうそう》に破れた袁紹《えんしょう》が、遼東へ逃げこもうとしたのを、遼東の小軍閥である公孫康《こうそんこう》に討ち取られています。その功績によって公孫康は、曹操から襄平侯《じょうへいこう》に封ぜられました。ところが、公孫康の孫の公孫淵《こうそんえん》の時代になりますと、中央から自立して、みずから燕王と称したのです。後漢はすでにほろび、魏《ぎ》の明帝の時代になっていましたが、公孫淵は魏から遼東太守に任命されていました。一介の太守だったのが王を自称したのですから、魏としてもすてておけません。五丈原で諸葛孔明《しょかつこうめい》と戦った司馬仲達《しばちゅうたつ》が遼東に派遣されました。

諸葛孔明が五丈原で死去して四年後、魏の景初二年（二三八）のことでした。司馬仲達は遼東で公孫淵を破り、遼東、帯方《たいほう》、楽浪、玄菟の四郡を平定したのです。邪馬台国《やまたいこく》の卑弥呼《ひみこ》が魏に使者を送ったのはその翌年のことでした。『魏志倭人伝《ぎしわじんでん》』に、

――景初三年六月、倭の女王は大夫難升米《なんしょうまい》等を遣《つか》わして郡に詣《いた》り、天子に詣りて朝献せんことを求む。……

とあります。ここにいう郡とは後段の文章から帯方郡であったことがあきらかです。帯方は現在のソウルを中心とする地方にあたります。朝鮮半島から東北地方の回廊を経て、中原へ行くルートが、司馬仲達の遠征によってひらかれ、安全な旅行ができるようになったのでしょう。東北は日本の歴史とも、古くから、深い関係があったことが想像されます。

日本が百済《くだら》を援《たす》けて、唐《とう》と新羅《しらぎ》の連合軍と戦い、白村江《はくそんこう》で敗れたのは六六三年のことでした。この戦いでは、東北は唐軍の補給基地となったのです。

七世紀末、朝鮮半島の北部から、東北地方の東部にかけて、渤海国《ぼっかいこく》という政権がつくられました。はじめは唐から渤海郡王に封じられていたのですが、やがて自分自身の元号を用い自立したのです。この渤海国はたびたび日本に使節を派遣し、その歓迎宴でつくられた詩などが文集にのこっています。


中国の東北と日本との関係といえば、誰もが近代の不幸な戦争を連想するのですが、歴史的な関係はこのように意外に古く、そして深いのです。

歴史の舞台としては辺地であった東北が、歴史の脚光を浴びたのは、この地方を本拠として勢力をもった満洲族がついに中国全土を支配したからでしょう。

満洲族は「女真《じょしん》」と呼ばれた民族です。満洲の語源については諸説ありますが、彼らが文殊《もんじゅ》菩薩《ぼさつ》の信仰者であったことから、モンジュ、マンジュと呼ばれるようになった説が有力なようです。くり返しますが、このように民族名であって、地名ではないのです。

女真人は北方と南方との二つのグループがありました。明代、彼らはもちろん明朝に服属していたのです。北方の女真は海西衛、南方のそれは建州衛と呼ばれていました。はじめは海西衛の力が強く、かつて金王朝（元にほろぼされた王朝）を建てた民族の子孫と称していたのです。

女真人は狩猟民でした。貂《てん》や狐《きつね》などの毛皮、そして朝鮮人参《にんじん》を採取して、漢族社会に供給するのですが、それは「朝貢《ちょうこう》」の形式をとったのです。明の政府は貿易許可証に相当する勅書を、彼らにたいして発行していました。その数は海西衛が千通、建州衛が五百通ときめられていたのです。面倒なので、明の政府は各衛の首領に一括して渡していました。このことは、女真の首領の力を強めたのです。これまで首領と部下との結びつきは、女真社会ではそれほど強くなかったのですが、貿易を保証する勅書を握るようになってからは、急に強まり、やがてすぐれた民族の指導者が誕生することになりました。建州衛からヌルハチという人物が出現したのです。

ヌルハチは清の太祖であります。女真人のなかでもアイシンギョロという姓の一族です。これは漢字で愛新覚羅と書きます。卓越した指導力をもった人物でした。勅書による交易によって漢文化にも接しています。交易によって得た利益を軍資金として、海西衛の女真人をも傘下におさめ、満洲族を統合することに成功しました。

ヌルハチが明からの独立を宣言したのは一六一六年のことで、そのときの国号は「後金」でした。独立二年後に、ヌルハチは明の対建州衛の拠点である撫順《ぶじゅん》を陥落させました。明は驚いて十万の大軍を派遣しましたが、ヌルハチはこれをサルフというところで撃滅したのです。

狩猟を生業としている満洲族は、日ごろの生活がすなわち軍事訓練といってよいでしょう。えものを四方から囲んで追うのですが、それぞれ色の異なった旗をかかげ、たえず連繋《れんけい》プレーの稽古《けいこ》をしていたことになりますから、集団戦はお手のものでした。満洲族の数はすくないのですが、老若男女がすべて戦闘集団に編入されていたのです。その集団を「旗《き》」といって、その旗が八つあり、満洲八旗と称されていました。満洲族であるかぎり、いずれかの旗に所属しているわけです。

サルフの戦勝の勢いに乗って、ヌルハチは南下して瀋陽《しんよう》を陥し、ついで遼陽《りょうよう》を陥しました。明軍は雪崩《なだれ》をうって敗走しましたが、山海関の前面の寧遠城を守る袁崇煥《えんすうかん》が、当時の明ではめずらしく有能な将軍で、新兵器フランキー砲（ポルトガルの大砲）によって、ヌルハチ軍を撃退することができました。

ヌルハチはこの戦いで受けた傷がもとで、一六二六年に死に、その息子のホンタイジがあとをついだのです。ホンタイジは清の太宗ですが、父の太祖におとらぬ英明で勇猛な指導者でした。後金という国号を清に改めたのも、この太宗の時代だったのです。

満洲族の清の悲願は山海関を越えて、明の心臓部にはいることでしたが、太宗の時代にもそれは実現しませんでした。満洲軍が怒濤《どとう》のごとく山海関を越え、北京を占領したのは太宗が死んだ翌年の一六四四年のことです。すでに世祖順治《じゅんち》帝の時代でした。

そんなわけで、世祖順治帝以降の清の歴代皇帝の陵は北京郊外にありますが、それ以前の太祖と太宗の陵は、二代の君主が国都とした瀋陽の郊外につくられています。太祖ヌルハチとその妻の陵は東陵と呼ばれ、太宗ホンタイジとその妻の陵は北陵と呼ばれているのです。

太祖ヌルハチは、もと遼陽を都としていました。戦国末期、燕が秦においつめられたのも、また三国時代に、公孫淵が司馬仲達に破れた襄平《じょうへい》という土地も、現在の遼陽市の近くであったろうとされています。遼陽市は瀋陽の七十キロほど南にあり、遼（契丹《きったん》族の政権）代、一時は南京天福城と呼ばれたり、東京遼陽府と改められたりしました。ヌルハチは一六二一年に遼陽を陥して都としたのですが、四年後に瀋陽に遷都したのです。そして「盛京」と名づけました。

清が北京を占領して、都をそこへ移したあとも瀋陽は「陪都」あるいは「留都」と呼ばれました。一六五八年、この地に奉天府《ほうてんふ》が置かれ、長官として府尹《ふいん》が任命されて以来、瀋陽は奉天と呼ばれるのが一般的となったのです。天子は天命を奉じているという思想から、皇室の発祥の地をそう名づけたのでしょう。太祖と太宗の二代、二十年足らずの国都ですが、宮殿もつくられました。いわゆる瀋陽故宮で、現在ものこっています。

北京の紫禁城にくらべると、瀋陽故宮はこぢんまりしています。スケールからいえば、もう段ちがいですが、質実剛健を重んじた、建国当初の満洲族政権の姿勢が、そこにうかがわれます。皇帝が儀式を主宰し、大臣とともに政務をとった大政殿は、八角、二層の琉璃瓦《るりがわら》の屋根をもっていますが、四阿《あずまや》づくりの建物です。大政殿の左右にならんでいる建物も、やはり四阿づくりの質素なもので、朱の柱が辛うじて宮殿の面目を保っているかんじがします。これが東の部分で、中央には大清門があり、崇政殿、鳳凰楼《ほうおうろう》、そして後宮の建物がならんでいます。東の部分が外朝で、中央の部分は内廷に相当するのです。西の部分に嘉蔭堂、文溯閣《ぶんそかく》などがありますが、それは建国当初のものではなく、北京遷都後、乾隆《けんりゅう》時代に建てられました。始祖二代の陵墓があるので、天子はときどき墓参に来なければなりません。そのときの休憩所として嘉蔭堂が建てられたのです。

乾隆時代には『四庫全書』という大編纂《へんさん》事業がおこなわれました。天下の書籍をことごとく集め、そのうちから良書をえらび、それを筆写させたのです。それも一部ではなく、おなじものを七部も作成しました。一部が三千四百五十八種、八万巻という厖大《ぼうだい》なものです。七部のうち宮廷が四部を保管し、あとの三部は民間に置くことにしました。宮廷が保管する四部は、紫禁城の文淵閣、熱河避暑宮の文津閣、円明園の文源閣、そしてこの瀋陽故宮の文溯閣に、それぞれおさめられたのです。文溯閣はそのために建てられたものでした。ちなみに、『四庫全書』の最初の写本が完成したのは乾隆四十七年（一七八二）であると記録されています。

瀋陽故宮は、清代にあっては一種の聖域でしたので、周辺には民家がほとんどなかったのでしょうが、いまではまちのなかに、民家に囲まれているようなかんじです。『四庫全書』のうち、民間の三部は太平天国戦争で被害を受け、宮廷の四部のなかの円明園文源閣のものは、英仏連合軍の大略奪と放火にあって失われました。紫禁城文淵閣のものは戦時中、疎開され、そのまま台湾に運ばれたのです。そこで、熱河文津閣の分を北京に移し、近代的設備のある北京図書館におさめました。瀋陽故宮文溯閣の分は、民家がたてこんできましたので、万一の類焼をおそれて、やはり近代的な書庫に移されているそうです。したがって、現在、文溯閣のなかには『四庫全書』はありません。

瀋陽市の北郊にある北陵公園は、いうまでもなく太宗のホンタイジとその妻を葬った北陵を中心にした公園です。北陵は昭陵ともいわれています。市街から近いので、市民の恰好《かっこう》の行楽地として親しまれ、日曜や学校の休暇などには、とりわけ人出が多いのです。それにくらべて、太祖ヌルハチを葬った東陵（別名福陵）はやや遠くにありますが、規模はほとんど同じといってよいでしょう。隆恩殿という三層楼の享殿があり、朱塗りの門と牆《かき》をめぐらすなど、その墓制は、漢制のそれと変わりはありません。満洲族のなかでも、ヌルハチの属した建州衛は、とくに早くから漢族の文化の影響を受け、漢化していたことがわかります。

現在の瀋陽市は、東北最大の都会であるだけではなく、全国でも屈指の工業都市として知られています。とくに機械工業にかけては、中国でも先進的な地位を占めているのです。人口は都市部二百万、周辺部二百万をかぞえています。瀋陽で生産される重工業品は、全国各地に供給されるばかりでなく、たとえば朝鮮平壌《ピョンヤン》の地下鉄の変圧器など、外国にも輸出されているほどです。

遼寧省で瀋陽についで重要なまちは旅順《りょじゅん》市と大連《だいれん》市でしょう。すこし前までは、この両市は併合されて旅大《りょだい》市と呼ばれていたのです。旅順といえば、日本の人はすぐに日露戦争のときの旅順攻撃を思いうかべるでしょう。日露戦争の十年前の甲午《こうご》の戦役（日本で日清戦争と称しています）でも、日本軍は旅順を攻撃して占領しました。

両市は遼東半島の先端にあります。ここも近代の不幸な戦争よりずっと古くから、日本との関係があったのです。地図をごらんください。遼東半島と山東半島とは渤海を囲むようにして、たがいにむかいあっています。両市と山東半島の煙台《えんだい》とのあいだは、ほぼ下関《しものせき》と釜山《ふざん》との距離にひとしいのです。奈良初期の遣唐船は、朝鮮半島の西岸を北上し、遼東半島から山東半島へ渡るコースをとったのではないかと推定されます。

七六一年、在唐の遣唐使の藤原清河《ふじわらのきよかわ》を迎えるために、日本政府は高元度《こうげんど》を派遣しましたが、その一行は前述の渤海国の正使楊方慶《ようほうけい》に伴われて、渤海道から入唐したという記録があります（『続《しょく》日本紀』）。内藤湖南説では、渤海国の西京は鴨緑江《おうりょくこう》の上流にあり、そこから江をくだって旅順を経て山東半島へむかうのが渤海道のはずです。旅順という地名も「旅程の順路にあたる」ところから名づけられたといわれています。また旅順に鴻臚井《こうろせい》というところがあります。鴻臚館とは外国の賓客を迎え、宿泊させる場所を意味し、長安の鴻臚寺は外務省に相当しますから、このような地名が残っていることからして、古くから諸民族が交流した土地であることが推測されます。

旅程の順路にあたる土地は、とりもなおさず交通の要衝で、軍事的にも重要なところです。清末、一八七八年、清朝はここに要塞《ようさい》を築き、李鴻章《りこうしょう》の指揮下にあった北洋艦隊の根拠地としました。日本は清国との戦いでここを陥し、戦後、下関条約によって、いったん租借することにきまったのですが、例の三国干渉によって清国に返還したのです。ところが、干渉の三国のなかの一国であったロシアが、これを租借して、伝統の南下策の野望をはたそうとしました。それが、日露戦争によって、再び逆転し、日本の大陸政策の根拠地になったのです。日本の満鉄や関東軍の司令部はかつてここに置かれました。

第二次世界大戦後、いったんソ連の管轄にはいりましたが、一九五五年に完全に中国に戻りました。

なお大連という地名は、もとはそのまえの湾の名称だったのです。三国干渉後、ここを租借したロシアは、湾名に似せてまちをダルニーと名づけました。日露戦争のとき、ここを占領した日本軍は、まちを大連と命名したのです。両方とも港湾都市ですが、日本が占拠していた時代は、旅順を軍港、大連を商港としていました。

瀋陽《しんよう》市は機械工業を主とする重工業都市ですが、大連市はその土地柄もあって、造船業を主とする工業都市として発展しています。日本が占拠していた時代、星ケ浦と呼ばれた海岸は、現在星海公園と名づけられ、夏季の海水浴場として市民に親しまれています。

遼寧省にはこのほかに、二つの重要な工業都市があります。その一つは遼陽市のすこし南にある鞍山《あんざん》市です。人口百万のこの町は「鋼都」と呼ばれています。鉄鋼産業都市という意味です。付近に豊富な鉄鉱石の産地がありますので鋼都としての地理的条件が整っています。鞍山鋼鉄公司《コンス》の名は、中国の工業界に鳴りひびいているといってよいでしょう。

溶鉱炉に火の花がとび、雷鳴のような音がたえずきかれる鋼都ですが、この鞍山のそばに、湯崗《タンカン》子《ツ》という良質な温泉があるのは心強いことです。かつては東北軍閥張作霖《ちょうさくりん》の別荘があり、日本のかいらい政権のあるじであった溥儀《ふぎ》が滞在したこともあり、一部の特権階級の保養地でした。いまは鞍山で働く労働者のための設備となっています。

もう一つの工業都市は撫順《ぶじゅん》市です。鞍山が「鋼都」と呼ばれるのにたいして、撫順は「煤都《ばいと》」と呼ばれています。煤とは中国語で石炭を意味するのです。むかしから撫順の露天掘りといって、この炭鉱はその埋蔵量の豊かなことで知られています。炭鉱都市ですが、関連産業として、石油工業や電子工業なども発達しています。

撫順は古くは撫西城といって、明代は建州衛満洲族に備えた土地でした。瀋陽市の東、やや北寄りにあります。ふるいまちは炭層の上にありましたので、移転したといった歴史があるそうです。

吉林《きつりん》省の省都は長春《ちょうしゅん》市です。日本が東北につくったかいらい国家「満洲国」はここを首都と定め、「新京《しんきょう》」と呼んでいました。位置的にも、このまちは東北の中心といってよいでしょう。

このあたりは、満洲族の放牧地帯だったのですが、十八世紀末ごろから漢族の居住者がふえ、清朝は一八二五年に長春庁という役所を置きました。それ以来、しだいに都市化して、いまは人口百四十万の大都会となっています。各種の工業も盛んですが、とくに自動車工業はよく知られ、中国全土で活躍している「解放」というトラック、そして高級乗用車の「紅旗」などはここの「長春第一汽車（自動車）廠《しょう》」の傑作です。

長春は工業都市だけではなく文化都市の面をもっています。十二の大学があり、映画の撮影所もすぐれた作品をうんできました。人民公園、勝利公園、労働公園、南湖公園など、市内には緑が多く、道はばもひろく、風格のある近代都市となっています。

長春市の東にある吉林市も忘れてはならないまちです。松花江《しょうかこう》の沿岸にあり、物資の集散地としても重要ですが、風光明媚《ふうこうめいび》なことでも知られています。長春が比較的新しいまちであるのにたいして、吉林は歴史をもった古都です。古代史に登場する粛慎《しゅくしん》は、この地方に拠《よ》ったと推定されています。遼はここに黄龍府寧江州を置きました。吉林市対岸の龍潭山《りゅうたんざん》には、金代の古城跡があります。清初、この地方は「船廠」と呼ばれましたが、豊富な木材と水運の便があるので、ここに水軍のための造船所が置かれたからです。

吉林市は東北最古の都市ですが、近くに豊満水力発電所をもち、肥料、染料など化学工業が盛んであるという近代都市の面も見おとしてはなりません。

吉林省はほかに交通の要衝である四平《しへい》市、すぐれた葡萄《ぶどう》酒の産地として有名な通化《つうか》市などがあります。また吉林省は鴨緑江《おうりょくこう》、図們江《ともんこう》を境として朝鮮と接しています。そのあたりは長白《ちょうはく》山脈が走っていて、朝鮮族もおおぜい住み、延辺《えんぺん》朝鮮族自治州が省の最東端となっているのです。そしてわずかの距離ですが、ロシアとも国境を接しています。

国境線の長さからいえば、なんといっても黒龍江《こくりゅうこう》省です。黒龍江は古くは黒水と呼ばれていました。外国人はアムール川と呼んでいますが、チンギス汗が即位したのはその上流のオノン川の近くにおいてでした。黒龍江は韃靼《だったん》海峡（日本でいう間宮海峡）にそそぎますが、その流域はもとより、ずっと北方の外興安嶺《そとこうあんれい》にいたるまで中国の領土でした。明代は奴児干《ヌルカン》郡司を置いて、黒龍江の河口を支配していたのです。

ロシアの東進によって、しばしば国境紛争がおこり、一六八九年のネルチンスク条約によって、国境はほぼ外興安嶺の線とし、オホーツク海にのぞむウダ湾のあたりは未決定とされました。ところが、十九世紀の帝国主義時代にはいりますと、一八五八年、ロシアは愛琿《あいぐん》条約によって黒龍江西岸の土地を併呑《へいどん》し、一八六〇年には北京条約によって東岸の土地を手にいれて沿海州としたのです。沿海州の州都ウラジオストクは、清代は海参崴《ハイセンウエイ》と呼ばれたまちでした。

さて黒龍江省の省都は哈爾浜《ハルピン》市です。松花江《しょうかこう》に臨み、約二百万の人口を抱える大都市となっていますが、十九世紀までは小さな村落にすぎませんでした。ロシアが清国から鉄道敷設権を得て、東清鉄道を建設したさい、ここを拠点にしたので急に都市化したのです。まちのなかにロシアふうの古い建物が残っていて、エキゾチックなムードがあります。かつては消費都市でしたが、いまは繊維、機械、電気などの諸工業が発達して、工業都市に生まれ変わりました。

哈爾浜市を中心にして東南と南北に、それぞれ三百キロ足らずのところに、黒龍江省の二つの重要なまちがあります。東南のそれは牡丹江《ぼたんこう》市です。松花江の支流である牡丹江に面しています。この川の流域には渤海《ぼっかい》国の東京城跡があり、古くからひらけていたようです。牡丹江市は交通の要衝で、水運も含めて、物資の集散地となり、製材業が発達しています。西北の斉斉哈爾《チチハル》は、清代は黒龍江将軍の駐在地でした。辺境防衛の基地だったのです。チチハルもハルビンも古い満洲語に由来する地名で、前者は「光栄」、後者は「辺境」を意味するということです。

哈爾浜と斉斉哈爾の中間のある大慶《だいけい》油田は、中国最大の油田であることは、あまりにも有名です。「工業は大慶に学べ」というスローガンが、全国いたるところで見かけられたものでした。

ソ連が技術者を一斉に引き揚げ、中国の工業が困難に陥っていたとき、この地に石油がでたというしらせは、どれほど人びとを励ましたことでしょうか。人民が大いに慶《よろこ》ぶ、というところから、油田の名に「大慶」がえらばれたのです。大慶におけるボーリングの成功は、一九六〇年のことでした。

大慶油田は、中国の近代化の一つのシンボルといえるでしょう。

山東

東につき出した大きな山東半島は、大海を渤海《ぼっかい》と黄海《こうかい》に分かちます。山東地方が海と縁が深い土地柄であったことはいうまでもありません。

西方の内陸部育ちの秦《しん》の始皇帝は、海がめずらしかったのか、天下を統一すると、三たびもこの地方を訪れています。始皇帝は二十八年（紀元前二一九）芝罘山《しふさん》と琅邪山《ろうやさん》へ行き、秦の徳をたたえる石碑を立てました。芝罘山は山東半島の北部で、琅邪山はおなじく半島の南部の根もとにあたります。翌年も始皇帝は芝罘と琅邪へ巡幸しました。三十七年（紀元前二一〇）は始皇帝の死んだ年ですが、彼の最後の旅行が山東だったのです。琅邪から芝罘にいたり、そこで大魚を射殺したあと病気になり、急いで西へ帰る途中、河北省の沙丘《さきゅう》の平台で死亡しました。

始皇帝が最初に琅邪に来たとき、徐福《じょふく》という方士《ほうし》が上書して、

――海中に三神山あり、名づけて蓬萊《ほうらい》、方丈《ほうじょう》、瀛州《えいしゅう》という。仙人、之《ここ》に居る。請う斎戒し、童男童女とともに之を求めん。……

と述べたことが、『史記』に記録されています。

方士というのは仙術をおこなうと称する人のことで、不老長寿の薬のありかが海中の三神山にあ

ると言ったのです。長生きしたい始皇帝は、徐福の要求どおり、童男童女数千人を集めました。人間がおもな生産力であった時代のことです。

薬草さがしのために、始皇帝が金に糸目をつけなかったのはいうまでもありません。造船費だけでもたいへんなものだったでしょう。けれども、九年たっても徐福はまだ不老長寿の薬を手に入れていませんでした。彼は始皇帝に譴責《けんせき》されることをおそれて、

――蓬萊の薬は入手できるのですが、いつも大鮫魚《こうぎょ》に苦しめられて、至り着くことができません。どうか弓の名人と同行させていただきとうございます。

と言い逃れをしました。

始皇帝はみずから連発の弩《ど》を持って海上に出て、芝罘で巨魚を射とめたのです。前述したように、始皇帝はその直後に発病して、やがて死んでしまいました。

徐福はそれからどうなったのでしょうか？　『史記』はその後の徐福のことに言及していません。始皇帝がみずから巨魚を退治したのですから、徐福は出発せざるをえなかったでしょう。

おおぜいの童男童女を乗せた徐福の船隊が、日本にたどり着いたのだとする話が、むかしから語り伝えられています。いまも新宮《しんぐう》市と熊野《くまの》市に「徐福の墓」があり、土地の人は祭祀《さいし》をつづけています。

徐福渡日の真相はわかりませんが、土地の人は信じて疑わないようです。捕鯨の術を土地の人に教えたという言い伝えもあります。潮の流れからすれば、熊野は西から来る船が着きやすいところだそうです。そういえば、日本の「神武東征」の伝説も、熊野に上陸したことになっています。

山東省の名勝のなかで、世間にも最もよく知られているのは曲阜《きょくふ》の三孔《さんこう》と泰山《たいざん》でしょう。三孔というのは、孔廟《こうびょう》（孔子を祀《まつ》った廟）、孔府（孔子の住居）、孔林（孔子一族の墓所）のことです。

孔子といえば、私たちはすぐに『論語』を連想します。中国だけではなく、日本や朝鮮など、儒教の影響を受けた諸地域では、孔子は教養の源泉とされてきました。海外にいる華僑《かきょう》もよく孔廟を訪れるようですが、一種の心のふるさと、なのかもしれません。

まず孔廟ですが、いかにも厳粛で、重厚な雰囲気がかんじられます。孔子の死の一年後、はやくも魯《ろ》の哀公《あいこう》が廟をつくりました。最初は小規模なものでしたが、前漢に儒教が国教化されるようになって以来、歴代の帝王が「加封追謚《かふうついし》」し、規模もしだいに大きくなりました。現在の孔廟の建物は、大部分が明清《みんしん》のころのものです。最も古いのは奎文閣《けいぶんかく》で、宋《そう》の天禧《てんき》二年（一〇一八）創建、金の明昌《めいしょう》二年（一一九一）重建されたものです。はじめは蔵書楼と呼ばれていましたが、重建されたとき奎文閣と改名されました。

孔廟の本殿ともいうべき主体建造物は大成殿です。宋の崇寧《すうねい》二年（一一〇三）創建ですが、明の弘治《こうち》十二年（一四九九）重修したさい、柱に龍の彫刻を施し、それが評判になりました。その石柱は漢勾山《かんこうざん》に産する青石のなかでも、とくに魚子石と呼ばれる独特のものでつくられています。石柱の直径は八十センチ、高さ五・七メートルです。旅行好きの清の乾隆《けんりゅう》帝はここを訪れていますが、そのとき下見に来た家臣が、土地の役人にそれらの石柱を赤い幕でかくすように命じたといわれています。なぜなら、皇居である北京の紫禁城にさえ、主体建造物の太和殿の柱に龍の彫刻がないからでした。

大成殿の手前にある「杏壇《きょうだん》」は、もとの大成殿跡だといわれています。孔子が杏壇で休み、弟子たちが読書したというエピソードが『荘子』にあります。それにちなんで、後世の人が杏《あんず》の木を植え、亭《ちん》を築き、杏壇と名づけたのです。金の著名な書家党懐英《とうかいえい》の「杏壇」の二字の篆書《てんしょ》はみごとなものです。

奎文閣と大成門とのあいだに、十三碑亭があります。十三の亭のなかにおさめられている碑は五十三基です。最も古いものは唐の開元七年（七一九）で、碑の側面に唐、宋、元、明、清各代の人の追記があります。

元の至大元年（一三〇八）九月、皇帝（武帝）とその妹がここへ来たことがしるされている碑があります。じつは孔廟はむかし女人禁制だったのです。元は蒙古《もうこ》族なので、これまでのしきたりを無視することができました。元の皇妹は、女性で孔廟を訪れた最初の人物となったわけです。

十三の碑亭のうち、清代のものが九座、金と元とがそれぞれ二座です。明代の碑亭は別のところ——奎文閣の南にあります。異なった時代の建造物がならんでいるのは、見ていて興味深いものです。時代の風格というものが、どこかににじみ出ています。

廟内のあちこちに石碑が、かぞえきれないほどあります。亭をもっているのもあれば、露出しているのもあり、よく見ると、セメントでつながっているのもありました。文革中に北京《ペキン》から来た紅衛兵がたおしたものを、あとで立てなおしたもののもすくなくありません。そのとき二つに折られたものは、セメントでくっつけたわけです。心痛む傷痕《きずあと》といえるでしょう。

石碑といえば、孔廟の東廡《とうぶ》と西廡とは、古代石碑博物館といってよいでしょう。めったにない漢《かん》魏六朝《ぎりくちょう》の石碑だけでも二十余墓あります。最も古いのは、五鳳《ごほう》二年（紀元前五六）六月四日成の記年がありました。あらゆる書体、元がつくった非実用的な八思巴《パスパ》文字や満洲《まんしゅう》文字まであります。書の好きな人は、東西両廡の見学だけでも、たっぷり一日かかるのではないでしょうか。


孔廟の東隣が孔府です。孔子の子孫が住んだ住宅で、現存の建物はほとんど明清代のものといわれています。

前漢の元帝の時代、孔子の十三代の子孫孔覇が関内侯に封ぜられ、食邑《しょくゆう》八百戸を与えられ、黄金二百斤と宅地一区を贈られた記録があります。そのときの宅地一区がしだいにひろげられて、現在の孔府となったのでしょう。

孔府は中路、東路、西路の三つの部分から成っています。歴代王朝が孔子の子孫を侯に封じたので、孔府のほうでもそれなりに役所を置かねばなりませんでした。三堂六庁と呼ばれるのがそれです。北宋の至和二年（一〇五五）、孔子四十六代の子孫孔宗愿《こうそうげん》が衍聖公《えんせいこう》に封ぜられてから、ここは衍聖公府とも呼ばれてきました。大堂、二堂、三堂のいわゆる三堂は、歴代衍聖公の執務所です。六庁は中央の六部《りくぶ》の縮刷版といってよいでしょう。それらのオフィスが中路にあるのです。

東路には家廟、慕恩堂、一貫堂などの建物があります。清の乾隆帝は皇女を七十二代衍聖公の孔憲培に嫁がせました。皇族の女性が漢族の男性に嫁ぐことなどめったになかった清代でも、孔家だけは別だったようです。乾隆帝の皇女のためにつくったのが慕恩堂でした。一貫堂は衍聖公の嫡系の家族の住居だったのです。

中路が公式の場所、東路が個人的生活の場所であるのにたいして、西路は応接と教養の場所といってよいでしょう。西路には紅萼軒《こうがくけん》、忠恕堂《ちゅうじょどう》、安懐堂《あんかいどう》などがあります。たとえば、紅萼軒は孔子の歴代子孫が書画を制作する場所、すなわちアトリエだったのです。ほかの建物は賓客を接待するところでした。現在、この西路は旅行者の宿泊用に開放されています。

いまは用いられていない中路の建物には、さまざまな文物が展示されています。古代青銅器から元明の衣冠、工芸品、書画などにいたるまであり、元の画人趙孟頫《ちょうもうふ》が論語の細字を線にして孔子像をかいたという、めずらしい作品もあります。

孔府の庭は、ちょっとした植物園のようなかんじです。庭の一隅に池があり、そのそばに築山がありました。築山はもっと大きかったのですが、七十七代孔徳成の母親に子供ができなかったところ、ある易者先生が築山が高すぎるからであると言ったので、削りとったということです。それでも子供が生まれないので、その易者先生は夜逃げしたといわれています。つぎに池を埋めればよいという先生もいて、そんなことで庭園はあれこれ変更されました。孔子という人は、きわめて現実主義的な性格で、迷信を嫌ったのですが、その子孫はずいぶん迷信家になったようです。

孔林は曲阜城北にあります。一キロあまりの林道の尽きたところに、「至聖林」という額をかかげた孔林の大門があるのです。そのなかに石碑が林のように立っているので、孔林と呼ぶようになったのでしょう。

孔子の墓は孔林のほぼ中央にあります。孔子の墓には「大成至聖文宣王墓」とあり、むかってその右に「泗水侯墓」があり、これは孔子の息子の孔鯉《り》の墓です。孔子墓の前に「沂国述聖公墓」があり、これは孔子の孫の子思《しし》の墓にほかなりません。このような墓の配置は、「携子抱孫《けいしほうそん》」（子をたずさえ、孫を抱く）といわれるそうです。孔子墓のむかって左の隅に、子貢《しこう》の墓がひっそりと立っています。子貢は孔子に経済的な援助をした人物といわれていますが、血縁関係はありませんでした。

孔子の墓の区域は、宋代の石人が対《つい》に立っているところが入口にあたるのでしょう。その外側に、子貢手植えの楷《かい》の木が立っています。現在のものはその何代目かのものでしょう。大規模な祭祀をするときは、墓前でおこなわれるのではなく、享殿《きょうでん》でおこなわれたようです。享殿の前にも石人や文豹《ぶんぴょう》などがつくられています。ここの石人は明代のもので、文豹や望柱は宋代のものです。一族の墓が、これほど長期にわたって保存され、しかもその規模が大きいことは、ほかに例がありません。

なお近代史の遺跡として、解放戦争時代、朱徳《しゅとく》総司令が孔子墓の享殿で、重要な軍事会議をひらいたことをつけ加えるべきでしょう。

孔子のまちともいうべき曲阜から、汽車で一時間二十分ほどで、泰安《たいあん》というまちに着きます。中国の聖山である泰山のまちといってよいでしょう。

泰山は「五岳の首」といわれ、歴代の皇帝はここで封禅《ほうぜん》の儀式をあげました。皇帝なら誰でも泰山で封禅ができるのではありません。治績をあげた聖天子だけが、それを許されたのです。

さまざまな説がありますが、泰山の頂上で土を盛って壇をつくり、そこで天をまつるのが「封」で、泰山の麓《ふもと》の小山で地を祓《はら》って山川をまつるのが「禅」であるといわれています。泰山は岱山とも書かれ、その山の下の廟も、ふつう「岱廟《たいびょう》」と呼ばれているようです。岱廟の文物はよく保管されています。これは文革にさいして、廟の当事者のとった冷静で賢明な措置のおかげでしょう。

岱廟の本殿は巨大な天貺殿《てんきょうでん》で、これは紫禁城の太和殿、孔廟の大成殿とともに、中国の三大宮殿と称されているものです。廟内には銅亭があります。銅でつくられた亭は、中国に五つしかないそうです。北京頤和園《いわえん》にあるものは、朝鮮が贈呈したものといわれています。岱廟の銅亭は、もと泰山の南天門にあったのです。明末、李自成《りじせい》軍が来たとき、これを黄金造りだとおもって、山から持って降りたところ、金メッキだが、内部は銅とわかったので、ここに置いて行ったという話が伝わっています。

陰暦の三月二十八日は泰山廟会といって、祭りにあたるのです。私が泰安に着いた五月十一日が、たまたま陰暦のその日にあたり、たいへんな賑《にぎ》わいでした。一般には廟会と言っていますが、役所の看板には、

——泰城春季物資交流大会

とありました。日本の縁日とまったくおなじで、河原に芝居小屋があるところまで似ています。

なお『水滸伝《すいこでん》』の第七十四回には、この廟会の相撲《すもう》の試合が物語られています。梁山泊《りょうざんぱく》の豪傑の一人である燕青《えんせい》が、擎天柱《けいてんちゅう》と呼ばれる相撲の名人を投げとばし、大騒動をおこすのです。

泰山の高さは、地図には千五百二十四メートルとあります。まわりにあまり高い山がないので、いっそう目立つのでしょう。このていどの山なら、たいてい山道がぐるぐる山を巻くようにして頂上に至るのですが、泰山はそうではありません。麓から頂上まで、まっしぐらに石段がつづいているのです。同行の人にかぞえてもらったところ、麓から頂上近くの賓館まで七千以上も段がありました。よほど脚に自信のある人でなければ、登ったあとしばらく脚が使いものにならないでしょう。

泰山はその山中に、かずかずの建造物をもっています。闘母宮、壺天閣《こてんかく》、中天門、碧霞祠《へきかし》、南天門などです。中天門から玉皇頂（泰山の頂上）へ行く途中に五大夫松という名所があります。五大夫というのは秦代の官職階級名で、松にその位が贈られたのです。そのいきさつがおもしろいので、かんたんに紹介しましょう。

秦の始皇帝は、帝位について三年後、泰山で封禅の儀式をおこないました。ながいあいだ廃絶していましたので、儀式のしきたりもよくわからず、儒者を召してたずねても、諸説紛々だったのです。始皇帝は面倒だとばかり、儒者をしりぞけ、自分のやり方で車道をきりひらき、山頂に至って碑を立て、封禅の儀式をおこなったことをあきらかにしました。けれども、このとき、途中で暴風雨があり、始皇帝は大きな松の下で雨やどりしたのです。それにたいする謝礼として、始皇帝はその松に五大夫の位を贈ったといわれています。しりぞけられた儒者たちは、始皇帝が遭難したときいて、

——それみたことか。

と、そしったことが『史記』にしるされています。始皇帝の封禅のあと十二年で秦は滅亡しました。儒者たちのなかには、

——始皇帝は泰山で暴風雨に遭い、ほんとうは封禅できなかったのだ。

と言いふらす者もいたそうです。

いつのころからか、泰山の神は女性の守り神だといわれ、「娘娘《ニャンニャン》廟」とも呼ばれるようになりました。そのせいか、年配の婦人の登山者が多いように見うけます。たしかにこの山を登ると、健康にもよいでしょう。なかには纏足《てんそく》の老婦人が杖《つえ》をついて、よちよちと石段を登るすがたもあり、見ていてはらはらしました。

メーデーや国慶節などの機会に、ときどき集団登山会がおこなわれるそうです。今年のメーデーには、鉄道の泰安駅を利用した者だけで、八万人の参加がありました。地元やバスで来た人をあわせると、集団登山会の参加人数は、おそらく十万をこえたでしょう。

泰山は人民の健康にも貢献しているのです。

この山に登ってかんじたのは、仏教色がほとんどないことでした。やはりここは道教の総本山といえるでしょう。また山頂の唐の磨崖《まがい》碑をはじめ、沿道のいたるところに字が刻まれ、書道の宝庫の観があります。

麓近くには革命烈士記念碑があり、近代史がとつぜん顔をのぞかせるかんじでした。南京《ナンキン》に中山陵が完成し、北京に安置されていた孫文の柩《ひつぎ》が移されたとき、この地の人たちが柩の綱をひいた記

念に、「総理奉安記念碑」が立てられています。これは闘母宮の近くです。山を降りて、町が近づくにつれ、道教世界から現実に呼び戻されることになります。

山東省の省会（省都）は済南《さいなん》市です。

済南市は京滬《けいこ》線と膠済《こうさい》線とが交わる交通の要衝でもあります。南は泰山に依《よ》り、北は黄河に臨むという地形です。人口三百万をこえるという大都市ですが、「泉都」という別名があるとおり、風《ふう》光明媚《こうめいび》なまちでもあります。また済南七十二湖という呼び方もありますが、土地の人にきくと、済南市域のなかの湖水は、じっさいには百以上あるそうです。そのなかで、最も有名なのは柳のうつくしい大明湖《だいめいこ》でしょう。大明湖は済南市民の憩いの場となっています。澄んだ湖のうえには、遊覧船やボートがうかび、湖のほとりには散策人が絶えません。

遊覧船に乗って、湖のなかの島まで行けます。その島には湖心亭というあずまやがあり、一名を歴下亭ともいうそうです。湖の近くの山の名が歴山で、その下という意味でしょう。湖心亭には杜《と》甫《ほ》の詩からとった聯《れん》が左右にかかっていました。

海右此亭古
済南名士多

杜甫は若かりしころ、よく山東のあたりに来ました。まだ官職もなく、放浪していたのです。父の杜閑《とかん》が兗州《えんしゅう》で役人をしていたので、そこにころがりこんでいたのでしょう。『新唐書《しんとうじょ》』の杜甫伝に、

——少《わか》きとき貧しくて、自ら振わず、呉越斉趙《ごえつせいちょう》の間に客たり。……

とあります。若さにまかせての放浪ですが、二十五歳から二十九歳にかけて毎年、山東に遊んでいるのです。三十四、五歳のときも、兗州に来ていますが、そのときは李白《りはく》もいっしょでした。晩年の大杜甫の基礎が、放浪時代の経験を滋養としてつくられたのはいうまでもありません。

湖畔の北極閣は元代建造のものです。

書画展や盆栽展、陶磁展などが、湖岸の建物でひらかれています。書画展でみかけた拓本の句に、済南のすがたをみごとに表現したのがありました。

四面荷花（蓮）三面柳
一城山色半城湖

大明湖には蓮《はす》の花がうかび、湖岸の柳の緑はあざやかです。これは清の劉鳳誥《りゅうほうこう》の作った句で、済南の書家である鉄保という人が書きました。

済南には風雅の伝統があるのでしょう。私たちの乗った遊覧船でさえ、入口の左右につぎのような聯をかけていました。

青山着意化為橋
紅雨浪心翻作随

湖岸には近代的なローラースケート場があって、若い人たちがたのしんでいました。

済南という地名は、済水の南という意味ですが、この済水は二千年近く前に、水路を変えたか、黄河に呑《の》みこまれたかして、現在はもうありません。大明湖から流れ出た水は、小清河《しょうせいが》と呼ばれ、萊州湾《らいしゅうわん》にそそぐのですが、この河の舟の便によって、済南の産業経済が潤ったという面があるそうです。

いまでは、済南で河といえば、黄河のことにきまっています。市内から車で約二十分ほどで、黄河の岸に出ることができます。現在の黄河の河床は、済南市より約四メートルも高いそうです。河の岸に立って、悠久の歴史を想《おも》うのもよいでしょう。黄河の水量は季節によって、増減がはなはだしいものですから、時期によって、さまざまな景観のちがいを見せてくれます。中国人にとっては、黄河が文明の母であるという考えが、いつまでも心にしみこんでいるのです。

済南市から車で一時間ほどのところに、全国重点文物保護単位（国宝）に指定されている四門塔があります。四門塔は中国でも唯一の一層の塔です。北朝東魏の武定二年（五四四）の創建といわれています。高さ十五メートル、門をはいると、塔心柱をめぐって四面に石刻の仏像が安置されています。

四門塔は柳埠《りゅうふ》というところにありますが、ここにはほかに千仏崖《せんぶつがい》、龍虎塔《りゅうことう》といった古跡があります。

龍虎塔は省級重要文物保護単位に指定されています。この塔の西面には飛天の彫刻があり、いささかインドのにおいもするようです。ただし、北面は風化による破損がひどく、彫刻もよく見えません。おなじ塔ですが、西面は山が屛風《びょうぶ》になって、自然に保護されているのにたいして、北面は風がまともに吹きつけるというハンディキャップがあったのです。創建は唐の中期で、飛天のほか仏像や天王像の彫刻もありますが、とりわけ龍と虎の彫刻が目立つので、龍虎塔と呼ばれるようになりました。

千仏崖は龍虎塔の西面を保護した山の崖面約六十メートルにわたって、大小二百十余の仏像が彫られている場所です。そのうち題記のあるもの四十六で、それによって初唐の古跡であることがわかっています。顕慶二年（六五七）や三年という記年が目立ち、太宗李世民《りせいみん》の娘南平公主の夫が、妻の親のために造ったといういわれも読み取れます。南平公主の夫は劉玄意といって、この斉州の刺史《しし》（地方長官）として赴任してきた人物です。

文献によると、このあたりに神通寺という寺があり、朗公和上が東晋《とうしん》の永和七年（三五一）に創建したといいます。五百の僧がいたというから大きな寺だったにちがいありません。ところが五代のとき大火で焼失し、のち小規模な再建はありましたが、いつのまにか廃寺となり、清末ごろにはもうなくなっていたそうです。

山東半島南部の青島《チンタオ》は、近代的な良港として、忘れてはならない存在です。かつてはドイツの租借地であったという屈辱の歴史も、記憶されるべきでしょう。済南市とは趣《おもむき》を異にした風光明媚の土地で、「東方のスイス」とい名称さえあります。

青島は膠州湾《こうしゅうわん》の東南岸にあり、湾の門戸を扼《やく》している位置を占めています。明初、ここに浮山千戸所という、海軍の鎮守府がつくられました。それはおもに倭寇《わこう》に備えるためだったのです。倭寇の脅威がなくなると、海軍鎮守府も廃され、この地はもとの寒村に逆戻りしました。近代になってから、海洋港として青島は復活したのです。

青島には海洋学院と中国科学院の海洋研究所とがあり、中国の海洋学研究のセンターになっているのは注目すべきでしょう。

青島は過去ではなく、未来に目をむけているまちです。

西

安西
敦煌
千仏洞
嘉峪関
玉門
酒泉
張掖
武威
黄
河
連山脈
青海湖
西寧
劉家峡
幽州
脈
咸陽
西安
渭水
成都
都江堰
楽山
峨眉山
岷江
重慶
長
江
大雪山脈

ジュンガル盆地
伊寧
石河子
ウルムチ
火焔山
トルファン
アスターナ古墳
高昌古城
天山山脈
クチャ
アクス
カシュガル
楼蘭
ロプノール
タリム盆地
タクラマカン砂漠
ヤルカンド
アルゼンチン山脈
ホータン
コンロン
チベット高原
ラサ

古都洛陽

黄河中流の流域は、中国文明のふるさとであるといわれています。

黄河は古来、しばしば水路を変えましたが、河南《かなん》省の洛陽《らくよう》、鄭州《ていしゅう》、安陽《あんよう》にかけての地方が、中国のまほろばといえるでしょう。かずかずの古代文物が出土しており、考古学の調査によっても、そのことがあきらかにされているのです。

洛陽は中国の古都として、あまりにも有名です。日本でも京都の雅称として、京洛とか洛陽といった表現を用いています。山は南が陽で北は陰ですが、河川の場合、その反対で、南が陰で北は陽です。黄河の支流である洛河《らくが》の北に位置する土地なので、洛陽と名づけられました。

洛陽の歴史は、中国の歴史の縮図であるといえるでしょう。むかしから、いくつもの王朝の首都となりました。この地にはじめて首都がつくられたのは、今から三千年も前のことです。

紀元前一〇五〇年ごろ、周が商（殷《いん》）をほろぼして、天下を取ったことはよく知られています。周はもともと陝西《せんせい》省の西安《せいあん》あたりを本拠にしていたのですが、東進して河南省の安陽《あんよう》あたりに都を置いていた商を撃ち、それにとってかわったのです。周の文王《ぶんおう》は東征の軍中で死に、商にたいして勝利をおさめたのは、その息子の武王《ぶおう》の時代でした。『史記』には武王が周公旦《しゅうこうたん》に語ったことばを

紹介していますが、そのなかに、

――我、南のかた三塗《さんと》（河南省の地名）を望み、北の嶽鄙《がくひ》（太行山《たいこうさん》とその近辺）を望み、顧《かえり》みて有河（黄河）を詹《み》、ここに洛伊《らくい》（洛水と伊水）を詹るに、天室たるに遠きなからん。

というのがあります。ほうぼうの土地を見てまわりましたが、このあたりが理想郷（天室）に近いという意味です。このあとに、

――周居（周の王室）を洛邑《らくゆう》に営みて後に去る。

と、つづいています。洛邑とは洛陽のことで、このときの周の首都として洛陽が造営されたように解釈できるでしょう。けれども、おなじ『史記』のなかに、武王の息子の成王《せいおう》が洛陽を造営して、九鼎《てい》を安置したという記事があるのです。おそらく、武王の時代に計画され、成王の時代に完成したとおもわれます。成王の初期に摂政であった周公は、

――此《これ》（洛陽のこと）は天下の中（央）にして、四方より入貢するに道里《どうり》均《ひと》し。

と、述べています。諸侯が貢物を持ってくるのに、そこからも道のりがひとしいというのです。天下の中心というのですが、じっさいには周が支配した地域は、意外に広大で、出身地の陝西省西安近辺に「宋周」という都を置き、この洛陽を「成周」と呼び、二つの拠点によって天下を治めたようです。

では、その成周とはどこにあったのでしょうか？　なにしろ三千年前のことで、はっきりと、ここであると断定するきめてはありません。けれども、現在の洛陽市の西郊に、すこし地形が隆起した部分があり、古代人が集落にえらびそうな位置なので、そこではないかと推定されています。発

掘調査によっても、そのあたりからは仰韶《ヤンシアオ》、龍山期から商の後期の遺跡が発見されているのです。周はなにもなかったところに都をつくったのではなく、やはり前から集落があり、生活条件の良い土地をえらんだのでしょう。

この地方の出土品は、洛陽の博物館に展示されています。洛陽博物館は西安《せいあん》や蘭州《らんしゅう》のそれにくらべると、こぢんまりしていますが、その内容はなかなか充実して、見ごたえがあるものです。

周の幽王《ゆうおう》が犬戎《けんじゅう》に殺されたあと、周はもう二つの拠点を維持することができず、宋周を放棄して成周すなわち洛陽だけを保つことになりました。紀元前七七〇年のことで、これ以後を東周と呼びます。じっさいには周室の力は衰え、諸侯がもう言うことをきかなくなったので、これからは春秋時代にはいるわけです。

春秋戦国の長い分裂、動乱のあと、紀元前二二一年、秦《しん》の始皇帝が天下を統一して、国都を陝西省の咸陽《かんよう》に定めました。秦につづく西漢（前漢）は長安を国都としましたが、東漢（後漢《ごかん》）は再び洛陽を国都としたのです。それから魏《ぎ》、西晋《せいしん》と、洛陽は王朝が変わっても国都でありつづけました。西晋がほろびて、南北分裂の時代にはいりますが、北方の雄であった北魏は、四九四年、平城（山西省大同）からこの洛陽に遷都しました。南北朝時代、南の中心は南京で、北の中心は洛陽だったのです。

隋《ずい》と唐とは長安を国都としましたが、洛陽を東都あるいは東京《とうけい》と呼び、国都につぐ取扱いをしたのです。いわば副都でした。武則天《ぶそくてん》は洛陽が気に入って、神都と呼んだほどです。けれども唐がほろびたあと、洛陽はもう再び国都あるいは副都といった、はなやかな地位を与えられることはなくなりました。

解放前、洛陽は人口八万から九万という、さびれた地方都市でした。現在は、洛陽は市区の人口五十万、郊外区の三十万をあわせて人口八十万の中型都市となっています。四百の工場があり、とくにトラクターは「東方紅」印として、全国的に有名です。

かつて九朝（九つの王朝）の古都といわれた洛陽も、いまは新興工業都市の性格を強く帯びています。けれども、市の中心地区でさえ、やはりどことなく古都の風格をもっているようにみえるのです。

洛陽市郊外の白馬寺《はくばじ》は、古都のシンボルといえるかもしれません。長い歳月のあいだに、さしもの洛陽も荒廃し、全盛時代の面影《おもかげ》をとどめるものは、ほとんどなくなりました。白馬寺は数すくない遺跡の一つです。

白馬寺は中国で最初に建立された仏教寺院であるといわれています。

洛陽を国都としていた東漢時代に、仏教がインドから西域《せいいき》を経て伝わってきました。言い伝えによりますと、東漢二代皇帝の明帝《めいてい》（在位五七―七五）が、ある日、「金人」を夢にみたので、群臣に問うたところ、

――西方に神がいて、その名を仏というそうです。その形は丈六の高さで、黄金色と申しますから、おそらくそれを夢にごらんになったのでしょう。

と、答えた者がいたそうです。そこで、明帝は天竺《てんじく》（インド）に使者を派遣して、仏法のことをたずねたということになっています。『資治通鑑《しじつがん》』には、永平八年（六五）に天竺への遣使求法《ぐほう》がおこなわれた、と記されています。

けれども、これによってはじめて仏教が伝わったとは考えられません。なぜなら、当時、国都洛陽には、交易のために、かなりの数の西域人が来て居住していました。一世紀前後の西域は、仏教圏だったのですから、洛陽在留の西域人はとうぜん仏教徒が多かったはずです。彼らのために、仏教寺院をつくる必要がありました。

一世紀後半、創建といわれる白馬寺は、おそらく在留西域人の信仰のためのものだったでしょう。洛陽の市民たちは、もの珍しげに白馬寺を眺めるだけで、寺のなかにはいって仏法をきこうという気持はまだなかったとおもわれます。

一説には、天竺から来た仏僧摂摩騰《しょうまとう》のために、明帝が建立したともいわれています。白馬という寺名についても諸説あって、正確にはわからないようです。地名説、それも外国の地名をとったという説もあれば、白馬が仏典をのせて来たので、それにちなんだ命名という説もあります。文献によりますと、洛陽に白馬寺が建立されたあと、各地にも同名の寺がつぎつぎにつくられたということです。長安《ちょうあん》にも建康《けんこう》（南京）にも白馬と称する寺がありました。

年代については確認できませんが、洛陽の白馬寺が中国における仏教寺院の第一号であったことは、まちがいのない事実であります。

北魏末の戦乱で荒廃したこの白馬寺を、隋唐のころに再建しましたが、その後、明《みん》の嘉靖《かせい》年間

（一五二二—一五六六）に、また大修復が加えられています。現在の白馬寺は、ほぼ明代修復の規模だということです。清《しん》代にも一度修復があり、解放後の一九六一年にもありました。いまは全国重点文物保護単位すなわち国宝となっています。

　門前には石馬が立っていますが、これは白馬という寺名によって、後代の人がつくったものです。すこしはなれたところに、有名な白馬寺の石塔があります。建立の年代は、正確にはわからなくなっていますが、唐代であろうと推定されているそうです。そのころは、塔も寺の境内だったはずですから、明代修復以前の白馬寺は、現在よりずっとスケールが大きかったのでしょう。

　この塔の前のある地点に立って、かしわ手をうつと、蛙《かえる》の鳴くような音が共鳴します。このことが、むかしから神変不可思議のこととされていたのです。

『洛陽伽藍《がらん》記』は北魏の楊衒之《ようげんし》という人が、洛陽が戦乱で荒廃したあと、全盛時代の洛陽をしのんで記述した本です。それを読むと、咲く花のにおうが如《ごと》しといえる洛陽の繁栄がよくわかります。そのなかに、白馬寺は城下の西にあるとしるされていますが、現在は洛陽市の東郊にあるのです。これは白馬寺が移転したのではなく、洛陽のまちのほうが移ったのです。隋は南北を統一したあと、荒廃した北魏洛陽城の西方十五キロのところに、ほとんど同じ規模の洛陽城を造営しました。六〇五年のことです。洛陽城は白馬寺をとび越えるようにして移転したことになります。現在の洛陽市は、位置的には隋の造営した場所にあるのです。

ほかの都市とおなじように、洛陽市も城壁をとり払っています。まちのなかで、あたりを見まわしても、古都らしい風格はそれとなくかんじられるのですが、白馬寺のほかにこれといった遺跡は見あたりません。

洛陽市の公園には、この近辺から発掘された西漢時代と東漢時代の古墓が、それぞれ一基ずつ移されています。墓制の研究にかんしては、これはたいへん重要なものです。けれども、前述したとおり、よそから移したもので、もとからここにあったのではありません。十二世紀に金軍が攻めこんだとき、隋の造営した洛陽城は炎上してしまったのです。そのあと、宋《そう》は都を杭州《こうしゅう》に移しましたし、元から明、清にかけて、北京《ペキン》が国都となり、洛陽の地位は回復しませんでした。復興らしい復興がなかったので、遺跡らしい遺跡もすくないのです。

これは市内についての話で、郊外に出ればすばらしい遺跡があり、さすがは洛陽だと感心させられます。

その一つは、いうまでもなく龍門石窟《りゅうもんせっくつ》です。洛陽市の南十三キロ、伊水という河の両岸に石窟が掘られています。伊水は南西から流れているのですが、ここで石灰岩の山をうがって、二つにわけている形です。東の山は香山で、西の山が龍門山と呼ばれています。

南から洛陽にはいるのは、この狭い龍門を通るしかありません。洛陽にしてみれば、これは天然の要害です。狭くなっていますし、そこが河ですから、守り易く攻めにくい地形になっています。

たしかに「門」というかんじです。けれども龍門という名称は、東漢になってから用いられたもので、春秋戦国時代はここを「闕塞《けっさい》」と呼んでいました。闕は障壁のきれているところ、すなわち宮殿の門を意味します。塞という字は、ふさぐ、という意味ととりで、という意味があるのです。この名称によっても、ここが国都洛陽の南の守りであったことがわかるでしょう。河の名称が伊水なので、「伊闕《いけつ》」という呼び方もあります。伊水が両側の山にはさまれて門のように狭くなった場所のことです。『史記』列伝のなかに、秦の将軍白起《はくき》が、昭王の十四年（紀元前二九三）、

――韓《かん》、魏を伊闕に攻む。首を斬《き》ること二十四万。……

とあります。大勝利を得たのですが、おそらく地形をたくみに利用したのでしょう。

このように龍門は戦国の古戦場でもありましたが、そのことはほとんど忘れられ、いまではすぐれた彫刻や題記をもつ石窟で知られています。貴重な仏教遺跡であり、国宝――全国重点文物保護単位に指定されているのはいうまでもありません。

前述したように、北魏は四九四年に平城（大同）から洛陽に遷都しました。大同では国都の郊外の雲崗《うんこう》に石窟寺がつくられましたが洛陽に移ってからも、その郊外に石窟寺をつくることをつづけました。いわば龍門石窟は、雲崗石窟のつづきになります。

龍門のあたりは、石質が適当に堅く、ちょうど彫刻にむいていました。敦煌鳴沙山《とんこうめいさざん》のように、石質が脆《もろ》いと石仏をつくることができず、壁画をつくり、別に塑像《そぞう》をつくって持ちこむしかなかったのです。龍門が敦煌とちがうのは、その山の石に仏像をじかに彫っていることです。そのかわり、敦煌のような絢爛《けんらん》たる壁画はみられません。敦煌が中国の絵画の宝庫であるとすれば、龍門は中国の彫刻の宝庫といえるでしょう。

龍門石窟のなかで最も古いのは、古陽洞と呼ばれるものです。北魏の貴族たちが発願して、工匠

たちに造られたもので、洞内にぎっしりと小仏龕《ぶつがん》をちりばめています。敦煌でもおなじみの、あの交脚菩薩《ぼさつ》像がずらりとならんでいるのです。

彫刻のほかに、龍門は「書」の宝庫でもあります。題記といって、洞の内外に文字が刻まれていて、そのなかに名筆がすくなくありません。「龍門二十品」といって、すぐれた筆跡の題記を、後世の人が二十えらんでいます。その二十のなかの十九までが、この古陽洞のなかにあるのです。

古陽洞やその周辺の小窟は、貴族たちの私的な造営ですが、北魏は国家的事業として、大規模な石窟寺造営を計画しました。

北魏は鮮卑《せんぴ》族の拓跋《たくばつ》部の建てた王朝です。それが漢族のふるさとのような中原《ちゅうげん》に乗りこんできたので、どうしても民族間の融和をはからねばなりませんでした。姓も漢人ふうに改め、漢族との通婚を奨励し、胡服《こふく》や胡語を禁止するといった、思い切った政策をとっています。民族間の融和をはかるには、その精神的指導原理として、仏教に頼るのが最も有効でした。北魏の洛陽に仏教寺院が千三百六十七もあったというのですから、政府が仏教奨励にいかに力をいれたかがわかるでしょう。龍門に国家的事業として、石窟寺をひらこうとしたのは、とうぜんのことでした。

ところが、どうやら最初の計画は大きすぎたようです。現実的ではないので計画を縮小してつくったのが、賓陽洞と呼ばれる三窟でした。もっとも、北魏時代に完成したのは中洞だけで、あとの二窟は、隋から唐にかけて、彫りついで今日のような形になったものです。中洞の本尊である釈迦《しやか》像は高さ八・四メートルで、二弟子、二菩薩を従えています。手のひらが大きく、ぜんたいがおおらかなかんじです。といっても、細部がじつに精巧につくられていて、さすがは皇室の力をもってつくられただけのことはあります。

北魏末期の石窟には蓮花洞《れんげどう》と呼ばれるものがあります。天井に大きな、あざやかな蓮《はす》の花が彫りこまれていることから、そう名づけられたのです。この洞では天井のほかに、浅い浮彫りの二弟子像がすぐれているので知られています。

唐初のものに、潜渓寺とよばれる大きな石窟があり、ここの菩薩像は豊満で、北魏から唐への彫刻のうつりかわりがよくわかります。唐にはいってからは、こんなふうに新しく造営するほか、未完成の窟を補完するといった仕事も進行しました。龍門の名筆のなかでも、とりわけ有名な褚遂《ちょすい》良《りょう》の書いた「伊闕仏龕碑《いけつぶつがんひ》」は貞観《じょうがん》十五年（六四一）に建てられたものです。

彫刻が多いことで有名なのは、唐の永隆元年（六八〇）に完成した万仏洞です。洞内の南北の壁に、ぎっしりと彫《きざ》まれた小仏の数はじつに一万五千体にのぼります。この洞の外には観音菩薩像があり、顔面は半ば損傷されていますが、浄瓶《じょうへい》をさげた手の表情や、ぜんたいの姿の優雅なことで定評があるのです。

龍門石窟の代表といえば、やはりなんといっても奉先寺でしょう。これは龍門最大の石窟でもあります。唐の高宗の上元二年（六七五）に完成したものです。かつては木造の堂宇がその前につくられていたのですが、それがなくなった現在は、諸像が白日にさらされる形になっています。

中央の盧舎那仏《るしゃなぶつ》はじつに端正であり、武則天のすがたをうつしたという話さえ伝わっているようです。高さは十七メートル余りで、眉目秀麗《びもくしゅうれい》という表現がぴったりでしょう。日本から来た遣唐使たちも、洛陽を訪れたときは、ここに案内されたにちがいありません。彼らは大きな感銘を受けたはずです。盧舎那仏であること、高さが十七メートルであることなどから、奈良東大寺の大仏がこの奉先寺の大仏を念頭に置いてつくられたという説もあります。

本尊の左右に二弟子、二菩薩が彫られ、左右の壁に天王と力士像があります。天王は邪鬼を踏まえていますが、観光客が天王や力士の足のあいだをくぐるので、その部分がくろずんでいます。

武則天の時代が、龍門における石窟造営の最盛期でした。八世紀になって玄宗《げんそう》の時代には、しだいに造像がすくなくなりました。そのころには、西山の崖面が石窟で満たされ、それ以上つくるスペースがなくなったのです。そこで、玄宗期には東山に石窟がつくられるようになりました。

東山の石窟は多くありません。代表的なものは看経寺洞《かんきんじどう》でしょう。東山の石窟の形式は、西山のそれとはいささか異なっています。西山では奉先寺の大仏にしても、本尊は洞の後壁に彫られているのですが、東山では独立の像として、中央に安置されています。看経寺洞は武則天の後期ですが、天井の飛天はみごとです。本尊は阿弥陀《あみだ》像です。四面の壁が空いていて、そこに二十九羅漢像が彫られています。一体一体、それぞれ異なった表情をして、性格がよく表現されているのです。いきいきしていて、作者の人間観察の確かさをかんじさせます。

東山が香山と呼ばれたことは前に述べました。香山といえば、中唐の大詩人である白居易《はくきょい》（楽天）が、香山居士《こうざんこじ》と号していたことが思い出されます。

白居易は龍門の風光を愛しました。彼は洛陽に住んだ期間が長く、あわせて十八年に及んでいます。そのあいだ、よくここに来ました。香山の僧たちともよくつき合い、香山寺の経蔵を増修改飾したこともあります。また彼はこのあたりでよく詩作をしました。そのいくつかを紹介しましょう。

初めて香山院に入りて月に対す。
老《なが》く香山に住まんとして初めて到《いた》る夜
秋、白月の正に円《まど》かなる時に逢《あ》う
今従《よ》りは便《すなわ》ち是《こ》れ家山の月
試みに問う　清光は知るや知らずや

五年（開成五年、八四〇）秋、病後、独り香山寺に宿す　三絶句　其の一
年を経て到らず龍門寺
今夜、何人か我が情を知らん
還《ま》た暢師《ちょうし》の房裏に向《お》いて宿すれば
新秋の月色、旧灘《きゅうたん》の声

あとの詩は白居易六十九歳のときの作です。伊水の流れの早瀬――灘《たん》の音は、彼にはもうむかしなじみのものでした。

白居易は晩年を洛陽ですごし、信仰生活を送っていましたが、武宗の会昌《かいしょう》六年（八四六）、七十五歳で死にました。そして、彼は愛してやまなかった龍門の香山に葬られたのです。いまも東山に白居易の墓があります。墓地の地形が琵琶《びわ》に似ているので、人びとは琵琶塚と呼んだそうです。いつのまにか後方が削られて畑になっているので、いまの白居易墓の敷地は琵琶型になっていません。ちょっとした岡《おか》ですが、そこに登れば、いかにも白居易がねむるのにふさわしい場所である、という気がします。

龍門石窟のほかに、洛陽から日帰りできる範囲の遺跡といえば、登封《とうほう》県にある中岳廟《ちゅうがくびょう》と少林寺でしょう。

登封県には中国で聖なる山として知られている嵩山《すうざん》があります。泰山を東岳、華山を西岳と呼ぶのにたいして、ここは中岳と呼ばれています。

嵩山は二つの山塊に分かれ、一つは太室山、一つは少室山で、おのおの三十六峰をもつといわれています。夏《か》王朝をはじめたという、伝説上の聖人の禹《う》は、二人の妻をもち、太室山と少室山にそれぞれ住まわせていたそうです。禹は黄河の治水工事に成功して、はじめての世襲王朝をたてました。

そんな伝説をきくと、やはりこのあたりは中国のまほろばであるという感を深くします。嵩山を祀《まつ》った道教の祠《ほこら》が中岳廟です。現代の建物は清の乾隆《けんりゅう》年間（一七三六—一七九五）に建造されたものがおもです。神庫守備の四鉄人は北宋の治平元年（一〇六四）に鋳造されたもので、芸術史だけではなく、鋳造技術史においても貴重な資料となっています。

中岳廟後方の寝殿、御書楼は明代の建造です。そして門前にある守門神の翁仲《おうちゅう》は、東漢元初五年（一一八）という古いもので、高さ一メートルほどの奇怪な形をしています。これも貴重な文物で、鉄柵《てっさく》で囲っているのです。

少林寺は仏教寺院であるのはいうまでもありません。インドから来た達磨《だるま》大師が、ここで面壁九年の修行をしたという話は、あまりにも有名です。

少林寺という寺名は、少室山の麓《ふもと》の叢林《そうりん》に建てられたことに由来しています。いわば禅宗の発祥の地です。

北魏の太和十九年（四九五）、孝文帝がインド僧跋陀《ばっだ》三蔵のために建立した寺です。そこへ南朝の梁《りょう》に失望して北上した、インド僧の達磨がやってきました。

残念ながら、少林寺の伽藍は、一九二八年、軍閥抗争期に、石友三という軍閥に焼かれて、むかしの面影をとどめるものはほとんどありません。ここも最も後方にある千仏殿と白衣殿（観音堂）だけが、辛うじて類焼を免れました。どちらも明代の建造物です。千仏殿は建物に歪《ゆが》みが生じてきましたので、目下、修理しています。

少林寺といえば、拳法《けんぽう》など武術でも有名ですが、その稽古《けいこ》は千仏殿で行われたそうです。

境内に石碑が多く、少林寺はそれによっても知られていて、そのなかに日本僧の筆によるものもあります。すこしはなれたところに塔林というのがあり、これは、歴代少林寺の僧侶《そうりょ》の墓地です。寺の長老クラスのりっぱな塔もあれば、何人もの共同の墓もあります。菊庵長老霊塔の墓誌は、日本僧邵元《しょうげん》が書いたものです。

——当山首座日本国沙門《しゃもん》邵元撰并書《へいしょ》

とあり、留学の日本僧が首席であったことがわかります。年代は至元五年（一三三九）ですから、元寇《げんこう》後五十余年にあたるのです。両国の関係の深さを、ここでも考えさせられました。

西安

西安《せいあん》市は日本の京都と奈良の両市と、友好都市関係を結んでいます。日本が平城（奈良）に遷都したのは、七一〇年のことでした。平安（京都）遷都は七九四年です。どちらも首都づくりにさいしては、唐のみやこ長安《ちょうあん》をモデルにしました。もっとも長安は巨大すぎますので、モデルにするといっても、だいぶ縮尺しています。

現在の西安市が、かつての長安でしたから、京都と奈良との友好都市関係は、きわめてとうぜんといえるでしょう。

西安が中国の首都となったのは、唐代がはじめてではありません。劉邦《りゅうほう》がはじめた漢の王朝も、ここを首都としました。劉邦が競争者の項羽《こうう》にうちかって、天下を統一して王朝をひらいたのは、紀元前二〇二年のことでした。この王朝は二百余年つづいて、王莽《おうもう》のために、紀元八年、滅亡してしまいます。その後、漢の一族という劉秀《りゅうしゅう》が、天下を統一しますが、長安は赤眉《せきび》の乱で荒廃しましたので、東のほうの洛陽《らくよう》を首都としました。

日本では劉邦（高祖）のはじめた漢を「前漢」、劉秀（光武帝）のたてた王朝を「後漢《ごかん》」と呼んでいます。中国では前者を「西漢」、後者を「東漢」と呼ぶのがふつうのようです。首都の位置によって、呼び分けていることになります。じつは唐がほろびたあとの十世紀前半は、五代といって半世紀に五つの王朝が交替しましたが、その短命王朝のなかに「後漢《こうかん》」というのがありますので、混同を避けたのでしょう。

西漢の前の秦《しん》の首都も、西安市のすぐ西北の咸陽《かんよう》でした。広域的に考えますと、ほとんどおなじ地方といえるでしょう。

日本でも山陽、山陰という呼び方があるように、前述したように、中国でも山の南は陽で、北は陰、河川の場合はその反対で、川の南は陰で、北が陽です。咸陽は、九嵕山《きゅうそうざん》の南、そして渭水《いすい》の北にあります。山でも川でも陽なので「咸陽《みな》」と命名されたのです。

秦以前からも、人類はこの地方に住んでいました。おそらく生活条件がよかったのでしょう。新石器時代の仰韶《ヤンシアオ》文化から龍山文化にかけての遺跡が、西安の付近でたくさん発見されました。そのすべてが解放後の考古学的発見です。

最も代表的なのは、一九五三年に発見され、翌年から発掘がはじめられた半坡村《はんぱそん》の遺跡です。それは共同墓地や貯蔵用の穴倉、窯《かま》跡などをもつ大住居跡でした。現在、その遺跡には鉄骨が大鉄傘《てつさん》を支え、巨大な雨天体育場のような形の博物館になっています。発掘した現場を、そのまま見学できるのです。そこで私たちは、遠い祖先の生活ぶりを知ることができます。

劉邦が天下を統一したとき、その首都をきめるにあたって、長安と洛陽が候補地にのぼり、洛陽を推す人のほうが多かったそうです。当時の「天下」の観念からみますと、洛陽のほうが天下の中心に近かったのです。長安を推した婁敬《ろうけい》は、この地方を「天府」と呼んでいます。天然の宝庫という意味です。劉邦が長安にきめたのは、この婁敬の説に張良が賛成したからでした。劉邦は張良を全面的に信頼していたのです。

張良が長安に賛成したのは、洛陽は土地が狭く、方数百里にすぎず、土地も痩《や》せているのにくらべて、長安は沃野《よくや》千里で、南に豊かな巴蜀《はしょく》があり、北は胡《こ》や大宛《だいえん》との通商の利があり、しかも天険に守られている、という理由からでした。

この西漢の長安も、内戦のため荒廃したので、東漢は洛陽を首都にしたことは前に述べました。数百年たって、やっと長安につぎの黄金時代がきました。唐のみやこ長安は、当時の世界では、西のローマとならぶ、東の文明の一大中心地だったのです。長安とローマを結ぶ交易路が、いわゆるシルクロードでした。

唐の長安は、じつは短命であった隋《ずい》が築いた大興城をうけついだものです。

大唐の長安といえば、たいそうはなやかなかんじがしますが、それでも初唐のころは質素なものだったといわれています。太宗《たいそう》（在位六二七—六四九）の時代は、その年号から「貞観《じょうがん》の治《ち》」といわれるように、政治がたいそう良かったことで有名です。あまり無理をせずに、大工事などもひかえていました。大臣の魏徴《ぎちょう》の住居もあばら家に近い状態で、太宗が見かねて五日間で正殿を建ててやったという話があります。

大宮殿や城壁、楼門その他の大建築工事がおこなわれたのは、貞観の治によって、財政が豊かになった高宗《こうそう》以後のことでした。とくに玄宗《げんそう》（在位七一二—七五六）は、豪華好みの性格でしたから、首都長安もそれを反映して、たいそうはなやかな雰囲気になったのです。

盛唐といわれた全盛時代、みやこ長安には世界各地から商人や使節がやって来ました。陸路——シルクロードから来た人たちもいましたし、海路から来た人もいました。人間だけではなく、その人たちの文明や思想もはいってきたのです。

仏教は東漢末に中国にはいったといわれていますが、やはり全盛時代は唐であったというべきでしょう。各地に大雲寺や開元寺が勅命によって建立されましたが、この発想は日本に伝わって、「国分寺」建立につながりました。

長安城の規模は、東西十キロ、南北九・五キロでした。奈良は長安をモデルとしましたが、日本にはこのような大都城は必要ではありませんでした。東西三・七キロ、南北五キロに縮尺しています。面積にして約五分の一にすぎません。また奈良や京都は、まちを城壁で囲みませんでした。海に守られている日本では、強力な外敵に備える城壁など必要ではなかったのです。唐の長安のまちは、高さ五メートルの城壁をめぐらしていました。

しかもその都城のなかに、官庁街であった皇城と、皇帝の居所であった宮城とがあってそれぞれ城壁をもっていたのです。宮城の南正門が承天門で、皇城のそれは朱雀門《しゆじやくもん》でした。朱雀門から南への通りが、みやこのメインストリートで、この朱雀大街と呼ばれる通りは、道はばが百五十メートルもありました。この通りがまちを二分しています。東街と西街です。両街はさらに百十の坊に分かれていました。各坊にはそれぞれ興道、光禄、務本、太平、平康、延寿といった名称がつけられています。東西両街には、それぞれ大きなマーケットがありました。東市と西市です。

玄宗は皇子時代に、東街の東市の北にある興慶宮に住んでいましたが、そこが気に入って、即位後もそこに住むことが多かったといわれています。現在の興慶公園が、かつての興慶宮の跡です。その南側に交通大学などがあります。

西安を訪ねたことのある人は、この説明をきいて、首をかしげるかもしれません。なぜなら、興慶公園へ行くまでに城壁を出た記憶があるはずです。

現在の西安市には、ところどころ城壁が残っていますが、それは明初——十四世紀後半に築かれたもので、唐代の規模よりずっと小さくなっています。

唐以後、この地は首都となることはありませんでした。明ははじめ南京を首都とし、のちに北京へ遷都したのです。けれども、この地が西北の重要地点であることは認識していたので、あらためて町づくりをしたのでしょう。

唐末、長安は朱全忠《しゆぜんちゆう》（後梁《こうりよう》の太祖）によって、徹底的に破壊されました。唐がほろびる三年前（九〇四）、節度使の韓建《かんけん》が新しい城を築きましたが、それは皇城を中心にした小さな規模のものです。明代の修築も、ほぼそのスケールに従っています。それをうけついだのが現在の西安《せいあん》市です。いま市内にある鐘楼や鼓楼も、明初につくられました。なお現在の西安という名称も、明代になってからつけられたものです。

鐘楼にのぼってみましょう。この大きな建物は、解放前、兵舎に転用されて荒れはてていたそうですが、いまは文化財として保護、管理されています。ここからは全市街を見渡すことができますが、それで大唐の長安をしのぶのは問題があるようです。明代の規模を基礎にした現在の西安市は、唐の長安の六分の一ほどしかありません。はるか彼方《かなた》に見える大雁塔《だいがんとう》や小雁塔も、かつては長安城内の中ほどにあったのです。

市内はびっしりと家屋で詰まっています。解放前五十万に満たなかった人口が、いまは二百五十万です。市街は旧城をこえてひろがっているのはいうまでもありません。それでも、唐の長安ぜんたいが、現在、市街地化されたのではないのです。

唐の長安は、人口約百万であったといわれています。その事実から推測すると、唐の長安は道路がだだっぴろく、広い庭をもった大邸宅や寺院が多かったことがわかります。民家もまばらに建っていたのではないでしょうか。

時代や生活様式が異なっていますので、現在と比較するのは無理でしょう。ともあれ、唐の長安をしのぶときは、頭のなかの回路をすこし修正してみるべきです。

日本からの遣唐使は六三〇年にはじまり、二百余年のあいだに、十九回の任命がありました。そのなかには、任命だけで、じっさいに渡航しなかったのが三回あり、詳細不明のものもあります。さまざまなコースをとりましたが、目的地はいつもとうぜん長安でした。この遣唐使が、日本の発展に大きな貢献をしたのはいうまでもありません。

中国の先進的な文物制度が、日本に採りいれられただけではなく、空海や最澄などの留学で、日本の宗教界は大きな刺激をうけました。遣唐使のはたした役割は、高く評価されるべきでしょう。

留学生として唐に渡り、そのまま唐朝の高級官僚となった阿倍仲麻呂《あべのなかまろ》は、中国名を朝衡《ちょうこう》（または晁衡《ちょうこう》）といって、長安でも李白《りはく》や王維《おうい》といった、最高の文人たちと親交を結びました。彼は唐では秘書監といって、国立図書館長に相当するポストに昇進したのです。日本へ帰るとき、船が遭難してベトナムに漂着し、長安に戻りましたが、帰国をあきらめて、唐で生涯を終えました。

天《あま》の原《はら》　ふりさけみれば春日なる
　三笠の山に出でし月かも

という彼の望郷の歌は『古今和歌集』に収録されています。八世紀の阿倍仲麻呂は、日本と中国との友好のシンボルのような人物です。彼は日本人だけではなく、中国人にも愛されてきました。いま前記の興慶公園に、彼の記念碑が立てられています。

中国史上、名僧高僧は数多いのですが、日本人に最も親しまれているのは、三蔵法師玄奘《げんじょう》でしょう。『西遊記』はフィクションですが、玄奘が十八年の歳月をかけて、天竺《てんじく》（インド）へ赴いて、中国にない経文を持ち帰ったのは事実です。当時の旅行がいかに困難なものであったか、想像を絶するといえるでしょう。玄奘はまれにみる意志の強い僧侶でした。帰国後、彼は訳経に従事したのですが、その本拠地は大慈恩寺だったのです。そこにそびえている大雁塔に、玄奘のもたらした経文が納められていました。

大雁塔は上へゆくほど逓減する七重の塼《せん》塔です。高さは六十四メートルあります。唐以後は塔の平面も八角が多くなりますが、この大雁塔は四角で、樺《かば》色の巨塔は装飾らしいものはほとんどありません。各層にアーチ型の窓が、なにげなくとりつけられ、安定感に溢《あふ》れています。

おなじ唐代ですが、大雁塔よりすこしおくれて、七世紀末に、薦福寺に塔が建てられ、大慈恩寺のそれと対峙《たいじ》するので小雁塔と呼ばれました。十六世紀半ば、明の嘉靖《かせい》年間の地震で二つに裂け、その痕《あと》がいまでもはっきりと残っています。

西安の空にそびえるこの二つの塔は、唐の面影を最もあざやかに、私たちに伝えてくれるものです。唐代の日本の留学僧たちも、これらの塔を仰ぎ、ときには寺門をたたいて、学僧の教えを乞《こ》うたことでしょう。

歴史や文物に関心をもっておられる人は、ぜひ陝西《せんせい》省博物館を参観してください。そこは唐代の国子監の跡です。国子監はいまでいえば中央国立大学に相当するでしょうか。天下の英才をここに集めて教育したのです。むかしの学問は、もちろん儒教が中心でしたから、学校にはかならず孔子を祀《まつ》っていました。ここにも孔子を祀った文廟《ぶんびょう》があったのです。

陝西省博物館所蔵の文物は、何点も日本で展示されたことがあります。シルクロード文物展にも、三彩獅子《じし》や騎馬狩猟俑《よう》など三彩数点、精美な白石菩薩《ぼさつ》頭部、そのほか金銀や瑪瑙《めのう》細工の工芸品が展示され、日本の愛好者に深い感銘を与えました。

いくら希望があっても、ここからうごかすことのできない文物があります。ここにある碑林《ひりん》がそうです。ながいあいだ国都であった西安の付近には、おびただしい石碑が立てられました。それが野ざらしになっていると、碑面が磨滅して、文字が見えなくなるおそれもあります。そこで各地の石碑をあつめて、大きな建物のなかに収容しました。もう雨風にうたれる心配はありません。ずらりと大小さまざまの石碑がならび、それが林のようにみえるので、碑林と呼ばれるようになったのです。石碑の数は三千基に近いといわれています。

なかでも有名なのは、唐代の十三経、大秦景教流行中国碑、そのほか顔真卿《がんしんけい》や柳公権《りゅうこうけん》などの字帖でしょう。書に関心をもっておられる人にとっては、碑林は見のがすことのできない場所です。ただあまりにも数が多すぎますので、一基ずつていねいに見てまわる時間がないのが残念です。毎日通ったという人の話もききました。

西安は友好都市の京都や奈良とおなじように、その郊外もまた歴史遺跡の宝庫といってよいでしょう。山や川、一木一草にまで、歴史がしみこんでいるというかんじです。郊外で行楽客が最も多いのは、やはりなんといっても華清池《かせいち》ということになります。

華清池は西安の東北、臨潼《りんとう》県に属し、驪山《りざん》の麓《ふもと》にある温泉です。秦の時代から神女温泉という名で知られていました。唐の玄宗は開元十一年（七二三）、ここに温泉宮を造営し、のちにその宮殿を華清宮と改称したのです。白居易が楊貴妃《ようきひ》のことをうたった「長恨歌《ちょうごんか》」のなかに、

春寒くして浴を賜う華清池
温泉水滑《なめら》かにして凝脂《ぎょうし》を洗う

という句があり、それがたいそう有名になりましたので、驪山の麓の温泉のことを華清池と呼ぶのが一般的になりました。

楊貴妃のことはあまりにも有名ですから、ここではふれるまでもないでしょう。彼女を寵愛《ちょうあい》した玄宗は、驪山に牡丹《ぼたん》などの花を植え、お気に入りの家臣たちに、別荘を与え、ぜいたくな宮殿や楼閣をあちこちに建てました。六門、十殿、四楼、三閣、五湯といわれ、スケールの大きな離宮地帯となっていたのです。玄宗はこの華清池で政務をとることもすくなくありませんでした。いかにも豪華好みの玄宗らしいことです。

やがて政治は腐敗し、楊貴妃の一族が、才能もないのに縁故で重用され、政争もはげしくなりました。ついに安禄山《あんろくざん》の乱がおこり、玄宗は長安から脱出せざるをえなくなりました。

千数百年を経て、いまは唐代の建造物はほとんど失われてしまいました。現在の建物で最も古いものでも、十八世紀、清の乾隆《けんりゅう》年間以後に建てられたものです。一九〇〇年、義和団事変によって、西太后《せいたいこう》は北京を逃げ出して西安に来ましたが、この華清池のあたりに行宮《あんぐう》を建てました。玄宗といい西太后といい、華清池はどうやら失政の君主と縁が深いようです。

近代史でも華清池では重大な事件がおこっています。

九・一八事変（日本では満洲《まんしゅう》事変と呼んでいます）のあと、全国中に日本の侵略に抵抗する運動がおこりました。ところが、蔣介石《しょうかいせき》は愛国的な抗日運動を弾圧して、共産党との対決を優先していたのです。中国共産党のほうでは、いうまでもなく抗日民族統一戦線政策をとっていました。蔣介石は張学良《ちょうがくりょう》を西北剿匪《そうひ》副司令に任命し、あくまでも共産党と戦おうとしたのです。張学良の軍隊は、もともと東北軍で、かつて日本軍と戦い、そして故郷を日本軍に占領された人たちで、抗日意識がきわめて強かったのはいうまでもありません。彼らは延安《えんあん》の共産軍と対峙しているうちに、その影響を受けるようになりました。張学良自身、与えられた任務に疑問をもち、共産党の抗日民族統一戦線政策に共鳴するようになったのです。彼は蔣介石にたいして、内戦の停止、抗日救国を進言しました。蔣介石はむろん耳をかそうとしません。対共産軍作戦が進まないことに業を煮やして、みずから西安に乗りこんできたのです。

西安に着いた蔣介石は、一九三六年十二月十二日、華清池の宿舎に泊りました。張学良たちは、蔣介石を監禁し、内戦の停止と抗日救国を要請したのです。蔣介石もようやく張学良たちの要請を認め、十二月二十五日に釈放されました。このように、事件は平和裏に解決され、これが契機となって、いわゆる第二次国共合作が進んだのです。

翌一九三七年、抗日統一戦線によって、中国共産党軍は「国民革命軍第八路軍」と名乗ることになりました。さらに「国民革命軍第十八集団軍」と改称されましたが、やはり一般的には八路軍のほうがよく知られています。

合作によって、当時、国民党が支配していた西安市にも、中国共産党が事務所をもちました。それに、「国民革命軍第十八集団軍駐陝弁事処」という看板をかかげたのです。合作したといっても、国民党は厳重に共産党を監視し、事務所の近くの車夫なども、じつは国民党の特務であったといわれています。抗日戦争中、おおぜいの青年が延安へ行きましたが、彼らは各地からまず西安のこの事務所にやって来て、駐在する共産党関係者の世話によって延安入りしたものです。

事務所跡は、現在も残っています。一九四六年九月に、事務所のスタッフは延安に退去しましたので、もとどおりには残っていません。それを復原したものが、現在革命遺跡となっています。

西安といえば、古い時代の遺跡ばかりのようにおもわれますが、このように近代史とも深いつながりをもっているのです。

驪山の北麓《ほくろく》には、秦の始皇帝の墓があります。驪山陵と呼ばれるもので、七十余万人の囚人を動員して造った大規模な墓です。三たび地下の水脈に達するまで掘りさげ、そのなかに宮殿や望楼をつくり、百官の席を設け、奇器奇物を宮中の収蔵庫から移したといわれています。死後も帝王の生活をつづけようとしたのでしょう。

『史記』によれば、墓のなかに水銀を流して、百川、江河、大海をつくり、機械仕掛けでたえず水銀をそそぎこむようにしたということです。盗掘者が近づくと、機械仕掛けの弩矢《どし》がしぜんにとび出すようになっていました。けれども、『史記』は始皇帝の墓の全貌《ぜんぼう》を説明し尽していません。

一九七四年、始皇帝陵の東側で、巨大な陶俑坑《とうようこう》が発見されて話題になりました。そのうちの数点、穿甲《せんこう》武士立俑などは日本でも展示されて、注目を浴びたものです。最初に発掘された部分は、一列七十二体が三列横隊になっていました。そのうしろに四十人縦隊がならんでいて、全坑に六千体の武士俑が埋められていると推定されています。秦の始皇帝は、死んだあとも、軍隊に護《まも》られようとしたのです。

発掘はその後もつづけられています。そして、半坡博物館のように、現場に鉄骨を組み、鉄傘に覆われる大博物館がつくられました。西安を訪れる人に、たのしみがもう一つふえたことになるわけです。

歴代王朝は、それぞれ首都の近郊に陵墓をつくりました。西安近郊には、この始皇帝陵をはじめ、西漢、唐の王室の陵墓が散在しています。

郊外のはなれたところに、ぽつんと墓をつくっても、そのなかで眠るのはさびしいだろうと思った帝王たちは、人民を強制的に陵墓の近くに移住させました。漢の武帝《ぶてい》は、生前、自分のために茂《も》陵《りょう》をつくりましたが、そこに資産三百万銭以上の富豪を移住させたのです。そのような資格をつくれば、茂陵に住めないのは一流の富豪ではないということになってしまいます。強制されてではなく、人びとは進んで移住しようとするようになりました。こうした陵邑《りょうゆう》が、首都近郊の衛星都市という形になったのです。

最近、新聞の報道によりますと、中国政府は乾陵《けんりょう》の発掘を計画しているということです。乾陵は西安市の西北の乾県《けん》にあり、唐の高宗《こうそう》とその妻であった武則天《ぶそくてん》とが合葬されています。まさに大唐の花ざかりという時代につくられた陵墓です。土を盛ってつくったものではなく、梁山というしぜんの山を墓にしたものです。しかも、盗掘をうけた形跡がまったくなく、墓門の位置はすでにわかっています。参道の両脇《わき》に立ちならぶ石人、石獣の巨大さからみて、発掘すれば、たいへんなものが出てくるにちがいありません。

乾陵には十七の陪塚《ばいちょう》があります。高宗と武則天の子である章懐《しょうかい》太子の墓、孫にあたる懿徳《いとく》太子の墓、孫娘にあたる永泰公主《えいたいこうしゅ》の墓などが発掘されています。そのうち、永泰公主の墓は公開されているので、見学することができるのです。この墓は盗掘を受けていますので、金銀財宝のたぐいは出ませんでしたが、その壁画がすばらしく貴重なものでした。その模写が、日本でも「漢唐壁画展」で展示されたことがあります。

長いあいだ地下に封じこめられた壁画は、外気にふれると変色するおそれがあるので、もとの壁画は切り取って、保存の設備の整った場所に格納しています。そのあとに模写の壁画をはめこんだのです。

永泰公主の墓は全長約八十八メートルで、女性の墓らしく、壁画も宮女の図になっています。章懐太子や懿徳太子の墓の壁画は、狩猟出行図、儀仗兵《ぎじょうへい》図、打球戯図、鷹匠《たかしょう》図など、やはり男っぽいものが多いようです。おなじ壁画でも、高松塚のような小さいものではなく、たとえば永泰公主の宮女図などは、一・八六メートルの高さで、ははは四・一九メートルという壁画になっています。

陪塚でもこんなにすばらしいのですから、乾陵の発掘が大いに期待されるではありませんか。章懐太子墓の壁画には、外国使節の図がありました。日本人らしいのはいなかったようですが、乾陵の壁画や文物から、日本人のすがたがあらわれるかもしれません。百済《くだら》をめぐって、日本と唐とのあいだに、かなり頻繁な外交折衝のあった時代ですから、可能性は濃厚なようにおもわれます。

甘粛ところどころ

いま日本ではシルクロード・ブームです。それにかんする展覧会には、おおぜいの人がおしかけて参観し、それにかんする書物はひろく読まれています。

シルクロードということばは、ドイツの地理学者のリヒトホーフェンが、はじめて言いだしたもので、十九世紀末の造語です。それがいつのまにか普及して、中国でもそれを訳して「絲綢之路《しちゅうのみち》」と呼ぶこともあります。

古代、東の中国にたいして、西にローマという文明圏がありました。東西の大文明国の首都をつなぐ交易路——長安からローマまで——を、ひろい意味のシルクロードと呼ぶようです。西方から長安に伝わった文物は、さらに海を越えて日本にも渡っており、それが奈良の正倉院に現存していますので、日本ではシルクロードの終点は奈良だという説さえあります。

しかし、一般的には、東西の両文明圏からかなり遠ざかった地域の交易路を指すようです。具体的にいえば、現在の新疆《しんきょう》ウイグル自治区から内陸アジアと呼ばれる地方を通って、ヨーロッパにはいるまでのあいだです。

そうなれば、黄河の西、いわゆる河西《かせい》地方が、中国側からみて、シルクロードの入口にあたります。

秦《しん》の始皇帝は有名な万里の長城を造りましたが、史書によりますと、東は遼東《りょうとう》より西は臨洮《りんとう》にいたる、ということです。臨洮というまちは、現在も同名のものがあります。甘粛《かんしゅく》省の蘭州《らんしゅう》市の南方です。黄河に流れこむ洮河《とうが》に臨んだ土地という命名にちがいありません。正確に同じ場所であるかどうかわかりませんが、だいたいそのあたりでしょう。

そうすると、秦の始皇帝でさえ、黄河以西の土地は、自己の勢力圏外だと認めていたことになります。河西地方が、中国の中央政権の支配下にはいったのは、秦の始皇帝から一世紀あまりのちの、漢の武帝の時代になってからです。

漢の武帝は黄河の西に、四つの直轄郡を置きました。河西の四郡と呼ばれる土地です。時代によって、郡名で呼ばれたり、州名で呼ばれたりしましたが、現在は郡名で呼ばれるのがふつうです。つぎに河西四郡の名を挙げますが、括弧のなかが州名です。

武威《ぶい》（涼州《りょうしゅう》）
張掖《ちょうえき》（甘州《かんしゅう》）
酒泉《しゅせん》（粛州《しゅくしゅう》）
敦煌《とんこう》（沙州《さしゅう》）

これは東から順番にならべたものです。現在の省名の「甘粛」というのは、甘州と粛州をあわせて、代表名称としたものにほかなりません。このような命名はほかにも例があります。その地方に安州《あんしゅう》や徽州《きしゅう》があるので、省名を安徽としたのがそれです。

甘粛省の政治、行政、経済の中心地、つまり省会と呼ばれる都市は蘭州市です。蘭州市は市区とその周辺地区をあわせると、人口二百万ほどあります。蘭州は黄河に面した唯一の大都市です。長江（揚子江）には、武漢《ぶかん》や南京《ナンキン》のような省会クラスの都市が、その岸にありますが、黄河はふしぎにそれがすくないのです。

かつては首都であった長安（現在の西安市）や洛陽《らくよう》も、それぞれ渭水《いすい》と洛水《らくすい》のほとりにありましたが、これらの川は黄河の支流であって、本流ではありません。

黄河の南岸にある蘭州市は、その意味では例外的な存在でしょう。もっとも蘭州市は長安や洛陽とちがって、古代からの大都市ではありません。前述したように、秦の始皇帝はこのあたりを国境としたので、いわば辺境の土地にすぎませんでした。

漢代は金城と呼ばれ、隋《ずい》になってから、このあたりが蘭州と名づけられたのです。そして、現在の蘭州市が五泉県と呼ばれた時代もありました。市の南の皐蘭山《こうらんざん》のなかに、五つの泉（甘露・掬《きく》月《げつ》・摸子《もし》・蒙《もう》・恵）があったことから、そんな地名がつけられたのです。宋《そう》代には蘭泉県と呼ばれた時期もありました。蘭にしろ、泉にしろ、地名としてはイメージは悪くありません。

黄河の北岸には白塔山という山があり、それが南岸の皐蘭山とむかい合っています。そのあいだの黄河は、むかしは渡し舟を利用するしかなかったのですが、いまは鉄橋がかかってらくに往来できるようになりました。

国境線が後退した時代、蘭州は西の防衛の第一線になりましたが、現在は西北の工業都市で、生産面のほうにウェイトがおかれています。玉門《ぎょくもん》油田に近いので、煉《れん》油廠《ゆしょう》など石油関係の工業が盛んです。また羊毛の集散地で毛紡績廠などの軽工業も発達しています。

蘭州市を訪れる人は、ぜひ甘粛省博物館を参観していただきたいとおもいます。この博物館収蔵の逸品は、日本においても出品されて、好評を博したものです。なお、おなじ博物館の敷地に、嘉《か》峪関《よくかん》で発掘された、魏《ぎ》代の墓を、そっくりそのまま移しています。墓内の磚壁画《せんへきが》は、当時の人たちの生活を、いきいきと写したものです。狩猟や耕作や家庭生活などが、千七百年以上もたった私たちの目にも、きわめてリアルに映ります。


河西四郡のうち、敦煌を除く武威、張掖、酒泉の三郡は、現在の鉄道の沿線にあります。新疆ウイグル自治区のウルムチに通じる鉄道は、解放後に建設されましたが、いわゆるむかしの「伊吾《いご》の道」のコースに近いと考えてよいでしょう。敦煌を経由せずに、伊吾（現在の哈密《ハミ》）へ行く道で、七世紀に玄奘《げんじょう》がインドへ行くときも、ほぼおなじコースをたどっています。

河西四郡が置かれたのは、紀元前一〇〇年ごろですが、それ以前は、このあたりまで、漢の勢力はのびていなかったのです。漢は創始者の劉邦《りゅうほう》が、平城で匈奴《きょうど》に包囲されて、九死に一生を得るなど、対外的には強くありませんでした。国内を平定、統一するのが精一杯だったのでしょう。

高祖劉邦の時代から、約一世紀たって、漢の武帝時代になって、はじめて漢は匈奴にたいして優位に立つことができたのです。匈奴の渾邪王《こんやおう》が漢に投降するようなことがあって、それまで匈奴の遊牧の地であった河西地方が漢の勢力圏にはいりました。

四郡のうち、一ばん西の敦煌地方には、匈奴がはいるまえに、月氏族《げっし》が住んでいました。月氏族についてては、イラン系、トルコ系、チベット系などさまざまな学説があるようです。一時はかなりの勢力をもって、匈奴の王子を人質にするほどの実力がありました。ところが、人質の匈奴の王子冒頓《ぼくとつ》が脱出して単于《ぜんう》（匈奴王）となって、月氏を攻撃したのです。月氏の王は殺され、住民たちは西へ逃れて、アフガニスタン北部から中央アジアにかけての地方に新しい国を建てました。月氏の移動は紀元前一七六年で、漢の文帝の時代だったのです。

対匈奴戦略をいろいろ考えていた漢の武帝は、西へ逃れた月氏と連絡して、匈奴を挟撃しようと計画しました。その使者となって、はるばる西の月氏へ行ったのが張騫《ちょうけん》という人物です。途中で匈奴に十余年も抑留されるという苦労の末、彼はやっと月氏の国にたどりつくことができました。しかし、月氏は新しい土地が豊かで、もはや匈奴にたいする敵愾心《てきがいしん》を失っていたので、軍事同盟は、成立しなかったのです。目的ははたせませんでしたが、張騫の旅行によって、西域のもようがわかるという収穫がありました。

河西地方は砂漠と山とがせまっていて、細長くなっていたので、いつのまにか「走廊」（廊下）というニックネームがつけられました。じっさいに、この地方は中国の中央部と西域とをつなぐ廊下であったのです。

万里の長城は、その後、この河西地方につぎ足され、明《みん》代にはその最西端の関城として、嘉峪関《かよくかん》がつくられました。それは酒泉のすこし西にあります。

明の洪武五年（一三七二）に築かれたという嘉峪関城は、現在も甘新公路（甘粛と新疆を結ぶハイウェー）のそばにそそり立っています。列車の窓からも、かなりはっきりと見えるのです。堂々たる楼閣ですが、堂々としているのはその関城だけでした。北京近郊の八達嶺《はったつれい》のような煉瓦《れんが》積みの堅《けん》牢《ろう》な長城は、どこにも見あたりません。ところどころに、崩れ残った土壁が見えるだけです。長城も最西端になりますと、土をかためて天日で干した煉瓦状の塊《かたまり》を積みあげていただけです。いくら雨量のすくない地方だといっても、構築後六百年もたっているのですから、もとのすがたを保っていないのはとうぜんでしょう。

嘉峪関城は、城壁が二重になっていて、外城は煉瓦積みで、内城は厚い土壁になっています。三層の城楼が三つあるという、かなり複雑な構造になっているのです。

明代はここを国の西のさいはての地としたのですが、漢・唐のころの玉門関や陽関はもっと西にありました。ですから、明の辺境対策はかなり後退したといわねばなりません。ここより西にいた敦煌の住民を酒泉に移住させています。

酒泉と嘉峪関は、ほとんど隣り合わせています。その南を走っているのが祁連《きれん》山脈で主峰の祁連山は酒泉の南約五十キロにあり、標高五千五百四十七メートルです。祁連山中は一種の美しい玉石を産します。玉《ぎょく》というほどではありませんが、かといってただの石ではないのです。色も白いものから青っぽいもの、そして黒いものまであります。共通しているのは、ところどころに透明な部分があることです。それで造った杯などは、その透きとおった部分が暗いところで、ちょっとしたあかりをうけると、キラと光ります。土地の人は、その杯を「夜光杯《やこうはい》」と呼んでいました。

葡萄《ぶどう》の美酒　夜光杯
飲まんと欲して琵琶《びわ》馬上に催《うなが》す
酔うて沙場に臥《ふ》すも君笑う莫《なか》れ
古来　征戦　幾人か回《かえ》る

これは王翰《おうかん》（六八七―七二六）の「涼州詞」と題する七言絶句ですが、唐詩選にも収められていて、日本の読者にもなじまれています。

注釈書のなかには、この夜光杯は当時、西方からはこばれてきたガラスの杯である、と解釈しているのもあります。けれども、この地方の人たちは、それが祁連山の玉石で造ったものと信じて疑わないのです。


甘粛の旅といえば、なんといっても敦煌がそのハイライトになるでしょう。

前にも述べましたように、敦煌は河西四郡のなかの、一ばん西の郡です。漢の武帝は、ここを西域経営の基地にしようともくろみました。李広利《りこうり》将軍を総司令官にした、大宛《だいえん》（フェルガナ）への遠征軍も、この敦煌に集結して出発しています。

現在の敦煌県城は、漢代の敦煌郡のまちと、正確にはおなじ場所でないそうです。砂漠のなかにあるまちは、時代によってよく移動します。戦乱や災害で、まちが荒廃すると、別のところにまちをつくるのです。おなじ場所を整理して建設するのは、よけいな手間でしょう。漢代の敦煌のまちは、どこかそのあたりで砂に埋もれているはずです。

そんなわけで、敦煌県城そのものには、古い歴史をしのぶよすがになるような遺跡はほとんどありません。県城の東南二十キロほどのところにある「莫高窟《ばっこうくつ》」によって、敦煌の名は世界的に知られるようになったのです。

酒泉から甘新公路を車で走ると、荒涼たるゴビを左右に見て、やがて緑のひろがった安西《あんせい》のまちに着きます。そこから方向を転じて、安敦公路《あんとんこうろ》(安政―敦煌)に車を乗りいれ、百十数キロ行くと敦煌です。甘新公路とおなじように、ここもアスファルトで舗装されたりっぱな道です。けれども莫高窟へ行くには、敦煌県城まで行かずに、途中で支道にはいるコースがあります。その支道をしばらく行くと、前方に鳴沙山《めいさざん》が見えてきます。

鳴沙山の東がわの崖面に、南北一・六キロにわたって、おびただしい石窟寺が掘られています。記録によれば、前秦の建元二年(三六六)に、沙門楽僔《しゃもんらくそん》という者が、最初に石窟寺を造ったということです。今から千六百年もむかしのことでした。

山腹に横穴式の穴を掘って寺院にすることは、もともとインドからはじまったものです。夏は涼しく、冬は暖かいという条件に恵まれています。

専門家の推定によれば、千ほどの石窟寺が掘られたというのですが、おそらく崩壊したものがすくなくないでしょう。現在、残っている石窟寺は、大小あわせて四百九十二あります。それらを総称して莫高窟というのです。土地の人たちは、ふつう「千仏洞《せんぶつどう》」と呼んでいるそうです。

敦煌莫高窟については、この地に三十余年もおられた常書鴻《じょうしょこう》氏の文章をはじめ、研究者の専門的な報告書、訪問者の紀行文も多いことですから、ここでは全般的な概説にとどめましょう。

漢の武帝以後、後漢《ごかん》、三国、晋《しん》の半ばごろまで、約四百年のあいだに、敦煌地方は一応、中国中央政権の統治力が及んでいました。四世紀前半、中国の北部に五胡《ごこ》十六国と呼ばれる小政権乱立時代があり、そのころに、敦煌も中央から離れました。いや、その時代にはもう「中央」といえるものはなくなったのです。

地方弱小政権は、それほどくわしい記録は残していませんが、敦煌は四世紀初頭から約百年のあいだに、前涼、前秦、後涼、西涼、北涼などといった政権の手に、転々と渡っていたようです。中国に仏教が普及したのもこの時期でした。前述のように、莫高窟の第一号の石窟がつくられたのも、おなじくこの時期だったのです。

五世紀の三十年代に、この地方はやっと北魏《ほくぎ》という強力な政権の支配下にはいりました。北魏は鮮卑《せんぴ》系の拓跋《たくばつ》氏の建てた大王朝で、中国の北半分をおさえ、南方の政権と対立していました。南朝は六朝《りくちょう》と呼ばれるように、呉、東晋、宋、斉《せい》、梁《りょう》、陳と、政権はしばしば交替したのですが、北朝は十六国以後ずっと北魏でしたから、よほど基礎のしっかりした政権だったのでしょう。

敦煌莫高窟は、楽僔が造営したという第一号の石窟寺をはじめ、初期のものは現存していません。最も古いのが、北涼から北魏にかけてのもの、五世紀前半の造営です。

脚をX字形に交叉《こうさ》させた、有名な交脚弥勒菩薩《こうきゃくみろくぼさつ》のある第二七五窟は、北魏の初期、ひょっとすると北涼期のものかもしれないということです。五百に近い各時代の石窟寺のなかで、これは最古のものの一つです。

最も新しい石窟寺は元代のもので、ほぼ十四世紀ごろまでくだります。約千年にわたって、この地方の住民たちは、たえず鳴沙山の山腹に穴をあけて、そこを寺院としたのです。身高三十メートルもある巨大な弥勒像をおさめた大石窟寺もあれば、そのあたりの地蔵さんの祠《ほこら》ほどの小さなものまで、大きさから様式にいたるまで、さまざまなものがあります。

前記の五世紀前半の交脚像は、見ていても中国的な雰囲気はまったくかんじられません。衣裳《いしょう》はすきとおって、仏教のはじまったインドの風俗に近いことがわかります。そのころ伝来した仏教が、この敦煌の地では、あまり咀嚼《そしゃく》されずに、もとの形を変えずに表現されたといえるでしょう。

六世紀前半に、北魏は分裂して、この地方は西魏の勢力下にはいり、すぐに北周に乗っ取られ、その北周も皇后の父親である楊堅《ようけん》に国を奪われます。楊堅は隋という王朝を建てた文帝です。その隋も三十余年しかつづかずに、唐の時代にはいりました。

唐は三百年つづいた長命な政権でした。莫高窟の石窟寺も、唐代に造営されたものの数が多いのはいうまでもありません。唐代の石窟寺になると、なかの塑像も、壁画も、だいぶ中国ふうになってきています。外来の仏教も、ようやく自己流に咀嚼できるようになったのでしょう。

唐は長命王朝とはいっても、国力には消長がありました。玄宗《げんそう》のころ、安禄山《あんろくざん》、史思明《ししめい》の乱（七五五年）が始まってからは、国力は衰退しはじめました。国力が衰えると、まず辺境を維持する力が弱くなります。皇帝が国都を脱出しなければならないような事態になったのですから、辺境どころではありません。

唐の衰退に乗じて、チベットが敦煌地方に進出して占領しました。七八一年のことです。ところが、そのチベットも本国に内訌《ないこう》があったりして、敦煌を七十年ほどしか維持できませんでした。チベットの力が傾いたことを知った、河西の豪族張議潮《ちょうぎちょう》は、決然と起《た》ちあがって、チベット勢力を駆逐しました。これは地方の力だけでやったことで、中央からの援助はなかったのです。唐は名目的に、張議潮を帰義軍節度使に任命しましたが、じっさいにはこの地方に、張氏の小独立国ができたようなものでした。

張議潮が挙兵するもようは、第一五六窟の壁画にえがかれています。これは有名な「張議潮出行図」ですが、このような画題は、仏教とほとんど関係ありません。これに限らず、あまり仏教的な色彩のない絵も、しきりに描かれました。たとえば、唐代の第三二三窟の壁画には、漢の武帝の使者として西域へ赴く張騫の物語が描かれています。張騫の時代といえば、まだ中国に仏教が伝来していなかったころのことです。

莫高窟の初期の石窟（おもに北魏期）の壁画のテーマは、釈迦本生譚《しやかほんしようたん》（釈迦の前世の物語）が多かったのですが、唐以後は西方《さいほう》浄土図や前記のような仏教と直接関係のないものが主流となりました。

さて、敦煌地方を支配した張氏は、やがて曹氏と交替します。この両氏の時代を帰義軍時代といって、八五一年から西夏《せいか》の進出してくる一〇三六年までつづきました。そのあいだに、中国の中央部では唐がほろび、五代を経て宋の時代となっていました。しかし、どの政権も河西地方まで手をひろげるゆとりはなかったのです。

十一世紀のはじめ、この地方に興起したのが、タングート族の西夏でした。西夏が敦煌を占領したのは一〇三六年のことだったのです。西夏は元にほろぼされる一二二七年ごろまで、二百年近くこの地方を統治しましたが、この時代も盛んに石窟寺がつくられました。それもかなり大型のものが多いようです。

一九〇〇年ごろのことでした。現在の第一六窟という、かなりひろい石窟寺に、王円籙《おうえんろく》という道士が住んでいましたが、彼はそこの壁のある部分が異様であることに気づいたのです。壁の表面には、いたるところにひび割れがありますが、それはみな浅いものです。ところが棒状のものをそこに突っこむと、すうっと深くはいったのです。王道士はふしぎにおもって、その壁をほじくり、ついに壁のむこうに小さな洞窟があることを発見しました。現在、その小洞窟は第一七窟という番号が与えられています。

小さな洞窟でしたが、床から天井近くまで、ぎっしりと古文書のようなものが積みあげられていたのです。字の読めない王道士には、それがどんなに貴重なものであるか、わかりませんでした。じつは彼も土地の役所に届け出たのですが、明確な指示がありません。なにしろ義和団の事件で、西太后が西安に脱出するという大騒ぎの最中ですから、清朝《しん》にとっては、敦煌の小洞窟どころではなかったのでしょう。

――敦煌から大量の古文書が出たらしい。

という噂《うわさ》は、それでも口から口へと伝わりました。そして、当時、シルクロードを探検していた外国の学者の耳にもはいりました。その古文書を手に入れようとして、敦煌に来て王道士と交渉したのは、ロシアのオブルチェフであり、イギリスのスタインであり、フランスのペリオだったのです。すこし遅れてですが、日本の大谷探検隊も、王道士からすこし購入しています。

実情を知った清朝政府は、残った古文書を北京に送るように命じましたが、輸送の途中でも荷抜きがあったようです。

量的にいえば、スタインとペリオの二人が圧倒的に多く、ほかのものとはくらべものになりません。前者の持ち出したものは、現在、大英博物館に、後者はパリ国民図書館に収蔵されています。経文その他の古文書のほかに仏図なども含まれているのです。日付をみても、いずれも十世紀以前のものでした。

なぜこんなところに、そんな古い文書類が封じ込められていたのでしょうか？　記録はまったくないので、推理するほかありません。時代的にいって、西夏が進攻してくる前のものです。西夏軍の攻撃が近いと知った帰義軍の信者たちが、経文のたぐいをここにかくし、新しく壁を塗って、わからないようにしたのかもしれません。

この第一七窟からは、これまで伝わらなかった貴重な経文や文書があらわれ、それを研究する「敦煌学」という学問の分野ができたほどです。このことは、専門にわたりすぎるので、ここでは省略しましょう。

さて、甘粛にはほかにどんなところがあるでしょうか？

嘉峪関の西六十キロほどのところに、玉門市があります。市区とその周辺をあわせても人口二十万という中型の都市です。市名から漢や唐の玉門関と関係ありそうに思えますが、じつはなんの関係もないのです。

ここはむかし老君《ろうくん》廟《びょう》と呼ばれた、田舎の集落にすぎませんでした。それが石油が出たために、しだいに大きくなって、まちらしくなったのです。まちの名をつけるとき、玉門関にあやかって玉門としたのにすぎません。同治年間から採っていたというのですから十九世紀末の油田で、規模もそう大きくありません。現在の大慶《だいけい》油田や勝利油田とは比較にならないのです。けれども、大慶油田があれほどりっぱに開発されたのは、石油産業についての経験者がいたからでした。

玉門は古くて小さな油田ですが、中国の新しい油田に多くの人材を送ったということで、大きな貢献をしています。

さきに洮河《とうが》が黄河に合流するという話をしました。洮河といえば、書道に関心をもっておられる方は、緑色の名硯《めいけん》といわれる洮硯の産地であることを知っておられるのでしょう。洮河の底に、硯《すずり》に適した石があるのです。

その洮河が黄河に合流するのは、蘭州市からそれほど遠くないところですが、そこに中国最大のダムがつくられています。劉家峡《りゅうかきょう》水庫と呼ばれるものです。

――百年、河清を待つ。

ということばが、むかしからあります。黄河は濁っているので、百年待っても澄むはずはないという意味で、可能性のないことを待つのはむだだというときに用いられます。黄河が濁るのは、土砂《どしゃ》を巻いて流れるからで、その流れをとめると、いくら黄河でも澄みわたるものです。

劉家峡ダムは、黄河をせきとめてつくったものです。ダムの高さ百四十七メートル、堤頂の長さ八百四十メートルで、地下の発電所には何台もの発電機が据えられています。

ダムによってできた人造湖は、場所によってはばは異なりますが、長さは六十五キロですから、ほぼ琵琶湖《びわこ》なみです。水深も時期によって違いますが、平均百メートルということでした。

敦煌莫高窟は、古い歴史と美術の宝庫ですが、劉家峡ダムは、新しい中国のシンボルといえるでしょう。

新疆ところどころ

新疆《しんきょう》ウイグル自治区は、古くから「西域」と呼ばれてきた地方です。面積は百六十余万平方キロで、中国で最も広い省区であります。ちなみに日本の面積は三十七万平方キロですから、その四倍以上になるわけです。けれども、その大部分は砂漠と山地に占められています。自治区のほぼ中央を天山《てんざん》山脈が走っていて、それより北を「北疆《ペイチャン》」、南を「南疆《ナンチャン》」と呼ぶのがふつうです。北疆には准噶爾《ジュンガル》盆地、南疆には塔里木《タリム》盆地という巨大な盆地があります。

この地方は、むかしから世界の東と西とを結ぶ大切なルートをもっていました。天山の南北にそれぞれルートがあり、天山南路、天山北路と呼び分けられています。また自治区の南辺、崑崙《こんろん》山脈と阿爾金《アルチン》山脈の北添いにも一本のルートがあり、西域南道と呼ばれていました。天山南北路のうち、オアシス都市の多い南路のほうが、歴史的によく知られ、西域南道にたいして、ここを西域北道と呼ぶこともあります。

いまではこの三本の道を、北から北道、中道、南道と呼ぶこともあるようですが、このほうがわかりやすいとおもいます。

東西を結ぶこの三本の道が、いつごろからひらかれたのか、正確なことはよくわかりません。人間が歴史を記録しはじめるよりも、ずっと以前からこれらの道は人びとに利用され、人類の進歩に大きな貢献をしたにちがいありません。

近代の考古学研究によって、この地方に石器時代が存在したことがあきらかになっています。先史時代、ここはけっして不毛の無人地帯ではなかったのです。有史以前に、東西の文化を交流させる交通路が存在したことは、記録にはありませんが、出土した遺物がはっきりと物語っています。西域のことが明瞭《めいりょう》な形で文献にあらわれるのは、『史記』が最初でしょう。その匈奴伝《きょうど》のなかに、漢の文帝四年（紀元前一七六）、匈奴の単于《ぜんう》が書を送って、

……以て月氏《げっし》を夷滅《いめつ》し、尽《ことごと》く斬殺《ざんさつ》してこれを降下し、楼蘭《ろうらん》、烏孫《うそん》、呼掲《こけつ》及びその旁《かたわら》の二十六国を定め、皆以て匈奴となす。……

と述べたことが記録されています。

これによりますと、紀元前二世紀ごろの西域は、月氏の力が強かったのに、匈奴がそれにとってかわったらしいことがわかります。

漢にとっても、匈奴は強敵でした。漢は建国当初の紀元前二〇〇年、高祖劉邦《りゅうほう》が白登山（山西省）で匈奴に七日間包囲され、屈辱的な講和を結びました。毎年おびただしい財物を贈っても、匈奴はときどき辺境に侵攻してきたのです。それから半世紀以上たって、武帝が即位したころ、漢の国力は充実し、これまでの対匈奴政策を転換することになりました。

匈奴と対決するには、同盟者がいたほうがよいのはいうまでもありません。匈奴にたいして恨み骨髄に達している月氏こそ、最も頼りにできる同盟者のはずです。漢の武帝はそう考えて、月氏と

連絡を取ろうとしました。なにしろ月氏は、匈奴に撃たれて西へ逃げ、その王は殺され、匈奴の王がその頭蓋骨《ずがいこつ》を杯にして酒を飲んでいたというのです。月氏は国を挙げて、匈奴への復讐《ふくしゅう》心に燃えていると考えられてとうぜんでしょう。

武帝は月氏への使者を募りました。未知の流砂、雪山には、当時のことですから、妖怪変化《ようかいへんげ》のたぐいが住んでいるといった話が伝えられていたでしょう。また月氏の国へ行くには、匈奴の勢力圏を越えなければなりません。よほど豪胆な人物でなければ、進んで使者を志願しないでしょう。武帝のもとめに応じて、使者を志願したのが張騫《ちょうけん》という人物でした。

張騫の話はあまりにも有名ですから、ここでは簡単に述べるにとどめておきます。彼は紀元前一三九年に長安を出発し、途中、匈奴に十余年拘留されましたが、脱走して月氏の国にたどり着きました。西へ逃げたあとの月氏は、中央アジアからアフガニスタン北部にかけてを、勢力圏にしていたのです。中央アジアの肥沃《ひよく》なオアシスに住みつき、豊かに暮していた月氏の人たちは、もはや匈奴への恨みなどは忘れはてていたようでした。漢の使者張騫のもち出す同盟の話には、いっこうに乗り気になりません。

――いまこうして平和に暮して満足している。もう戦争などしたくない。

というのが彼らの気持だったのです。張騫がいくら説いても、軍事同盟を結ぶことはできませんでした。

張騫は月氏国やその属国の大夏《たいか》などに一年余り滞在して、帰途につきました。帰りにも匈奴に一年ほど囚《とら》われたのですが、匈奴の内訌《ないこう》に乗じて脱走することができたのです。長安に帰り着いたのは、紀元前一二六年のことですから、十三年にわたる旅行でした。月氏との軍事同盟は不成立だったので、彼は使者としては失敗したといわねばなりません。けれども、彼の旅行によって、西域の事情が漢によくわかるようになりました。この意味では成功といえるでしょう。

月氏と同盟するまでもなく、漢はもう独力で匈奴を撃退できるようになりました。漢の国力の充実、衛青《えいせい》や霍去病《かくきょへい》といった名将の出現もありましたが、匈奴のほうでも、単于《ぜんう》の後継者をめぐって内部分裂があったのです。

漢の武帝は西域へ通じる廊下ともいうべき河西《かせい》の地（甘粛省）に、四つの郡を設けました。武威《ぶい》、張掖《ちょうえき》、酒泉《しゅせん》、敦煌《とんこう》の四郡です。これが漢の西域経営の基地となりました。匈奴の勢力圏であった西域は、こうしてしだいに漢に服属するようになったのです。紀元前一〇四年と同一〇二年の二度にわたる大宛《だいえん》（ウズベキスタン・フェルガナ）遠征は、敦煌を基地としてなされました。

いったん漠北《ばくほく》に去った匈奴も、やがて勢いを盛り返し、漢軍も苦戦した時期がありました。弐師《じし》将軍李広利《りこうり》が降伏したり、李陵《りりょう》が捕虜になったりしたのです。けれども、またまた匈奴内部に分裂があり、日逐王が漢に降《くだ》り、漢の西域経営は順調に進みました。

日逐王の降伏は紀元前六〇年のことでしたが、漢はその翌年に西域都護を置いたのです。都護が置かれたのは、天山南路のクチャ（庫車）の東にある烏塁城《うるいじょう》（チャディール）でした。西漢の時代は、これ以後、西域をしっかり掌握したのです。東漢になって、その掌握力が衰えます。王莽《おうもう》の時代に、西域諸国が離反したのですが、やがて班超《はんちょう》が派遣され、再び西域経営を安泰にしました。けれども、彼が西域を去ると、この地方における東漢の力は弱まりました。その後の魏晋《ぎしん》南北朝期の状況は、断片的にしかわかっていません。出土の木簡類が重要な史料となるのです。

分裂時代が終わって、唐になると、再び西域は中原の政権と強く結ばれました。唐は安西都護府を、はじめはトルファン盆地に、のちには天山南路のクチャに置いたのです。

唐代は西域が最も栄えた時期といえるでしょう。東西の交流は盛んになり、物資の交易だけではなく、思想の交流もおこなわれました。玄奘《げんじょう》三蔵が天竺《てんじく》（インド）へ取経に行ったのは唐初――七世紀前半のことです。

八世紀末から九世紀にかけて、唐も安禄山《あんろくざん》の乱などによって国勢が衰え、西域にたいする掌握力も弱まりました。つぎの宋《そう》代も、この地方はウイグル王国の支配するところとなり、このころから仏教圏であった西域のイスラム教化がはじまったのです。

元代は東と西とが、比較的強く結ばれた時代でした。けれども、明《みん》代になると、嘉峪関《かよくかん》まで関所を後退させるほど、対外的に消極的な姿勢をとったのです。清《しん》時代にはいり、康熙《こうき》末年、すなわち十八世紀のはじめに、西域は再び東とのつながりをとり戻しました。そのころには、この地方はほとんどイスラム教圏となっていたのです。

現在、新疆の政治、経済、文化の中心はウルムチ（烏魯木斉）です。唐代は庭州の管轄下の輪台《りんだい》県に属していましたが、まだ西域の中心となるほどの土地ではありませんでした。それより古い漢代では、車師国に属していたはずですが、くわしいことはわかりません。ウルムチの別名を「紅《こう》

廟子《びょうし》」と呼んだことがありましたが、紅山と呼ばれる岡《おか》に紅《あか》い牆《かき》の廟があったことに由来していま
す。

伝説によれば、太古、西王母《せいおうぼ》がこの地方の水を天池にひきあげたのに、三頭の龍がまた海にして
しまったというのです。そこで人びとは龍をしずめるために塔を建立したといわれています。この
伝説は、ウルムチ河が、古来、しばしば氾濫《はんらん》し、住民がたえずその災害と戦った事実を反映してい
るのでしょう。唐代の塔はいまも残っています。

十八世紀の半ば、清はこの地方の反乱を鎮圧して、屯田を設け、紅山のかたわらに城をつくり迪《てき》
化《か》と名づけました。これがウルムチのまちの誕生といえるでしょう。まちの歴史は新しいのですが、
南疆と北疆をつなぐ地点として、地理的にも重要性は高まり、やがて清が一八八二年に「新疆省」
を設けたとき、省郡にえらばれました。

清代ではそれまで北疆を「準部」、南疆を「回部」と呼んでいたのです。それぞれ特長をもって
いて、二つの区画と考えられていました。それを統合するにあたって、ウルムチはにわかに要《かなめ》とし
て、クローズ・アップされたのです。

中華人民共和国が成立して六年後、新疆省は新疆ウイグル自治区と改められました。少数民族の
居住区として、民族の自治を尊重しての措置だったのです。

いまはウルムチは自治区の中心で、百万都市の貫録を備えています。南郊は風致地区で、烈士陵
墓公園には、陳潭秋《ちんたんしゅう》、毛沢民、林基路の三烈士の墓があります。一九四二年、新疆省主席であっ
た盛世才《せいせいさい》が国民党に投降し、「八路軍駐新疆弁事処」にいた前記の三同志を逮捕し、翌年、殺害し

たのです。

ウルムチのまちからは、美しい天山の山なみを望むことができます。なかでもみごとなのは秀山（ボグド・オラ）です。伝説の西王母の天池は、その山中にあり、ウルムチ市民の行楽地となっています。

行楽地といえば、ウルムチ郊外にある南山は、カザフ族の放牧地区でもあり、芝生を敷きつめたような、美しい緑のなだらかな山で、市民によろこばれています。

新疆ウイグル自治区は、人口一千万のうち、ほぼ三分の二がウイグル族ですが、そのほかにもさまざまな民族が住んでいます。漢族、カザフ族、蒙古《もうこ》族、回族、キルギス族、タジク族、シボ（錫伯）族、ウズベク族、ロシア族、タタール族、タホル（達斡爾）族、満洲族など十三の民族が仲好く暮しているのです。


ウルムチから東南へ、ダワン（達坂）の峠を越えて行くと、トルファン（吐魯番）の盆地に出ます。この盆地は海抜マイナス百五十四メートルという、世界で第二に低い地方です。まるですり鉢の底にはいるようなかんじで車は進みます。

トルファン盆地は、史跡の宝庫といってよいでしょう。年じゅう乾燥しており、夏季には四十度をこえる日が何日もつづきます。めったに雨は降りません。そのため、遺跡の保存状態も良好です。

この盆地には二つの古城跡があります。トルファン県城から東へ四十六キロほどのところにある高昌《こうしょう》古城と、県城の西十二キロほどにある交河《こうが》古城です。西漢時代、ここに、戊己《ぼき》校尉が置かれ、早くから中国の中央と接触があり、南北朝から唐初にかけて、漢族の王朝が存在していました。玄奘三蔵はハミ（哈密、または伊吾）からここへ来たのです。当時は麴《きく》氏が国王で、国号を「高昌」と称していました。

　玄奘三蔵がインドへ行く途中、高昌に立ち寄ったのは、諸説ありますが、六二八年ごろのことでした。そして、彼がまだインドに滞在していた六四〇年、この国は唐の太宗にほろぼされたのです。国都が高昌古城で、いまは全国重点文物保護単位に指定されています。日干し煉瓦《れんが》を積んだ建物が、あちこちに崩れ残っていて、ドームがあったり、階段式の仏塔があったり、西方の雰囲気が濃厚です。仏教のほかにゾロアスター教、マニ教、キリスト教などがおこなわれていた形跡があります。各民族はここでも友好的に生活していたのでしょう。イラン系の住民が、イラン系の文字で、論語などを訓読していたことが、出土文物の研究によってわかっています。

　高昌古城の近くのアスターナは、高昌国の墓地の一つです。ここからおびただしい文物が出土し、その一部は持ち出されました。解放後も発掘がおこなわれ、日本でひらかれた中国出土文物展にも、アスターナ出土の騎馬俑《よう》、舞女俑などが出品され、人気を呼んだものです。

　交河古城は高昌のそれより、ひとまわり小さい遺跡ですが、地上にくずれ残っている建物は、かえって多いのです。

　交河という地名のとおり、河と河とのあいだにはさまれた要害の地で、その北部には六世紀の仏塔が立っています。高昌をほろぼした唐は、西域経営の基地として安西都護府を設けましたが、最初はこの交河城に置かれたのです。

『西遊記』のなかには、火焔山《かえんざん》という架空の山が登場し、孫悟空が芭蕉扇《ばしょうせん》でこの山の焔《ほのお》を消す場面がありました。トルファン盆地には、火焔山という現実の山があるのです。山肌が赤く、侵蝕《しんしょく》のあとが縦にならんでいますので、かげろうがもえると、焔がゆらめいているようにみえます。その火焔山のなかにわけいりますと、有名なベゼクリクの千仏洞があります。ベゼクリクということばは、「絵画で飾られた場所」を意味するそうです。そこにはぜんぶで五十七の石窟《せっくつ》があり、そのなかで壁画をもつのは二十窟ほどです。

最も古いのは第二五窟で、これは隋《ずい》代のものとされています。ただ残念なのは、今世紀初頭に外国探検家が、数多くの壁画を剝《は》がして行ったので、現在は昔日の面影がほとんどないことです。

トルファン盆地には、このような仏教遺跡ばかりが残っているのではありません。十二、三世紀以後は、この地方もイスラム教化しましたから、イスラム教関係の遺跡もとうぜんあります。県城近くに、四十四メートルの高いイスラムの塔がそびえています。清に服従した回教首長のエミン（額敏）は、輔国公《ほこくこう》、参賛大臣、郡王に封じられましたが、八十三歳で死亡する前に、銀七千両を投じてイスラム寺院を造ろうとしました。完成したのは彼の死後ですから、息子のスライマン（蘇来満）の名をとって、「蘇公塔」というのが正式ですが、人びとは「額敏塔」と呼んでいます。西域の抜けるような紺青の空に、高くそびえる黄色の塔は、なかなかみごとなものです。

トルファン盆地が古い歴史の遺跡に満ちている場所であるのにたいして、天山の北路には、まったく新しい時代の土地があります。それは不毛の砂漠のうえにつくられた、人間の力による「石河《せきか》子《し》」というまちです。荒地が緑になった、かがやかしい勝利の証明といえるでしょう。解放軍が開墾し、上海《シャンハイ》などから知識青年が来て、新しい土地づくりに参加したのです。

開墾といっても、砂漠や砂礫《されき》の荒地は、いくら掘りおこしても耕地にはなりません。耕地になる土を、遠くからはこび、かなりの厚みにしなければ農作物は育たないのです。それだけでは、まだ水の問題が解決されません。マナス河などにいくつもダムを造り、さらに「人工支流」をつけ、遠くまで潤うようにしたのです。ダムには魚の養殖という新しい産業もおこりました。もちろん各地に水力発電所もつくられ、造林によって緑化はめざましく進んでいます。一九六五年に、周恩来がこの地に来て、知識青年を激励したのは有名な話です。現在、その場所に記念碑が立てられています。

天山北路では、イリ河のそばの伊寧《クルジャ》市が重要な都市です。物資の集散地でしたが、現在では、電力や紡績、皮革などの工業も盛んになっています。

清末、新疆に反乱がおこったのに乗じて、ロシアはこの地方を占領しました。一八七一年のことで、これが世にいう「イリ事件」です。清が反乱を平定したあとも、ロシアはなかなか撤兵しようとしませんでした。一八八一年にイリ条約が結ばれ、やっとイリ地方の返還が実現したのですが、その一部とザイサン・ノール東部はついに返還されず、現在にいたっています。

目を天山南路に転じましょう。天山の南路で最も大きなまちは最も西のカシュガル（喀什）市です。いわゆるシルクロードの重要な地点でもありました。古い文献には、ここは疏勒《そろく》としるされています。豊かなオアシスの中心であり、現在も南疆の産業、交通の要となっています。東漢のころ、班超《はんちょう》がここに来たこともありました。当時の城壁のごく一部分が、まだ市の東南に残っています。

遺跡としては郊外の罕諾依《ハンノイ》古城跡が知られていますが、高昌や交河ほど残存物は多くありません。城としてのスケールも小さく、時代も宋代のものです。旧ソ連領内に国都をもっていた喀喇汗《カラハン》王朝の一都城でした。すでにイスラム教圏となった時代で、ユスフ・ハジの叙事詩『福楽智慧』(クタトグ・ビリク)は、一〇六九年、ここで書かれたといわれています。ウイグルの言語による、最初のイスラム文学作品です。

有名な「香妃墓《こうひ》」と呼ばれるイスラムの霊廟は、カシュガル市からほど近いところにあります。清の乾隆《けんりゅう》帝の愛妃であった、ウイグルの女王香妃の墓と伝えられていますが、彼女はホージャ家の出身で、この霊廟は一家の墓所だったのです。五代七十二人の棺が、このなかに安置されていて、彼女はその一人でした。この地方の聖族として、ホージャ家はカシュガルに小宮廷をもっていたのです。ホージャ・アパク(一六二二—一六八五)がなかでも最も有名ですが、香妃はその外孫女といわれています。一説には、清に叛《そむ》いたホージャ・ジハーンの妃であるともいいますが、じつは彼女については、正史に記述はないのです。乾隆帝の后妃の一人に、和卓《ホージャ》氏の女《むすめ》として容妃という名前が記録されています。からだに芳香があったので、香妃と呼ばれたらしいのですが、あるいは容妃の別名だったかもしれません。

この地方に伝わっている伝説では、彼女は一七六三年、北京で死んだことになっています。二十九歳だったそうです。乾隆帝は彼女のために、百二十人の衛兵や轎夫《きょうふ》をつけて、その遺体を送還させました。北京からカシュガルまで三年かかったといわれています。

小さな半月をのせたおだやかなドームは、西域の青い空にくっきりうかび、霊廟にしては透明釉《ゆう》のかかったタイルがカラフルです。霊廟のそばには、コーランを読む念経所、そして礼拝堂もあります。一九七二年に修復したそうですが、礼拝堂の五十四本の柱の唐草模様は、一本としておなじパターンのものはないということです。

カシュガル市内にはエィティカール寺院というイスラム寺院があります。古い寺ですが、清末に焼けたあと再建されたので、現在のものは百年ほどしかたっていません。

かつては仏教王国だったカシュガルも、イスラム化してずいぶん歳月を経ていますので、仏跡はほとんど残っていません。市の西北十八キロ、チャクマク河の河岸の崖《がけ》に掘られた三つの石窟寺院——三仙洞がいまのところ唯一の仏跡といってよいでしょう。三、四世紀ごろのものと推定されています。

仏跡の多いことにかけては、天山南路ではクチャの右に出るところはないでしょう。玄奘三蔵が六十余日滞在した土地ですが、西域最大の千仏洞がキジルにあります。ここには二百三十六の石窟があり、四世紀ごろから十世紀ごろにかけて造営したものとおもわれます。キジル千仏洞は渭干河《いかんが》に面していますが、その下流約十五キロのところに、クムトラ千仏洞があり、百六の石窟をもっているのです。ほかに四十六の石窟をもつキジルカハ千仏洞などもあり、それぞれ美しい壁画で世界に知られています。

クムトラ千仏洞では、玄奘がそこで説法したという伝説があり、キジルカハには西漢時代の高い烽火《のろし》台の塔が残っています。またクチャ河の両岸にかけて、三世紀ごろから造営されたスバシ古城跡があり、玄奘がその著書の『大唐西域記《だいとうせいいきき》』で紹介しているのです。

クチャは古い文献に「亀茲《きじ》」とも記され、むかしから歌舞の地として、多くの名音楽家を輩出しました。現在でも、この地方の人たちは音楽好きで、踊りの名人でもあります。

天山南路には、ほかにアクス（阿克蘇）、コルラ（庫爾勒）などのまちがあり、シルクロードの重要な宿場でもあったのです。

いまは自動車道路があり、空路もひらけていますが、かつては駱駝《らくだ》をつらねた隊商《キャラバン》が、砂漠のなかを苦労しながら、オアシスからオアシスへと旅をしたのです。

カシュガルからさらに南へ行きますと、パミールにはいり、クングール（公格爾）やムズタグ・アタ（慕士塔格山）など七千メートル以上の銀嶺《ぎんれい》がつづき、タシュクルガン・タジク自治県に出ます。この道は中巴公路と呼ばれ、国境を越えて、パキスタンにつながっています。タシュクルガンはタジク族の居住区で、古来、中国と天竺との交通の要衝だったのです。玄奘は帰国のときに、ここに立ち寄っています。現在の県城のすぐ近くに、高い城壁をもつ古城跡が残っていますが、表層は約六百年前のもので、その下にもっと古い時代の城跡があるそうです。

カシュガルから西南へむかうと、西域の南道です。ヤルカンド（莎車《さしゃ》）というまちのそばを流れるヤルカンド河は、かなり大きな河川ですが、タクラマカン砂漠のなかに吸いとられて消え、伏流してタリム河に合流するのです。そのスケールの大きさには驚くほかありません。

西域南道を東へ行けば、南に崑崙《こんろん》の銀嶺を仰ぎ、北にタクラマカンの大砂漠を望みながら、カルガリク（葉城）を越えて、ホータン（和田）にはいります。

ホータンはむかしの于闐《うてん》の地で、西域南道で最も栄えた地方です。現在でも、ホータン県城はホータン地区の中心として、南道の主要都市であります。それはカラハシ（喀拉喀什）河とユルンハシ（玉龍喀什）河にはさまれ、水ゆたかなオアシスです。これらの河はいずれも崑崙山脈の雪どけの水をはこび、人びとの生活に恵みを与えてきました。飲料、灌漑《かんがい》に役立っただけではありません。中国の人が愛してやまなかった玉《ぎょく》を、崑崙山からはこんできたのです。

西域のことは、漢の武帝の時代に、張騫が使者となって西へむかい、はじめて人びとに知られるようになった、と述べました。けれども、それは記録されたことをもとにしていうのであって、それ以前から交流はあったはずだ、とも述べました。たしかに、絹は張騫以前にも、東から西へはこばれています。そして、西から東へ、崑崙の玉もはこばれたのです。張騫より前の時代の、中山王劉勝《りゅうしょう》の墓から、金縷玉衣《きんるぎょくい》が出土したことは、世界の話題となりました。その玉衣の玉片は、崑崙の玉であったとされています。

西域はなによりもシルクロードの名で親しまれています。けれども、ホータン地方の人たちは、シルクロード（絲綢之路）というよりも、シルクタウン（絲綢之郷）と呼ばれることをよろこびます。そこは絹が通っただけの道ではないのです。この地方は、古くから絹を生産していました。現在でもホータンには、かなり大きな絹織物の工場があり、自治区随一の絹の生産地であります。むかし、漢土からこの于闐に嫁いだ女王が、帽子のなかに蚕をかくして、絹の生産技術を伝えたという伝説がありました。この近辺にあるダンダンウィリクの遺跡に、その事実を物語る壁画が残っていたのは有名です。それはいま大英博物館に収蔵されています。

ホータンをさらに東へ行くと、むかし栄えた楼蘭《ろうらん》の故地があり、「さまよえる湖」であるロプノール（羅布泊）があります。そして、陽関、玉門関の遺跡から西域の出入口の敦煌に出るのです。

四川

四川《しせん》という地名は、宋《そう》代にはじまったといわれています。顧炎武《こえんぶ》（一六一三―八二）の『日知録』によれば、宋代、この地方は「川陝《せんせん》四路」と呼ばれ、省略して四川となった、とあります。ほかに、瀘江《ろこう》、岷江《びんこう》、雒江《らくこう》、巴江《はこう》の四つの川から名づけられた、という説もあるようです。

四川省の東部は四川盆地で、西部はチベット高原の延長である川西高原です。四川盆地のなかでも、成都《せいと》市と重慶《じゅうけい》市を含む、いわゆる「成渝《せいゆ》地区」がその中心といわれています。ふるくから巴《は》蜀《しょく》と呼ばれていましたが、「巴」も「蜀」も、どちらも古代のこの地方の部族名だということです。

秦《しん》の始皇帝が天下を統一して、戦国時代を終結させましたが、秦がそれほど強盛になったのは、巴蜀のゆたかな土地を直轄領にしてからだと指摘する学者がすくなくありません。

漢の武帝のとき、張騫《ちょうけん》が西域に使いしたのは有名な話です。彼は大夏《たいか》（現在のサマルカンドのあたり）で、四川の名産である蜀の布や邛《きょう》の竹杖《ちくじょう》を見ています。どこから仕入れたのかとたずねると、身毒（インド）からだという返事だったそうです。この話は、四川が太古のころから、おそらくチベットのルートを通じて、インドと交易していたことを物語っています。そのような交易は、四川に富をもたらしたでしょう。

『史記』には、実業家のことをしるした貨殖伝があります。ごく少数の人しか挙げられていませんが、そのなかに「巴の寡婦の清《せい》」「蜀の卓《たく》氏」おなじく「蜀の程鄭《ていてい》」など四川の富豪の名がみえます。蜀の卓氏の娘と結婚した司馬相如《しばしょうじょ》は、文章家として漢代随一とうたわれた人物で、やはり蜀の成都の人でした。文芸が盛んであったのは、物産豊富で、余裕があったからでしょう。

戦乱のために、中原《ちゅうげん》が住みにくくなると、人びとは豊かな四川めざして移住しました。三国時代になりますと、この地は北方の魏《ぎ》、南方の呉とならんで、天下の三大勢力の一つの拠点となったのです。天下が鼎《かなえ》のように三本足で立っているとすると、そのなかの一本の足の役をつとめていたのですから、大したものといわねばなりません。

天下三分の計を説いたのは、諸葛孔明《しょかつこうめい》であったといわれています。劉備《りゅうび》はその計に従って、二一一年、蜀にはいりました。諸葛孔明は劉備が蜀にはいったのちも、しばらく荊州《けいしゅう》にいて、二一四年になって、はじめて成都にはいりました。それから二十年のあいだ、彼は蜀漢《しょくかん》の皇帝となった劉備とその子の劉禅《りゅうぜん》に仕え、四川の経営に努力したのです。

三国鼎立《ていりつ》といいますが、魏や呉にくらべると、蜀漢は小国でした。両国に対抗するには、領内を整備して、富国強兵をはからねばなりません。領内には西南夷《い》と呼ばれた、少数民族が住み、よく反乱をおこしました。彼らの首長は孟獲《もうかく》という人物で、孔明はこれと戦って、捕虜としましたが、七たびつかまえ、七たび釈放したと伝えられています。これは孔明が強硬策をとらず、少数民族を心服させ、彼らの協力を得ようとしたことを物語っているようです。

四川の歴史を語るとき、諸葛孔明はどうしても忘れてはならない人物です。

成都市南郊の武侯祠《ぶこうし》は、諸葛孔明を記念した祠堂です。武侯というのは、孔明が生前、武郷侯に封ぜられたことがあったので、そう呼ばれています。じつはそこはもともと孔明が仕《つか》えた劉備の廟《びょう》でした。劉備はその死（二二三）の二年前、帝位に即《つ》き、死後、昭烈帝と諡《おくりな》されています。いまも門のところには、

――漢昭烈廟

としるされていますが、人びとはそれを武侯祠と呼んできました。じつは君主と丞相《じょうしょう》とが、あわせまつられていたのですが、丞相のほうが人気が高かったのです。

杜甫《とほ》も武侯祠のことを詩によんでいます。

丞相祠堂何処尋
錦官城外柏森森
映堦碧草自春色
隔葉黄鸝空好音
三顧頻繁天下計
両朝開済老臣心
出師未捷身先死
長使英雄涙満襟

丞相の祠堂、何《いず》れの処《ところ》にか尋《たず》ねん
錦官城外、柏は森々たり
堦《かい》（階段）に映ずる碧草 自《おのずか》ら春色
葉を隔《へだ》つる黄鸝《こうれい》、空しく好音《こういん》
三顧頻繁なり天下の計《はかりごと》
両朝開済す老臣の心
出師《すいし》、未《いま》だ捷《か》たざるに身は先《さき》に死し
長《とこし》えに英雄をして涙を襟《えり》に満たしむ

柏《かしわ》の木がこんもりと繁るところに、丞相、すなわち諸葛孔明の祠堂があったのです。けれども、杜甫がこの詩をつくってから、すでに千二百二十年ほどたっています。私たちがいま見る武侯祠は、清《しん》の康熙《こうき》年間に再建されたもので、杜甫が見たものよりは、スケールがだいぶ小さくなっているはずです。

けれども、唐代の碑がまだ残っています。いわゆる「三絶碑」です。それは唐の憲宗の元和《げんな》四年（八〇九）に立てられたもので、碑文は宰相の裴度《はいたく》がつくり、書家として知られた柳公綽《りゅうこうしゃく》が書き、魯建という名匠が刻みました。三人の絶世の名人の合作の碑ですから、三絶碑とよばれてきたのです。

武侯祠のなかには、ほかに歴代の石碑が四十余あり、歴史や書道の貴重な資料となっています。書道といえば、武侯祠内の扁額《へんがく》や対聯《ついれん》も注目すべきでしょう。「武侯祠」という三字の扁額と、「志見出師表。好為梁父吟」の対聯は郭沫若《かくまつじゃく》筆です。ぜんぶで三十余あるといわれています。

これは前述したように、君臣合廟というめずらしい形式で、大門・二門・劉備殿・過庁・諸葛亮《りょう》（孔明）殿と五重になっています。また建築様式は典型的な「四合院」式で、その例によく挙げられているようです。劉備殿には高さ三メートルの劉備の塑像が置かれています。東西の偏殿にも塑像があり、東は関羽《かんう》父子、周倉、趙累、西は張飛《ちょうひ》祖孫三代のそれです。東西の両廊にも文武官の着色塑像があり、東廊は文臣、西廊は武将のそれがならんでいます。いずれも清代の制作ですが、なかにはいきいきとした傑作もあり、また風俗の参考資料にもなり、三国志ファンには見のがせないものでしょう。

諸葛亮殿のなかには、孔明とその子孫の金泥塑像があり、その前に三つの銅鼓が置かれています。銅鼓は南方の少数民族の楽器であると同時に、権力と財力とのシンボルでした。四川の地における諸民族の文化交流を物語るものですが、いつのまにか諸葛孔明伝説のなかに組み入れられ、孔明が軍中で制作したといわれるようになり、「諸葛鼓」と名づけられています。

なんでも諸葛孔明に関係づけるのは、日本の弘法《こうぼう》大師伝説と似ていますが、それだけ庶民に親しまれたからでもありましょう。

諸葛亮殿の西、小さな橋をすぎると、竹の多い静かな場所に出ます。劉備の墓がそこにあり、史書に「恵陵」と載っているものです。劉備は二二三年、湖北との省境に近い白帝城で死に、遺骸《いがい》は成都に送られて埋葬されました。十二メートルの高さに土が盛られています。劉備の墓の南に、文物陳列室が設けられ、三国時代を中心とする歴史が、わかりやすく解説されています。

成都には、武侯祠のほかに全国重点文物保護単位に指定されている遺跡がもう一つあります。それは「杜甫草堂」です。

杜甫（七一二―七七〇）は、中国が生んだ大詩人であったのはいうまでもありません。同時代の李白《りはく》とならび称され、その作品は中国だけではなく、漢字圏、さらには翻訳によって世界じゅうの人たちに愛好されています。

杜甫は河南省襄陽《じょうよう》の人です。彼が四十五歳のとき、安禄山《あんろくざん》が長安を陥《おと》し、彼もとらわれて幽閉されたことがあります。のちに脱出して、鳳翔《ほうしょう》の行在所《あんざいしょ》に馳《は》せ参じ、左拾遺の職を授けられました。唐が長安を回復したあと、ほっとしたのも束の間で、七五九年、飢饉《ききん》のために官を棄《す》て、彼は食をもとめて放浪しなければならなくなりました。その年の十二月に、彼は蜀道の険を越えて四川にはいったのです。

中原に大飢饉がおこっても、四川にはまだゆとりがあったことがわかります。このときに四川に避難した中原の人は、杜甫だけではなかったでしょう。四川は「天府」といわれるほど豊かな土地だったのです。

成都にはいった杜甫は、はじめ浣花渓寺《かんかけいじ》に住みましたが、翌七六〇年の春、浣花里に草堂をつくり、そこを住居としました。いま国宝として保存されている「杜甫草堂」は、その遺跡にほかなりません。

杜甫は四十九歳から五十一歳まで、三年ほどこの草堂に住みました。起伏の多い彼の人生のなかでも、この三年はわりあい平穏だったのです。戦乱や飢饉という挫折《ざせつ》を経験したあとの平和でしたから、彼はそれをかみしめるように味わったことでしょう。幼馴染《なじみ》の厳武《げんぶ》や友人の高適《こうせき》が、その地方でかなり高い官位についていました。杜甫は彼らの援助によって、家族ともども、しばらくのあいだおだやかに暮すことができたのです。

それまでの杜甫は憂愁の詩人でしたが、四川に来てから、おおらかさがそれに加わりました。四川の風土に似て、なにがしかの余裕が生まれたせいでしょうか。杜甫草堂で彼は、その文学活動の頂点に達したといいえます。

さきに引用した詩も、「蜀相」と題された草堂時代の作品です。ほかに「江村」「野老」「絶句漫興九首」「落日」などかずかずの名作が、草堂から生み出されています。ここでは、草堂での生活が最もみごとに写されている「江村」を引用しましょう。

清江一曲抱村流
長夏江村事事幽
自去自来梁上燕
相親相近水中鷗
老妻画紙為棊局
稚子敲針作釣鈎
多病所須唯薬物
微軀此外更何求

清江、一曲、村を抱いて流る
長夏、江村、事々幽《しずか》なり
自《おのずか》ら去り自ら来る梁上の燕《つばめ》
相親しみ相近づく水中の鷗《かもめ》
老妻は紙に画いて棊局《ききょく》を為《つく》り
稚子《ちし》は針を敲《たた》いて釣鈎《ちょうこう》を作《つく》る
多病須《ま》つ所は唯《た》だ薬物
微軀《びく》此の外に更に何をか求めん

草堂というから草葺《くさぶ》きの、質素な家だったのでしょう。家は小さくても、愛する自然のなかに融けこんで生きて行くことができるのです。自然にたいする杜甫の目も、おだやかなものになっていました。

杜甫が住んだ粗末な草堂が、千二百余年後の今まで残っているはずはありません。はやくから建物はなくなっていたのですが、唐末には、地方の文人が草堂跡に建物を建て、宋代には祠堂もつくられました。現在にいたるまで、記録されているだけでも十数回の修建があったそうです。なかでも明の弘治十三年（一五〇〇）と清の嘉慶《かけい》十六年（一八一一）の二回の修建が最も規模が大きかったのです。現在の杜甫草堂は、ほぼ清代のものとおもってよいでしょう。

成都の西郊にある杜甫草堂は、ひろびろとして環境がよく、建物もさすがに武侯祠のように壮大さを誇りません。清貧であった詩聖を記念するにふさわしく、いかにもつつましく、素朴なかんじがします。工部祠、史詩堂、草堂書屋、恰受航軒、碑亭その他いくつかの建造物があり、それぞれ簡素なつくりです。

草堂には三万余冊の文献があり、宋、元、明、清にかけての杜甫にかんするさまざまな著作がそろっています。なかには稀覯《きこう》本、孤本などもすくなくありません。

ここを訪れる人は、しずかに杜甫の文学的業績をしのぶことができます。草堂在住時代につくられた詩は二百四十余首で、現存する彼の全作品の六分の一にあたるそうです。

杜甫ほどの大詩人ではありませんが、中唐の女流詩人である薛濤《せつとう》も、浣花渓のほとりに隠棲《いんせい》しました。杜甫の草堂跡はわかっていますが、彼女の住んだ場所は、まだ確認されていません。彼女は自分の詩を書くために、独特の紙をつくり、これが「薛濤箋《せつとうせん》」として有名になりました。

成都の望江楼公園に、「薛濤井」があり、清の康熙三年（一六六四）に刻んだ石碑がそばに立っています。じつは薛濤箋は彼女亡きあとも、歴代つくられました。それをつくるにはきれいな水を用いなければなりません。もともと玉女津と呼ばれた泉水は、造酒にも使われたのですが、明代にはここで薛濤箋がつくられました。そのため、薛濤がここで紙をつくったと誤伝され、名前も薛濤井と呼ばれるようになったのです。

公園のなかにある吟詩楼や浣箋亭などの建物や石碑は、みな清末のものです。公園の名に用いられた望江楼は、もとの名を崇麗閣《すうれいかく》といい、一八八九年に建てられました。四川は蜀道によって北方とつながり、また三峡によって江南ともつながっています。四川文化は北方と江南との双方の影響があるのです。望江楼は北方の雄渾《ゆうこん》さと、江南の秀麗さとを兼ね備えて、その意味でいかにも四川にふさわしいといえるでしょう。公園にはほかに濯錦楼《たくきんろう》があります。

宋代には四川から蘇東坡《そとうば》（一〇三六―一一〇一）という大詩人が出ました。彼はたいそう竹を愛した人物だといわれています。「食べるに肉がなくてもよいが、住むに竹なしではすまされない」と言ったそうです。蘇東坡にちなんでか、望江楼公園には、百三十種ほどの竹が集められ、土地の人たちは「竹の公園」と呼んでいます。なかにはずいぶん珍種奇種の竹があり、その道の人にとっては竹研究のメッカ的な存在であるそうです。

杜甫とならび称された李白《りはく》も、四川に生い立った人です。彼の出生地については西域説と四川説とがあります。西域説にしても、五歳前後で四川に移ったことになっているので、李白と四川の関係は深いといわねばなりません。杜甫は晩年近くに四川に住んだのにくらべて、李白は若いころに四川で暮したのです。

青年時代、李白が好んで遊んだのは峨眉山《がびさん》でした。「峨眉山月歌」という七言絶句は、『唐詩選』にも収められていて有名です。

峨眉山月半輪秋
影入平羌江水流
夜発清渓向三峡
思君不見下渝州

峨眉の山月、半輪の秋
影は平羌江《へいきょう》水に入って流る
夜、清渓を発して三峡に向《むか》う
君を思えども見えず、渝州《ゆしゅう》に下る

峨眉山はその四大奇観によって有名です。第一の奇観は「日出《にっしゅつ》」で、出頂にいると、太陽は足もとから昇ってきます。第二は仏光（光背）です。午後二時から四時ごろ、山頂でのぞくと虹《にじ》現象で、自分の影に光背がついているように見えるそうです。第三は雲海。ときによると、チベットの山々が雲海の彼方《かなた》に見えます。第四は神燈。おそらく燐《りん》の鉱石があるのでしょう。夜になってそれが下から湧《わ》く鬼火に見えるのです。

峨眉山は海抜三千九十九メートルあります。山頂までの道のりは五十数キロです。海抜千メートルほどのところに万年寺があります。五代から宋初にかけて、もと白水寺という仏寺がありました。明の万暦帝《ばんれきてい》（在位一五七二―一六二〇）の母がこの地方の出身で、その還暦を記念して磚造《せんぞう》の寺を寄進し、聖寿万年寺と改めたのです。この寺では、象にのったブロンズの普賢菩薩《ふげんぼさつ》像が有名で、重さ六十二トンといわれています。

唐代までは、峨眉山は道教の拠点で、道観（道教寺院）が多かったそうですが、その後、仏教化されて、現在にいたっているのです。いまでは山西の五台山、浙江《せっこう》の天台山とならんで、中国仏教の三大霊場の一つとなっています。名勝として峨眉山は観光の中心でもあります。遊覧のシーズンは五月から十月までです。平均一日に四千人の人が山にはいっているそうですが、七月から八月にかけての夏休みがやはりもっとも多いということです。

峨眉山の麓《ふもと》、岷江《びんこう》に沿って楽山《らくざん》という市があります。楽山市の東の凌雲山《りょううんざん》は、岷江、青衣江《せいいこう》、大渡河《だいとが》の三つの河の合流点にあたり、その東岸の崖《がけ》に巨大な弥勒《みろく》菩薩の座像がつくられているのです。この楽山大仏は唐の開元初年から彫りはじめられ、貞元十九年（八〇三）に完成したといいますから、九十年近くの歳月を要したことになります。高さ七十一メートル、頭部の直径十メートル、肩はば二十八メートルという巨大なものです。

通称大仏寺が巨像の上にあり、もともとの名は凌雲寺です。唐初の創建ですが、明末の戦火で失われ、現在の建物は清の康熙六年（一六六七）に重建されたものです。境内の東坡楼は、蘇東坡が読書したところで、楼前の洗墨池は、彼がよく筆を洗った場所と伝えられています。凌雲寺のうしろの宝塔は十三層で、高さ三十五メートル、唐代の創建ですが、明の嘉靖《かせい》十三年（一五三四）に修復したことが、塔内の碑文にしるされています。

凌雲寺から一キロもはなれていないところに烏尤山《うゆうざん》があります。むかしは烏牛山と呼んでいたそうです。山上の寺は、正覚寺といっていたのを北宋のとき烏尤寺と改めました。

戦国時代、秦の昭王（紀元前三〇六―二五一）のとき、蜀郡太守の李冰《りひょう》が、ここで治水工事をおこなったと伝えられています。

楽山沙湾区は郭沫若の故郷であり、一九八〇年五月、郭老の故居に記念館がつくられました。

前述の李冰の治水工事といえば、最も知られているのが、成都市の西北五十キロほどにある灌《かん》県の都江堰《とこうえん》でしょう。いまも都江堰は広大な地域を灌漑《かんがい》しています。『史記』の河渠書《かきよしょ》も李冰の功績をたたえ、「百姓《ひゃくせい》は其《そ》の利を餐《う》けた」としるしているのです。

李冰は息子の李二郎とともに治水工事をおこなったのですが、土地の人たちは彼らを記念して「二王廟」を建てました。原名は「崇徳廟」で、四九四年の修建といわれています。宋代に千数百年も前に死んだ李父子を、それぞれ王に封じたので、それ以外、二王廟と呼ばれるようになったのです。境内には明代に鋳造された鉄花瓶があり、徐悲鴻《じょひこう》、張大千、関山月など現代の名画人の絵が碑に刻まれています。

治水工事によって、もとの岸から分離されて川中島のようになったところを「離堆《りたい》」といいます。ここの離堆にある伏龍観も、李冰を記念するために建てられたものです。民間の伝説では、李冰は治水にあたって、龍を降したことになっています。一九七四年、後漢建寧元年（一六八）の記年のある李冰石像が出土し、それが大殿のなかに安置されているのは注目すべきでしょう。おなじ伏龍観内にある唐代の飛龍鼎《てい》と双璧《そうへき》をなしています。

離堆の南に十七層、四十メートルの奎光塔が建っています。清代、この地方に人材がすくないことを歎《なげ》いた人たちが、一万人の人が科挙に及第するようにと祈って建てたものだそうです。塔を建てても、科挙に及第したのは一人だけで、ただその人の姓が「万」であったという笑い話のようなエピソードが伝わっています。

成都の近くで仏寺を参観したい人には、宝光寺をおすすめしましょう。成都の東北の新都県《しんと》にあり、唐代の創建ですが、明末、張献忠《ちょうけんちゅう》に焼き払われ、十三層の舎利塔のほかは、ほとんど清代につくられたものです。それでも多くの文物が保存され、名刹《めいさつ》の名にそむきません。五百羅漢をおさめた羅漢堂は、咸豊《かんぽう》元年（一八五二）につくられ、百余年の歴史しかありませんが、かなりみごとなリアリズムをみせてくれます。羅漢の一人を康熙帝としているのですが、史実どおり、ちゃんとあばた面にしているのです。

成都は古都です。その周辺には、さまざまな歴史のロマンが秘められています。それにくらべると、四川盆地のもう一つの中心である重慶は、近代的な工業都市です。おなじ歴史にしても、古代のそれよりも、近代のそれに富んでいます。

重慶は成都から六百九十キロ、長江と嘉陵江《かりょうこう》がまじわるところにあります。まじわっているのは河川だけではなく、成渝《せいゆ》鉄路ともまじわっているのです。

一八七六年の芝罘《チーフー》条約によって開港場となりました。市の位置は長江と嘉陵江のまじわって半島状になったところにあり、ぜんたいが山によりかかるような配置になっています。重慶のことを、よく「山城」と呼ぶのはそのためです。

近郊の化龍橋の紅岩村《こうがんそん》には、抗日戦争期間、中国共産党中央の南方局と第十八集団軍駐渝弁事処が置かれていました。現在は革命遺跡として、できるだけ原状を保存して、一般の参観に供しています。中国共産党と国民党との合作時代でしたけれども、この紅岩村をとりまく山の要所要所には、国民党の特務のかくれ家があり、たえず監視していたそうです。

また市街地区からすこしはなれたところに、中米合作所と呼ばれる機関がありました。名称からいえば、中国とアメリカとの協力のための機関のようです。けれども、その実態は、国民政府が反政府的な知識人を逮捕、監禁する場所でした。

戦争終結後、延安から毛沢東が重慶に来て、蔣介石《しょうかいせき》とのあいだにいわゆる「双十協定」を結びました。場所は重慶市の桂園《けいえん》というところです。ここも近代史の遺跡として保存されています。桂園はもと張治中《ちょうちちゅう》将軍が住んでいたところで、当時の塀は竹であったのが、いまはセメント塀になっているのを除くと、ほとんど原状どおりであるといわれています。

重慶市はもと人口二十数万の中小都市でしたが、抗日戦争のとき、国民政府の臨時首都となり、人口も百万に達しました。解放後も順調に発達し、現在の人口は郊区をあわせると千万をこえ、中国最大の都市となっているそうです。

太古、ここに巴子国という国がありました。『華陽国志』の巴志によりますと、巴子国は長い歴史をもっていましたが、江州に都した時期があるということです。江州とは重慶のことにほかなりません。重慶市の西方六十キロの冬笋壩《とうしゅんは》と昭化宝輪院において、一九五四年に戦国後期の古墓群が発掘されました。それによって、巴子国の文化がようやくわかりはじめたのです。紀元前四世紀、秦の恵王が張儀を派遣して、巴子国を討滅して、巴郡を置いたとされています。

それ以来、この地は江州と呼ばれたり、巴と呼ばれたりしました。隋唐は渝州です。宋代ははじめ恭州と呼びましたが、のちに重慶と改め、それ以来、重慶府という地名が定着しました。

重慶の人民大会堂は壮大なもので、賓館（ホテル）はそのなかに付設されています。人民大会堂のむかいが市政府です。建物はもう建てかえられていますが、抗日戦期間の国民政府のあった場所であるといわれています。

河岸の急勾配《こうばい》なところでは、ケーブルカーが利用されているのも重慶らしい風景です。半島の先端部の朝天門に埠頭《ふとう》があり、三峡くだりの船もそこから出発します。夏の暑い重慶では、そのあたりは夕涼みの客でにぎわうのです。

成都がおちついた古都なら、重慶は活気に満ちた産業都市です。京都にたいする大阪というところでしょう。けれども、重慶にも巴渝十二景といわれる名勝があり、南温泉と北温泉という保養地もあります。けっして無味乾燥なただの産業都市ではありません。

成都は蜀錦といって、錦の産地でしたが、重慶の絹織物もむかしから有名でした。戦国末期に、秦が巴子国を併呑《へいどん》したあと、租税としてこの地方に布を納めさせています。その当時から、織物が評判だったのでしょう。

日本では豊臣末期から徳川初期にかけて、「は」と呼ばれる絹が明国からはいってきました。それは「巴」すなわち重慶産のものだったにちがいありません。思わぬところに、交流の歴史が、顔をのぞかせているものです。

東

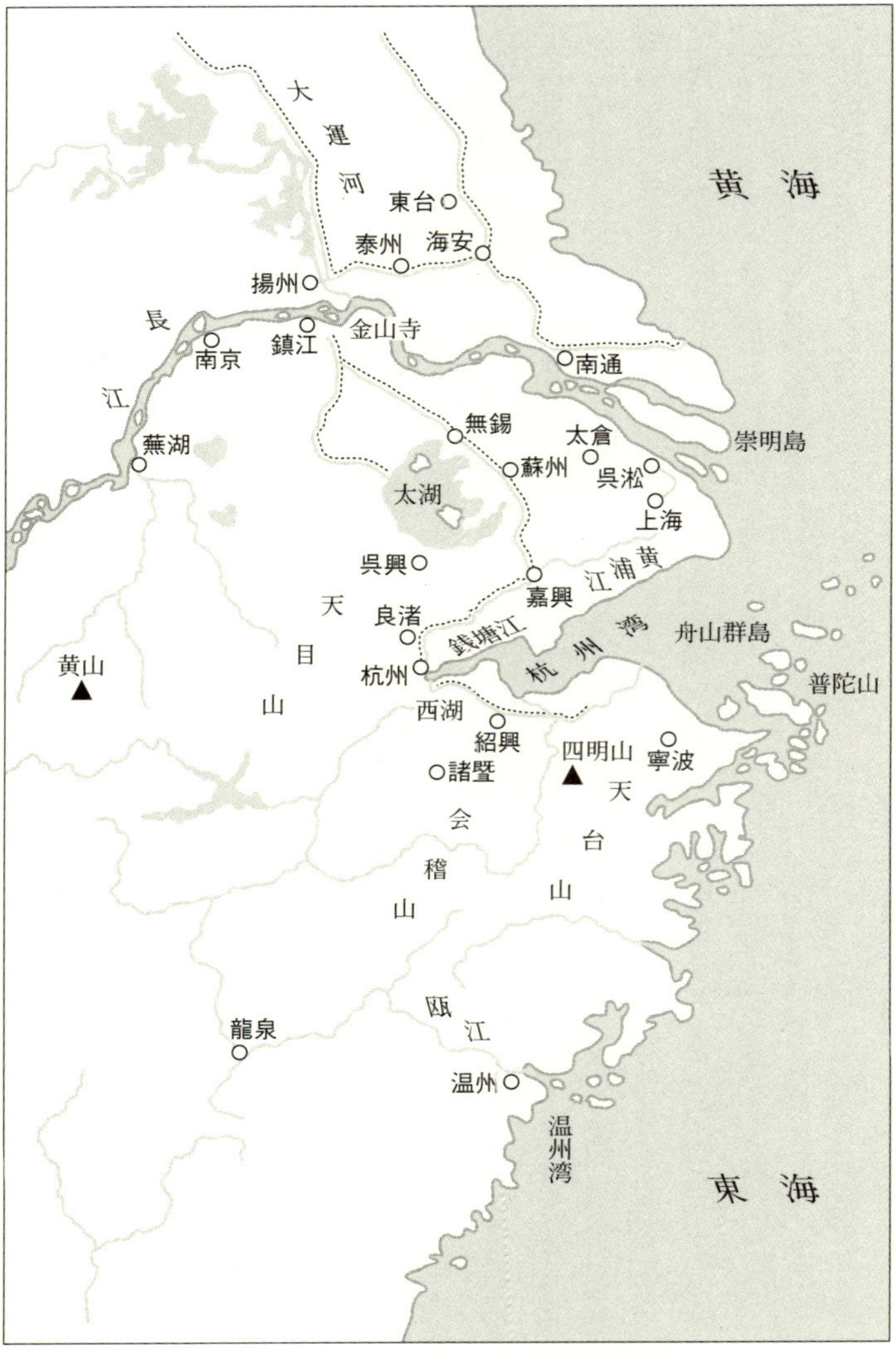

黄海
大運河
東台
泰州
海安
揚州
長江
南京
鎮江
金山寺
南通
崇明島
無錫
太倉
蕪湖
蘇州
呉淞
上海
太湖
呉興
黄浦江
嘉興
天目山
良渚
銭塘江
杭州湾
舟山群島
黄山
杭州
普陀山
西湖
紹興
四明山
寧波
諸曁
天台山
会稽山
甌江
龍泉
温州
温州湾
東海

南　京

地理についての知識があまりない人でも、南京《ナンキン》に来てみれば、

――ああ、ここは要害《ようがい》の地だな。

ということがわかります。

中国最大の河川の長江（揚子江）が、鄱陽湖《はようこ》の近くから北東に流れて安徽省《あんき》を横切り、江蘇省《こうそ》にはいって、ようやく東へカーヴしようとする地点の南東に、南京市が位置しているのです。長江に面している北を除く三方は、丘陵に囲まれているのですから、しろうとの目にも天然の要害にみえます。むかしから、この地方が重要な拠点となったのはとうぜんでしょう。

春秋時代《しゅんじゅう》、ここは呉《ご》の領土だったのですが、紀元前四七三年、呉は越《えつ》にほろぼされてしまいました。言い伝えによれば、呉をほろぼした越王勾践《こうせん》の上将軍の范蠡《はんれい》が、この地に城を築いたことになっています。

天、勾践を空しうするなかれ
時、范蠡なきにしもあらず

児島高徳《こじまたかのり》のこの詩は、戦前の日本の国語教科書にものっていて、勾践も范蠡も日本人にはなじみの深い名前です。

その越も西隣の強国の楚《そ》にほろぼされてしまいました。楚の威王《いおう》（在位紀元前三三九―三二九）の時代といわれています。楚はこの地に「王気」があるというので、黄金を埋めて鎮めたということです。日本ではいまでも、建築などをはじめるとき、「地鎮祭」をおこないますが、似たような風習が中国にもあります。

楚はここを金陵邑《きんりょうゆう》と名づけましたが、それは前記の地鎮に由来するといわれています。秦《しん》の始皇帝は天下を統一すると、ここを秣陵《まつりょう》と改名しました。これから述べますが、この地方はしばしば改名されましたけれども、現在でも、「金陵」ということばは、南京の別名として使われています。

これまでの歴史では、黄河中流の流域に発達した、いわゆる中原《ちゅうげん》の文明が、しだいに南にひろがったと説明されていました。三、四世紀（後漢《ごかん》末、三国、魏晋《ぎしん》）の動乱で、中原の住民がおおぜい南方に移住したのは事実です。けれども、それ以前の中国南部が、文明の空白地帯であったかというと、そうではありません。考古学的発掘が進むにつれて、南方の古代文明の存在が、しだいにあきらかになってきました。

南京のすぐ近くにも、新石器時代の青蓮崗《せいれんこう》文化系統の遺跡が発掘されました。中原の仰韶《ヤンシアオ》文化や龍山文化と呼ばれるものと、系統は異なりますが、文化であることにはまちがいありません。ただし、現在のところ、遺跡の数は北方にくらべてまばらですから、人口はそれほど多くなかったと想像されます。

南京が政治的な一つの中心となったのは、後漢末、三国のころでした。そのころ、この地方の人口も飛躍的に増加したにちがいありません。二〇八年、孫権《そんけん》と劉備《りゅうび》の同盟軍は、南下した曹操《そうそう》の大軍を、赤壁《せきへき》で大いに破りました。翌年、同盟を強化する政略によって、孫権の妹と劉備が結婚したのです。さらにその翌年、劉備はみずから孫権を訪問しました。そのころ、孫権は、京口《けいこう》というところを本拠としていたのです。現在の江蘇省鎮江《ちんこう》市にあたります。南京の東約七十キロです。水路で行ったのでしょうから、劉備はとうぜん南京を通っています。彼は孫権に、

——この京口より秣陵のほうがいいですよ。

と言ったそうです。

楚の金陵邑を、秦の始皇帝が改名したのは、この地に「王気」があるのをきらったからです。彼は自分の住む土地以外に、王気があるのをゆるしません。そこで、ここの王気を断つために、つづいている丘陵を切断してしまったということです。秣は馬を飼うマグサの意味ですが、マグサは切り刻むものなので、そこから秣陵と名づけられたという説があります。

劉備にすすめられなくても、孫権の部下、たとえば張紘《ちょうこう》といった重臣が、まえまえからここに本拠を置くように進言していたのです。建安十七年（二一二）、孫権はここに石頭城《せきとうじょう》を築き、本拠をうつし、秣陵という名を、こんどは「建業《けんぎょう》」と改めました。業を建てるというのですから、ずいぶん野心的な命名です。

三国時代には、魏《ぎ》の洛陽《らくよう》、蜀《しょく》の成都《せいと》とならんで、呉の建業は天下の三つの中心のなかの一つとなりました。その呉も二八〇年に、魏のあとをついだ晋《しん》に併呑《へいどん》されたのです。晋も政治が腐敗し、北方民族の進出があり、三一六年にほろびてしまいます。

晋の皇族で琅邪王《ろうやおう》であった司馬睿《しばえい》がこの建業に政権を建てたのが翌三一七年のことでした。洛陽を首都としていた時代を西晋《せいしん》、建業に移ってからを東晋《とうしん》と呼んでいます。西晋最後の皇帝の名が司《し》馬鄴《ばぎょう》でした。むかしは皇帝の名と同字あるいはほとんど同字の名は、人名はもとより地名でも改めるという風習があったのです。そんなわけで、建業もそれ以来、「建康《けんこう》」と改められました。

西晋《せいしん》の滅亡後、中国は南北分裂時代にはいります。北方は北方民族系の政権が十六も併立したり交替し、南方は六つの政権が交替しました。ですから、六朝《りくちょう》時代とも呼びます。六朝は孫権の呉からかぞえます。

呉《ご》、東晋《とうしん》、宋《そう》、斉《せい》、梁《りょう》、陳《ちん》。

このうち、百年つづいたのは東晋だけでした。呉と宋と梁は五十余年、斉は二十二年、陳は三十二年という短命王朝だったのです。けれども、この六つの王朝は、いずれも現在の南京市にあたる建業（改名して建康）を首都としました。

王朝がかわれば、人心一新のために、首都を移したくなるものですが、なんども機会があったのに遷都しなかったのは、ここが地形的にいかにすぐれていたかを物語ることにほかなりません。

隋《ずい》が陳を滅ぼして、南北を統一するまで、約三百七十年のあいだ、南京はそこに興起する王朝と、その滅亡を六たびも見ていたのです。短命だったことからもわかりますが、どの王朝にも勇ましい場面がすくなく、文弱というイメージが濃厚でした。

隋から唐にかけて、首都は長安に移され、北宋の首都は汴京《べんけい》（開封市《かいほう》）、南宋は臨安《りんあん》（杭州市《こうしゆう》）、そして元《げん》は大都《だいと》（北京《ペキン》）でした。明《みん》の太祖朱元璋《しゆげんしよう》が元をほろぼして、首都を南京に定めたのは一三六八年のことです。南京は陳の滅亡後、約七百八十年ぶりに首都になりました。

そのあいだ、詩人たちは南京を旧都として、懐古の地とみていたのです。晩唐の詩人杜牧《とぼく》（八〇三―八五三）の「江南春」と題する詩は、南京をよんだもののなかで、最も有名です。

千里鶯《うぐいす》啼《な》いて緑紅《くれない》に映ず
水村山郭　酒旗の風
南朝四百八十寺
多少の楼台　煙雨の中

ここによまれているとおり、六朝時代は仏教が中国にひろがった時期にあたっています。とくに末期を除いて、めずらしく戦争のすくなかった梁《りよう》の武帝《ぶてい》時代（在位五〇二―五四九）は、仏教の全盛期でした。杜牧は四百八十寺とよんでいますが、じっさいには最も多いときで七百寺を越したといわれています。

これも言い伝えにすぎませんが、日本では子供でも知っている達磨《だるま》大師は、この時代にインドから中国に来て、梁の武帝に会ったといわれています。武帝は建立した寺院の数を自慢そうに言ったところ、達磨大師は、「つまらないことだ」と言って立ち去ったという話もつくられました。

五世紀には、日本の使節がなんどもこの南京に来たはずです。『宋書』には、倭王《わおう》の讃《さん》、珍、済、興、武といった名の人物が、国書を送ってきたことが記録されています。讃については仁徳天皇説、武については雄略天皇説が有力なようです。またそれは近畿《きんき》の河内《かわち》や大和の王朝の王ではなく、九州で倭王を自称していた地方首長であったろうとする説もあります。

達磨さんの言う「つまらないこと」ばかりしていたせいか、梁の武帝の末期に国は乱れ、侯景《こうけい》という者の反乱によって、南京は徹底的に破壊されてしまいました。梁がほろびて、つぎの陳王朝は、荒廃した首都の再建が精一杯で、ようやく国力を回復したころには、巨大な隋の勢力の南下があり、それを防ぎきることができませんでした。

元末の群雄のなかで勝ち残った朱元璋は、北伐して元王朝をたおし、明王朝をたて、久しぶりに南京が首都となりました。じつは、「南京」という地名は明になってはじめて命名されたのです。正式の地名は「応天府」でした。

朱元璋ははじめ、北宋の首都の開封を副首都にしようとおもったのか、そこを北京と名づけ、正首都の応天府をそれにたいして南京とも称したのです。

現在の北京は、明初、北平府と改名され、朱元璋は第四子の朱棣《しゅてい》を燕王《えんおう》として、この地に封じたのです。朱元璋が死んだとき、皇太子は先に死んでいたので、皇太孫の朱允炆《しゅいんぶん》が即位しました。これが建文帝《けんぶんてい》です。ところが、燕王は兵をおこして、甥《おい》にあたる建文帝を攻めほろぼし、みずから帝位につきました。これが永楽帝《えいらくてい》です。

永楽十九年（一四二一）、永楽帝は自分の古巣である北京《ペキン》へ遷都し、それまで首都であった応天府を南京と改称しました。この地が正式に南京と呼ばれたのは、このときにはじまります。ともあれ明の初期、南京が国都となったのも、僅《わず》か五十余年にすぎませんでした。

現在、南京のところどころに残っている城壁は、明代に築かれたものです。東の紫金山《しきんざん》、南の雨花台《うかだい》、西の清涼山が南京を囲み、北の長江をあわせて、そこを要害の地としています。

紫金山は一名を鍾山《しょうざん》ともいいます。標高四百六十六メートルで、西洋の城のように、山中に立っている天文台には、歴史的な観象儀器も保存されていて、博物館を兼ねたかんじです。六朝時代、貴族たちはこの山に庵《いおり》を結び、またおびただしい寺院が建てられました。五世紀の文人雷次宗《らいじそう》の招隠館はとくに有名でした。千数百年を経て、もはや紫金山には六朝時代の面影をとどめるものがないのはいうまでもありません。五世紀に日本から来た使節団はおそらくこの山に招かれ、南朝のみやこをながめたことでしょう。南京を俯瞰《ふかん》するには、この紫金山が最も適しています。

紫金山麓には、かずかずの歴史遺跡がありますが、なかでも最も重要なのは中山陵です。孫文《そんぶん》は一九二五年三月十二日、北京において逝去しましたが、その遺骸《いがい》は四年後にこの地に迎えられたのです。清朝《しん》の帝政を打倒し、中国の近代革命の幕をひらいた孫文の事績は、ここに説明するまでもないでしょう。中山陵ぜんたいは、中国の伝統的な様式に、新しい洋風の要素もとりいれたかんじです。ここを訪れた人たちは、長い石の階段をのぼりながら、多難だった革命家孫文の一生を回顧するでしょう。

おなじ紫金山麓の陵でも、中山陵と対照的なのが、明王朝の創始者太祖朱元璋を葬った孝陵《こうりょう》です。朱元璋は社会の最下層から身をおこし、造反組織のなかにはいり、その組織内で頭角をあらわし、ついには皇帝にまでなった人物でした。しかし、前述しましたように、三代皇帝の成祖永楽帝が北京へ遷都し、それ以後の皇帝の陵墓はすべて北京近郊にあります。「明の十三陵」として知られていることはいうまでもありません。二代目の建文帝は三代目の永楽帝にほろぼされ、明代では正統皇帝と認められず、また戦乱のあと遺骸も発見されず、陵墓もつくられませんでした。したがって、南京にある明の皇帝陵はこの孝陵ただ一つです。

明の孝陵には、かつては宏壮《こうそう》な殿楼が建っていたのですが、十九世紀半ばの太平天国戦争のときに破壊され、いまは参道に六将軍、四文官の石人のほか、馬、獅子《しし》、駱駝《らくだ》、獬《かい》、象、麒麟《きりん》の六対の石獣が置かれているだけです。北京近郊の明の十三陵にくらべると、こちらは一陵だけということもありますが、やはりだいぶさびしいかんじがします。

陵ばかりではありません。洪武六年（一三七三）に竣工《しゅんこう》したといわれる明の故宮も、たびたびの兵火で失われました。竣工して僅か三十年後に、建文帝はみずから宮殿に火を放っています。南京は長安や北京のように平地につくられた首都ではなく、複雑な地形をしていますので、碁盤の目のように規則正しい都市計画ではありませんでした。そのため、皇居に相当する故宮（紫禁城）も城内の東南隅に寄っています。東郊から東門にあたる中山門（明代には朝陽門と呼ばれていました）をはいったところが、明の故宮のあったところですが、ここも往時をしのぶよすがはほとんどありません。なお朝陽門が中山門と改名されたのは、そこから中山陵に通じているからです。

中山陵の東南に、霊谷寺という寺があります。梁の武帝が建立した、おびただしい寺の一つで、はじめは開善寺と呼ばれていたのが、明代に霊谷寺と改められたのです。もちろん兵乱の多かった南京で、城外といえども千数百年前の堂宇が残っているはずはありません。けれども、緑濃い森林に囲まれた境内は、訪問者の旅情を慰めてくれるでしょう。堂宇はほとんどが新しいものですが、無量殿は明代の建築です。そのあたりを散策すると、達磨大師が梁の武帝に言ったことなどが思い出されます。

霊谷寺の近くには、かつて漆園と呼ばれてウルシの木ばかり植えていた一画がありました。明初、日本の海賊――中国でいう倭寇《わこう》がすでに沿岸地方を略奪していました。それに備えるため、明では多くの兵船を建造したのです。当時のことですから、もちろん木造船ですが、防水補強のため船には漆を塗ることになっていました。そのための漆を、ここでまかなったということです。思わぬところに日本との関係がありました。

明の故宮は燕雀湖《えんじやくこ》という湖を埋立て、そのうえにつくられたといいます。江南の地ですから、南京は水にとりまかれています。水のすくない北方なら、湖水を埋立てるような、もったいないことはしなかったでしょう。

城の東北に、玄武門《げんぶ》を出たところに、玄武湖があります。それと対応するように、城の西南に莫《ばく》愁湖《しゅうこ》があります。どちらも公園として、市民の憩いの場所として親しまれているのです。

玄武湖はむかし秣陵湖あるいは後湖とも呼ばれていました。六朝時代の宮城は、明の故宮よりもだいぶ西北にあり、玄武湖はその裏手にあたっていたので、後湖と呼ばれていたのでしょう。方位からいえば、高松塚でもおなじみの四神獣は、南が朱雀《しゅじゃく》、東が青龍《せいりゅう》、西が白虎《びゃっこ》、北が玄武です。宮城北方の門を玄武門と呼び、そこを出たところにある湖なので、そう名づけられました。

玄武湖にはいくつも中洲《なかす》があり、いたるところが蓮《はす》の葉に覆われ、湖岸には植物園があります。京滬《けいこ》線の鉄道は、玄武湖の北方を走り、南京駅もそこにあるのです。

この線の鉄道は、かつては長江の対岸から連絡船に頼っていたのですが、解放後につくられた南京長江大橋のおかげで、あっというまに列車は長江を越えてしまいます。南京から浦鎮《ほちん》まで、鉄道橋と四車線の公路橋の二重の橋になっているのです。鉄道橋のほうは全長六千七百余メートル、公路橋のほうは四千五百メートルあります。

この南京長江大橋は、自力更生のサンプルのような工事だったそうです。はじめは特殊鋼の入手も困難でしたが、技術者、労働者の創意でそれを生産することに成功し、みごとに竣工しました。いまこの大橋は、南京の新しいシンボルとなったようです。

莫愁湖は、六朝の斉のころ、盧莫 愁《ろばくしゅう》という佳人が住んでいたところから名づけられた、と言い伝えられています。規模としては、玄武湖よりはひとまわり小さいかんじです。この莫愁湖も玄武湖も、明代の城壁の外にあります。

莫愁湖の北方ですが、城内に小高い丘陵があります。五台山《ごだいさん》体育場もその一画にあるのですが、清涼山もその一帯です。南京の西の守りにしては、あまり高くない山ですが、たしかにこの山塊のおかげで、南京がぐっとひきしまっています。五代のころ（十世紀）、ここに西涼寺という寺が建立されたのが、山名のいわれだということです。それ以前も、このあたりには仏寺がすくなくありませんでした。呉の孫権が築いたといわれる石頭城も、この山に拠《よ》っていたと推定されています。現在の南京市の中心は鼓楼でしょう。明の洪武十五年（一三八二）に築かれたもので、かつてはここに置かれた太鼓が、市民に時刻を告げていたのです。

城内に小高い丘陵がすくなくないことも、南京の一つの特徴でしょう。玄武湖を眼下にみる鶏鳴山もその一つです。おなじ丘陵にある北極閣は、元代の観星台、のちに欽天台《きんていだい》と呼ばれた天文台の遺構です。

六朝最後の王朝である陳王朝の最後の皇帝が、こともあろうに隋にほろぼされる直前、三つの楼閣を築いて、長夜の宴にうつつを抜かしたのもこの丘でした。

こんなふうに、南京にはいたるところに歴史がひそんでいます。

明は永楽帝の時代に北京へ遷都しましたが、これまでの首都南京に敬意を表したか、南京を陪都として、政府機関をそっくり残しました。一六四四年、李自成《りじせい》が北京を陥《おと》し、明の最後の皇帝が自殺すると、皇族の一人の福王が、南京に亡命政権をつくったのです。行政府がそのままあったので、受け皿として都合がよかったのですが、政治は建物や機構ではありません。亡国の危機だというのに、高官要人たちが派閥争いに明け暮れ、南下してきた清軍に抵抗さえできませんでした。福王は城を棄《す》てて逃げ、つかまって殺されるという醜態を演じました。

清代、首都は北京で、南京は江寧府と呼ばれ、両江総督の駐在地となりました。ただし、南京という地名も、一般に用いられていたようです。両江総督には曾国藩《そうこくはん》、李鴻章《りこうしょう》、左宗棠《さそうとう》など、つねに清朝のトップクラスの人物が任命されました。この地方がいかに重要であるかを物語るものでしょう。

一八四二年八月、イギリス艦隊は長江を溯航《そこう》し、鎮江《ちんこう》も陥《お》ち、南京はもはや風前の灯《ともしび》ということになると、清朝も意気阻喪《そそう》し、屈辱的な条約を結ばざるをえなくなりました。これが、アヘン戦争の幕をひいた「南京条約」です。当時の言い方では「江寧条約」ということになります。

香港《ホンコン》の割譲、五港開港、実質的な治外法権、アヘン賠償金、軍事費の賠償など、イギリスの一方的要求をすべてのんだのが、この条約で、それから続々と結ばれた不平等条約の第一号でした。

条約の調印は、長江にうかんだイギリス戦艦コーンウォリス号において、八月二十九日になされました。イギリスの全権代表ポッティンジャーが、上陸して儀鳳門《ぎほうもん》外（現在の南京西駅）の静海寺というところで、清国代表の耆英《きえい》たちと条約のことを話し合ったのは、その三日前のことでした。

軍艦のなかとはいえ、条約に命名するとすれば、「南京条約」というほかないでしょう。不平等条約第一号に、その名をかぶせられた南京は、その不名誉に耐えねばなりませんでした。

こうして、列強の中国侵略がはじまりました。清朝は腐敗し、人民は塗炭の苦しみをなめることになったのです。アヘン戦争のあと、各地に反乱がおこりましたが、それは人民の生きんがための決起でした。

数多い造反軍のなかで、最も大きく、そして最もはっきりした革命理念をもって起《た》ちあがったのが、「太平天国」であったのはいうまでもありません。一八五一年、金田村《きんでんそん》で挙兵した太平天国軍は、武昌《ぶしょう》を攻略し、怒濤《どとう》の勢いで長江を南下しました。

太平天国軍が南京を占領したのは、一八五三年三月十九日のことです。太平天国はここに首都を置き、有名な『天朝田畝《でんぽ》制度』を頒布して、建国の理想をあきらかにしました。国家の元首は天王の洪秀全《こうしゅうぜん》でした。そして、南京は「天京」と改名されたのです。

太平天国は十一年余にわたって南京を維持しました。江南一帯に兵を進め、各地の拠点を確保しましたが、北伐は失敗に帰しました。曾国藩の湘軍《しょうぐん》、李鴻章の淮軍《わいぐん》、ゴルドンの外人部隊などにはげしく攻められながら、太平天国軍はなんども敵に痛撃を与えたのです。曾国藩が一度ならず絶望して自殺をはかったことが記録されています。

けれども、太平天国の内部にも、さまざまな矛盾がありました。内訌《ないこう》があり、それが太平天国の活力を弱めたのです。

一八六四年になってから、蘇州《そしゅう》についで杭州を失い、六月一日、天王洪秀全は死に（自殺説もあります）、七月十九日、ついに天京は陥落したのです。

太平天国は紫金山に天保城を築き、南京城の西北に地保城を築き、この両城に拠って死守しようとしました。清軍はこれにたいして地下道を掘って城壁を爆破し、攻撃の突破口をつくる作戦をとったのです。天京は包囲され、食糧も尽きたのですが、最後まで死戦して、ついに玉砕しました。この戦闘によって、南京が潰滅《かいめつ》的な打撃をうけたのはいうまでもありません。けれども、南京の山河や残った城壁の一つ一つは、太平天国の勇敢な戦いの記念碑にほかなりません。

現在、南京市には天王府の遺跡があります。また太平天国にかんする博物館が設けられています。しかし、革命の烈士の記念はこれだけではないのです。

鼓楼からまっすぐに南下しましょう。中山路から中華路にはいります。中華路の南の中華門をくぐって、さらに南へ行ったところに雨花台《うかだい》があります。

六世紀前半の梁の武帝の時代、雲光法師という僧侶が、この岡《おか》で経典を講じていたとき、天上から花が雨と降ったので、雨花台と名づけられています。この山だけにあるきれいな縞《しま》のはいった石は雨花石と呼ばれて、人びとに珍重されてきました。

雨花台はたしかに風光明媚《ふうこうめいび》の地です。けれども、中国人は雨花台という地名を耳にすると、悲痛な感じにうたれるのです。それというのは、国民党政府が南京を首都としていた時期、ここは政府に反対する愛国的な革命家を処刑する場所だったからにほかなりません。おおぜいの若者が、ここで恨みをのんで殺されました。

いまここは「雨花台烈士陵園」と呼ばれています。非命にたおれた烈士の墓前に記念碑が立てられ、そこには毛沢東の筆で、

——死難烈士万歳

と書かれています。その碑のまえには、供花のたえたときがありません。陵園内の記念館には、烈士の遺品や写真やその経歴などがならべられています。参観する人たちは、息をのみ、胸を詰らせながら、重い足どりで歩むのです。

南京は江南のうるわしい山水に富んでいます。古都南京は私たちを六朝のいにしえ、明の建国などの歴史にひきこみます。歴史は流れて、アヘン戦争の南京条約から太平天国の悲劇に及びます。そして雨花台に立てば、悲しみの極に達するでしょう。けれども、人びとは南京長江大橋に象徴される、未来への希望に胸をふくらませるはずです。

南京は地形も起伏に富み、その歴史も起伏に富んでいます。多感な旅人は、南京を訪ねると、去りがたいおもいがするでしょう。

蘇州そして揚州

日本で最もよく知られている唐詩を一首挙げよといわれると、それは杜甫《とほ》や李白《りはく》のものではなく、あまり著名な詩人とはいえない張継《ちょうけい》の「楓橋夜泊《ふうきょうやはく》」ということになるでしょう。

月落ち烏啼《からすな》いて霜天に満つ
江楓《こうふう》、漁火、愁眠に対す
姑蘇《こそ》城外寒山寺
夜半の鐘声、客船に到《いた》る

日本人が古くから愛読した『唐詩選』のなかにあり、また日本の漢文の教科書でこの詩を収録しなかったものはありません。

この詩にいう姑蘇というのが、蘇州《そしゅう》のことにほかならないのです。

蘇州は古いまちです。そして水の都とも呼ばれています。唐代、この地の長官をつとめたことのある白居易《はくきょい》は、このまちを、

緑波、東西南北の水
紅欄《こうらん》　三百九十の橋

と詠《よ》みました。それほど水路がまちじゅうにはりめぐらされ、従って橋の数も多かったのです。むかしから、蘇州と水とは切っても切れない関係がありました。

『史記』によりますと、この地方は周《しゅう》の太王の子の太伯《たいはく》のひらいた呉《ご》の国ですが、歴史の舞台に登場するほど強くなったのは、紀元前六世紀の寿夢《じゅぼう》の代になってからのようです。楚《そ》から晋《しん》に亡命した申公巫臣《しんこうふしん》という人物が、使者として呉に来て、さまざまな技術指導をしたのが、呉の富強の原因であると想像されています。国の繁栄には、どうしても先進地域からの文化や技術の導入が必要であることを、この史実は物語っているといえるでしょう。

寿夢の孫の僚《りょう》を殺して自立した闔閭《こうりょ》の時代から、呉は春秋の覇権争いに参加したのです。隣国の越とはげしく争い、闔閭は戦傷のために死亡しました。その子の夫差《ふさ》が、父の讐《あだ》を討つために努力した物語は、現在まで語り伝えられています。富国策の一つとして、夫差は水路をひらきました。それは邗溝《かんこう》と呼ばれるものです。長江と淮河《わいが》とを結び、糧道を通じようとしたもので、『春秋左氏伝』によれば哀公九年（紀元前四八六）に造られたことになっています。

もともと自然の水運の便がよかったのに加えて、このような人工の水路もつくられ、呉はますます強くなり、春秋末期の中国で覇者となりました。けれども呉王夫差は覇権争いに熱中しすぎて、しだいに国力を消耗させるようになったのです。宿敵の越を破ったのはいいのですが、越王勾践《えつおうこうせん》を許し、こんどは勾践が復讐《ふくしゆう》に努力することになり、たび重なる外征で疲弊した呉が悩まされることになりました。呉の国都であった姑蘇は長いあいだ包囲を受け、紀元前四七三年、さしもの富強を誇った呉も滅亡してしまったのです。

呉の滅亡は私たちに多くの教訓をのこしました。とりわけ強国となっても、驕《おご》りたかぶってはならないことは、いつの時代でも銘記すべきでしょう。

姑蘇の城が築かれたのは、闔閭《こうりよ》の元年（紀元前五一四）といわれています。筑城にあたっては、有名な伍子胥《ごししよ》が指揮をとりました。また姑蘇山に大宮殿を築きましたが、資材をあつめるのに三年、完成するのに五年かかったといわれています。呉王夫差は越を破って超大国になると、姑蘇台で長夜の宴をひらき、越から贈られた美女西施《せいし》を愛し、人民の苦しみを忘れてしまったのです。そればかりか、諫言《かんげん》した伍子胥を殺してしまいました。

伍子胥は死ぬ前に呉の亡国を予見できたのです。

――わが墓に梓《あずさ》を植え、呉王の棺がつくれるようにせよ。わが眼をえぐって呉の東門の上にかけ、越軍が進攻して呉をほろぼすのが見えるようにせよ。

と言いのこしています。

はたして伍子胥が言ったとおり、呉は越のためにほろぼされたのです。唐の李白は、荒れはてた姑蘇台の遺跡を訪ね、そこで「蘇台覧古」という七言絶句をつくりました。これも『唐詩選』に収録され、古くから日中両国の読書人に愛誦《あいしよう》されています。

旧苑《きゅうえん》、荒台、楊柳《ようりゅう》新たなり
菱歌《りょうか》の清唱《せいしょう》、春に勝《た》えず
只今、唯《ただ》有り、西江の月
曾《かつ》て照らす呉王宮裏の人

呉王宮裏の人が、西施を指すのはいうまでもありません。この詩はただの懐古ではなく、やはり歴史の教訓に学ぶべきことを踏まえて詠まれたものでしょう。菱歌とは、ヒシの実を摘《つ》むときにうたう民歌のことです。

春秋の呉の最盛期は、闔閭からその息子夫差の治世の前半にかけての数十年間でしょう。紀元前六世紀末から同五世紀のはじめにあたり、孔子が生きていた時代に相当します。前記の伍子胥のほか、軍師の孫武《そんぶ》といった人物が呉にいました。孫武は兵法書『孫子』の著者です。このような人材がいたことも、呉の繁栄した理由の一つですが、人材を使いきれなくなると、国の活力も衰えて行きました。

蘇州を中心とする呉の地方は、越に併呑《へいどん》されたあと、戦国時代には楚の版図となり、楚の宰相であった春申君《しゅんしんくん》の封地となったこともあります。地名の姑蘇はのちに呉郡と称され、現在のように

「蘇州」の名称が用いられたのは隋《ずい》初になってからです。その後、一時的に呉州だとか平江といった地名で呼ばれたこともありますが、明以後はずっと蘇州で定着しています。

地名は変わっても、奢侈《しゃし》を好んだ闔閭や夫差の気風が、この地方に根強くのこりました。なにしろ太湖《たいこ》の東岸にあり、河川や運河で各地に通じるという利点があり、この地は商工業の中心として栄えたのです。経済の繁栄は余裕をうみ、余裕は芸術をうむことになります。

——天上に天堂あり、地下に蘇杭《こうしゅう》あり。

といわれるように、蘇州は杭州とならんで、この世のパラダイスとみられたのです。このことばは、南宋《なんそう》初期に書かれた范成大《はんせいだい》の『呉郡志』に紹介されています。南宋といえば、杭州が臨時国都でした。蘇州はその国都とくらべられるほどすばらしいまちだったのです。

つぎの元代においても、蘇州は栄えつづけました。元代ではこの地方の正式の名称は平江路でしたが、マルコ・ポーロの『東方見聞録』には suju としるされていますから、一般にはやはり蘇州と呼ばれていたことがわかります。

マルコ・ポーロは、蘇州について、生糸の産量が莫大《ばくだい》で、裕福な商人が多かったことを述べています。そして、蘇州市民の性格が、けっして武人的ではなく、商人、工匠、自然哲学者、名医、占卜《せんぼく》家がすくなくないと語りました。これは蘇州というまちの性格を、うまく表現したようにみえますが、やはり旅行者の一面的な観察といわねばなりません。前記の『呉郡志』には、六朝《りくちょう》以前、この地方は軍人や俠客《きょうかく》を輩出したと書かれています。軟弱なようにみえて、じつは強靭《きょうじん》なものがひめられているのが蘇州の実体です。

元末、天下大乱のとき、蘇州は群雄の一人で、明の太祖の天下統一に最後まで抵抗した張士誠《ちょうしせい》の本拠となっていました。そのため、太祖は天下を取ると、蘇州にたいする報復をおこないました。有力者の土地没収、強制移住だけではなく、文化人にも粛清の手がのびたのです。

明代最高の詩人は高啓《こうけい》（一三三六―一三七四）でしょう。蘇州に生まれ、蘇州郊外の山の名をとって青邱子《せいきゅうし》と号しました。楊基《ようき》、張羽《ちょうう》、徐賁《じょひ》とともに呉中の四傑と称されていたのですが、太祖はなにかと理由をつけて、四人とも殺したのです。明初、蘇州にたいする課税は他地方よりも重く、臨時の徴収もありました。けれども、このような虐待にもかかわらず、蘇州は不死鳥のようによみがえり、再び経済的、文化的に江南の中心の地位を取り戻したのです。それというのも、蘇州のもつ強靭性が発揮されたと解すべきでしょう。

不運であった呉中の四傑にかわって、やがて呉中の四才子と称される芸術家があらわれました。唐寅《とういん》、祝允明《しゅくいんめい》、文徴明《ぶんちょうめい》、徐禎卿《じょていけい》といった文化人です。そのまえに沈周《ちんしゅう》という別格の文化人が蘇州からうまれました。彼らは絵画に、詩文に、書にすぐれた才能をみせ、明代芸術は、蘇州を抜きにしては語れないといえるでしょう。

清初――十七世紀中葉、蘇州は再び強い性格をあらわしました。満洲《まんしゅう》族政権の強制した辮髪《べんぱつ》の風習を拒否し、文化人だけではなく、一般市民も決起したのです。けれども組織力を欠いたため、弾圧されてしまいます。虐殺もおこなわれ、蘇州はかなりのダメージを受けたのですが、またまたよみがえりました。絹織物の中心地として、蘇州が繁栄を回復するのは、それほど長い歳月を要しなかったのです。

いま私たちは蘇州のまちを歩いて、なんとなくやさしさをかんじます。人によっては、蘇州を女性的なまちだとおもうかもしれません。十九世紀のはじめに出版された西渓山人の『呉門画舫《がぼう》録』は、清代の名妓《めいぎ》伝ですが、蘇州は美女のふるさととともてはやされたこともありました。(『呉門画舫録』の日本語訳は、『蘇州画舫録』という題で、平凡社の東洋文庫の一冊に収められています) けれどもそれはあくまで一面であって、はげしい抵抗精神と、強靭な生命力の伝統をもつ面もあることを忘れてはなりません。

蘇州へ行って、虎丘《こきゅう》を訪ねない人はないでしょう。虎丘は春秋時代の呉王闔閭の墓地であったと伝えられています。蘇州市郊外西北にあるちょっとした山で、一名を海湧山《かいゆうざん》というそうです。虎丘のみどころは、地上高くそびえる塔と地下に見おろす剣池の二つでしょう。闔閭の墓づくりには十万の人夫が徴用されたといいます。三重の廓《くるわ》をつくり、墳中に三千振《ふり》の名剣を埋めたそうです。闔閭が死んで二百七十年後、天下を統一した秦《しん》の始皇帝が彼の墓をあばこうとしました。おめあては三千振の名剣にほかなりません。呉は名剣によって知られていたのです。伍子胥が死を賜わったときに贈られたのが「属鏤《しょくる》の剣」でしたし、王僚暗殺に用いたのが「魚腸《ぎょちょう》の剣」でした。ほかに「湛盧《たんろ》の剣」なども有名です。

一九七三年、日本でひらかれた中華人民共和国出土文物展には、越王勾践の銅剣が出品され、それが白眉《はくび》であったという評判でした。それが二千数百年を経て出土したとき、銹《さび》ひとつなかったことても人びとを驚かせたものです。合金の技術がすぐれ、外面を鍍錫《としゃく》する方法もすでに開発されていました。剣にかんするかぎり、呉越地方は秦よりも先進地だったのです。始皇帝が三千振もの呉の名剣が埋められている、闔閭の墓に目をつけたのはとうぜんだったでしょう。

始皇帝立会いのもとで、闔閭の墓が発掘されることになりました。ところが、掘り進めているうちに、とつぜん猛虎があらわれたのです。驚いた始皇帝は、抜剣して斬《き》りつけましたが、狙《ねら》いははずれてそばの石を撃っただけでした。この事件のために、発掘は中止され、盗掘の穴はそのままにされ、やがて水がたまったのが、いまの虎丘の剣池だといわれています。掘りかけてやめたといわれるとおり、それは大きな池ではありません。水たまりに毛が生えたていどのものですが、近くの自然石に彫られた「虎丘剣池《がんしんけい》」の四字はまことにみごとなものです。それも道理で、書家として第一人者といわれた唐の顔真卿の筆によったもので、数多い中国の磨崖《まがい》の碑のなかでも屈指の作といえるでしょう。

虎丘には、もと剣池を境にして東西に寺が建立されましたが、唐末、両寺が合併され、宋の太宗の末年（十世紀末）、重建されて雲巌禅寺《うんがんぜんじ》と称されるようになりました。そこに建っている七層の古い磚塔《せんとう》は、高さ五十メートル近くもあり、いまでは蘇州のシンボルのようになっています。隋代の建立ということで、後代の重建、補修を経ていますが、いかにも危っかしそうです。列車の窓からみると、虎丘の古塔はすこし傾斜しているようにもかんじられます。西安《せいあん》の大雁塔《だいがんとう》や銭塘江《せんとうこう》に臨んだ六和塔《りくわとう》などは、観光客が頂上まで登れますが、虎丘の塔は残念ながら登攀《とうはん》禁止となっているのです。

それにくらべると、市内の報恩寺の九層の塔は、いかにもしっかりしたかんじです。高さも虎丘古塔より十メートル以上も高く、内部は石造ですが、外側は木造なので、親しみやすい趣きがあります。この寺は蘇州城の北部にあるので、通称「北寺」と呼ばれ、塔は明の万暦《ばんれき》年間（一五七三—一六一九）に建てられました。ですから、唐寅《とういん》たち呉中の四才子は、この塔を仰いではいません。彼らは万暦以前に活躍した芸術家だったからです。

塔がつくられたのは四百年前にすぎませんが、寺そのものの歴史はきわめて古いのです。三国時代の呉の大帝孫権《そんけん》の母の呉夫人が、邸《やしき》を喜捨して寺としたと伝えられています。『三国志』によれば呉夫人の死は建安七年（二〇二）ですから、二世紀末か三世紀初頭にまでさかのぼる歴史をもつわけです。それは仏教がようやく中国にひろがりはじめた時期にあたります。最初の寺名は通元寺だったそうです。

寺といえば、どうしても寒山寺《かんざんじ》のことを語らねばなりません。南朝の梁《りょう》の武帝の時代に創建されたといいますから、六世紀初頭になります。寒山寺と呼ばれたのは唐になってからのようです。前述したとおり、張継の詩によってたいそう有名になりましたが、現在の建物は辛亥《しんがい》革命の年（一九一一）に造られたものですから、古寺の趣きを期待するのは無理でしょう。

寒山寺の近くにある楓橋《ふうきょう》というアーチ型の石橋も、例の詩によって有名ですが、現在のものはもう何代目かわからなくなっています。鐘もおなじです。張継が詠んだあの夜半の鐘声も、初代のものではないかもしれません。なにしろ寒山寺は創建以来、なんども火災にかかっているのです。

明治の前半、寒山寺の鐘が日本に送られましたが、その後、どうなったかわかりません。そこで、当時の日本の首相伊藤博文《いとうひろぶみ》が、明治三十八年（一九〇五）新たに鋳造して寒山寺に贈りました。そんなわけで、いま寒山寺にかかっているのは日本製の鐘です。

蘇州は水の都であると同時に、庭園の都であるともいえます。富豪が輩出しましたから、彼らが金に糸目をつけずに、庭園をつくったのはとうぜんでしょう。拙政園《せつせいえん》、獅子林《ししりん》、滄浪亭《そうろうてい》、怡園《いえん》、留《りゅう》園《えん》などがよく知られています。

蘇州庭園のなかで、最も代表的なのは拙政園でしょう。いまは一般に公開され、市民のよき行楽地となっています。唐代、ここは陸亀蒙《りくきもう》の邸宅でありました。生涯仕《つか》えず、耕田し、茶をたしなんだという文化人で、多くの著作をのこしています。元《げん》代にはここは大宏寺《たいこうじ》という寺になりましたが、明の嘉靖《かせい》初年（十六世紀前半）、王敬止《おうけいし》という御史（検察官）が別荘につくりかえたのです。拙政園という名をつけたのは、この王敬止であったといわれています。

その後、拙政園の所有者は転々と変わり、清代には将軍府など役所にあてられたこともありました。十九世紀後半、太平天国戦争時代、蘇州は太平天国軍に占領され、ここは忠王李秀成《りしゅうせい》の執務所となったのです。園内に筆架堂と呼ばれる建物がありますが、李秀成はいつもそこにいたと伝えられています。その意味では、拙政園は太平天国の重要な遺跡の一つであるといえるでしょう。

蘇州の庭園の特徴は石にあるといわれています。太湖石といって、水中から採った石で、えもいわれない潤いをもって、風雅の士に好まれました。蘇州は太湖のすぐそばです。また水中に名石を産する鎮江からも、そんなに遠くはなれていません。

呉中四才子の一人である明の文徴明は、園内の三十一景をえらんで、『拙政園図』をえがきました。清の道光十六年（一八三六）、画人の戴熙《たいき》が文徴明の三十一景を一幅におさめてえがいています。それが現状とそれほど変わっていませんから、拙政園は蘇州の古い時代の庭園の面影を、濃厚にとどめているといって差し支えないでしょう。

園内をゆっくり散策して、蘇州文化の美意識をたずねるのもたのしいことです。

江南の中心都市であった蘇州が、その地位を上海《シャンハイ》に譲ったのは、アヘン戦争の結果である南京《ナンキン》条約のためでした。条約には上海の開港がうたわれていたのです。蘇州は水の都ですが、その水路も巨大な外洋船をいれることはできません。商業貿易の王座は上海に明け渡しましたが、したたかな蘇州は、絹織物と工芸制作の中心の地位を今日まで守りつづけています。たとえば、蘇繡《そしゅう》といって、刺繡《ししゅう》については蘇州は中国のメッカとされ、刺繡研究所が設けられているほどです。

古い江南のまちの代表が蘇州であるなら、江北のそれは揚州《ようしゅう》ということになるでしょう。揚州といえば、反射的に「大運河」が連想されるほど、運河と関係の深いまちでした。呉王夫差がつくった邗溝は、まさにこの地を通っていたのです。

揚州は運河の起点であり、そして終点でもあります。内陸水路が輸送の最上の方法であった時代、揚州が繁栄したのはいうまでもありません。隋の煬帝《ようだい》は大運河をひらき、ここに江都という名称を与えました。隋の首都は長安（当時は大興城と呼んでいた）ですが、煬帝は江都が好きで、この地に長くとどまり、クーデターで殺されたのもここにおいてでした。人民を疲弊させるという面もありましたが、長い分裂を経験した中国にとって、南と北とを結ぶ大運河は、経済的にだけではなく、心理的にも重要な意味をもっていたのです。大運河の開通によって、中国の統一は名実ともに達せられたといってよいでしょう。

このあたりは、むかしから製塩業が盛んで、揚州はその中心地ですから、塩運使署という役所が置かれ、おおぜいの塩商が住みつきました。塩は歴代政府の専売品ですから、塩商というのは、つまり政商でもあったのです。いずれも巨万の富を積んだ大富豪ぞろいでした。蘇州とおなじように、揚州の豊かさは文化をうむことになったのです。

揚州に大明寺という寺があります。

唐招提寺《とうしょうだいじ》の鑑真《がんじん》和上は、六八八年、揚州に生まれ、長安と洛陽《らくよう》に留学し、故郷のこの大明寺で律学を講じていたのです。そこへ日本から来た留学僧の栄叡《ようえい》と普照《ふしょう》とが、伝律授戒のために渡航を請うたのが七四二年のことでした。五回の失敗のあと、六回目にやっと遣唐使船に便乗して日本に着いたのが十一年後のことだったのです。

鑑真和上はそのあいだに失明し、年も六十六になっていました。東大寺で天皇以下四百数十人に、鑑真和上が授戒したのは、日本の天平勝宝六年（七五四）四月のことと記録されています。両国の文化交流史上の、最もかがやかしい一頁《ページ》であったといえるでしょう。

宋の慶暦八年（一〇四八）、欧陽脩《おうようしゅう》がこの寺に「平山堂」という額を書きました。江南の諸山が、ここにむかって頭をさげるという意味です。ですから、大明寺と呼ばれたり、平山堂と呼ばれたりします。乾隆《けんりゅう》年間、乾隆帝が南方旅行をしたとき、この寺は法浄寺と改名させられました。十八世紀のことです。一九八〇年、唐招提寺の国宝鑑真和上像の里帰りを機として、寺名は再び大明寺に戻されました。里帰りの鑑真和上も、むかしの名のほうがなつかしいでしょう。

揚州は交通と塩業の中心で、人の往来もはげしかったにちがいありません。日本からの遣唐使も、往復ともこの地を通るケースが多かったのです。ペルシャやアラビアのいわゆる胡人《こじん》もこのまちに来たり、住みついたりしていたといいます。ですから、揚州は古くから国際都市だったのです。鑑真和上が困難な渡日を決意した背景に、揚州のこのような環境が、あるいは一つの要素となっていたかもしれません。

空海も円仁も、揚州を通りました。そんなことで、日本の文人は揚州にたいして、ある種の親しみをもっていたのでしょう。江戸時代の俳人蕪村《ぶそん》は、もちろん海外へ出たことはないのですが、その句集のなかに、

揚州の津も見えそみて雲の峰

という作品があります。揚州も蘇州も、日本にとっては呉の国です。「呉服」というきわめてポピュラーなことばも、よく考えてみれば、この地方と深いつながりをもっています。見たことはないのですが、蕪村の胸のなかには、揚州のイメージがたしかにあったと考えるべきでしょう。

揚州もまた蘇州におとらぬ庭園のまちです。そのなかでも最も有名なのは、大明寺を含む平山堂といわれる場所でしょう。日本語訳もある清の沈復《しんふく》の『浮生六記』にも平山堂のことを、

——全く是れ人工となりと雖《いえど》も、奇思幻想、天然を点綴《てんてい》す。……

と、述べています。

平山堂については、趙之壁《ちょうしへき》の『平山堂図志』という著書があり、その最盛期のようすがうかがわれます。平山堂の最盛期は、いうまでもなく揚州の黄金時代です。清代、十八世紀においては、こと絵画芸術にかんするかぎり、揚州が蘇州を抜いたといえるでしょう。「揚州八怪」と呼ばれる、すぐれた画人が揚州で芸術活動をしていたからです。

金農《きんのう》、黄慎《こうしん》、鄭燮《ていしょう》、李鱓《りぜん》、汪士慎《おうししん》、高翔《こうしょう》、李方膺《りほうよう》、羅聘《らへい》の八人ですが、ほかにも高鳳翰《こうほうかん》や華喦《かがん》といった名画人が、同時期に個性的な仕事をしていました。彼らの芸術は、揚州の風土や風気と深くつながっているとみるべきでしょう。

芸術家の後援をする裕福な塩商がいたことだけではなく、この地方で最も高位の官僚であった両《りょう》淮《わい》転運使（従三品官）に、盧見曾《ろけんそう》のような文化人がいたことも幸いしたのでしょう。

平山堂の南は「痩西湖《そうせいこ》」です。揚州の西郊にあるので、もとはただ西湖と呼ばれていたのですが、杭州の西湖《せいこ》があまりにも有名なために、それにくらべて細《ほ》っそりしているという意味の命名といわれています。痩西湖からは、清の乾隆年間に建てられた、ラマ教の白塔が望めます。

揚州で異色な場所に「普哈丁《プハディーン》墓園」と呼ばれるイスラム墓地があります。前述したように、揚州は古くからの国際都市ですから、イスラム教徒も住んでいたのはいうまでもありません。墓誌によ

ります と、プハディーン（普哈丁）はマホメットの第十六世の子孫で、南宋末に伝教のため揚州に来たとあります。彼とその一族のイスラムふうの墓があり、小規模ですが、モスク（礼拝堂）も設けられているのです。

現在の揚州市は人口二十八万ですから、百万都市の蘇州よりはこぢんまりしています。けれども、それだけおち着いた趣きがあるといえるでしょう。

故人、西のかた黄鶴楼《こうかくろう》を辞し
煙花三月、揚州に下る
孤帆の遠影、碧空《へきくう》に尽き
唯《た》だ見る長江の天際に流るるを

これは揚州にむかう孟浩然《もうこうねん》を送ったときの李白《りはく》の詩です。揚州は長江と運河でつながり、いつの時代でも一種のユートピアのように思われていたのでしょう。

孟浩然が行った唐のころの揚州城の遺跡が発掘され、話題を呼んだのは最近のことでした。平山堂の東にある観音山は、隋唐の迷楼の遺跡であることがわかっています。迷楼というのは隋の煬帝の築いた宮殿で、「仙人が遊びに来ても、ここでは迷うだろう」と彼が自慢したことから名づけられたものです。

最後に揚州で忘れてはならないのは、料理と点心のおいしいことです。

中国でも名菜としてよく知られています。食道楽の人にとっては、揚州は今もユートピアであるといえるでしょう。

上海

西安《せいあん》や洛陽《らくよう》が中国古代史の中心なら、上海《シャンハイ》は中国近代史の一つの大きな中心といえるでしょう。

こころみに、地図で中国の海岸線をながめてみましょう。遼東《りょうとう》半島と山東半島という二つの大きな半島が渤海《ぼっかい》を包みこみ、その南に黄海、東海、南海がつながっています。そして、この長い海岸線の中心はどこかといえば、長江（揚子江）河口のあたりで、上海はまさにそこにあるのです。扇でいえば、それは要《かなめ》の部分にほかなりません。けれども、上海が扇の要の役をはたすには、歴史の流れの長い歳月を要しました。中国が海によって世界にひらかれるまで、上海は歴史の檜《ひの》舞《き》台に本格的に登場しなかったのです。

上海は現代中国第一の大都市です。北京《ペキン》・天津《てんしん》とともに、中央直轄の特別市になっています。江《こう》蘇《そ》省にありますが、上海特別市は省と同格になるのです。

上海は黄浦江《こうほこう》と呉淞江《ウースンこう》の合流するところに位置しています。呉淞江の河口のあたりは、古名を滬《こ》瀆江《とくこう》と称していたので、上海のことを滬《こ》と呼ぶこともあります。上海と杭州《こうしゅう》を結ぶ鉄道を、滬杭《ここう》線と名づけているのはその用例に従ったものです。

春秋時代は呉に属しましたが、呉越の争いで越が勝ちましたので、上海のあたりもとうぜん越の領地となったのです。けれども、戦国時代になって、越が没落すると、ここは楚《そ》の版図にはいりました。

紀元前三世紀、楚の宰相をつとめていた春申君《しゅんしんくん》の封地がここであったと伝えられています。春申君は食客三千といわれ、その権勢は楚王をしのいだといわれ、戦国末四君（ほかに斉《せい》の孟嘗君《もうしょうくん》、趙《ちょう》の平原君《へいげんくん》、魏《ぎ》の信陵君《しんりょうくん》がいます）として、『史記』にもその伝が立てられている人物です。そのことから黄浦江を春申江と称したこともあり、申江が上海の別名になりました。

秦《しん》の始皇帝が中国を統一して郡県制度をしいたとき、上海は会稽《かいけい》郡の婁《ろう》県に属していました。唐代のはじめ、このあたりは崑山《こんざん》県でしたが、あまり広すぎるので、分割して新しい県――華亭《かてい》県を置きました。上海はその華亭県のなかにあり、華亭県は蘇州の所属だったのです。

元の至元二十九年（一二九二）、華亭県をまた分割して、その東北に上海県を置きました。行政区画の名称として「上海」ということばが登場したのは、このときがはじめてだったのです。

春秋戦国以来、この地方はなんども戦乱にまきこまれましたが、上海が大きな戦闘で争奪の対象となったことはありません。一寒村にすぎなかった上海は、それほど重要な土地ではなかったのです。このあたりでは、やはり蘇州が最も重要な城市で、上海はその足もとにも及びませんでした。

明《みん》の嘉靖《かせい》年間（一五二二―一五六六）は、中国の沿岸にたいする日本の海賊、いわゆる倭寇《わこう》の襲撃が最もはげしかった時代です。上海もなんども襲われました。その防御のために、一五五三年、上海にはじめて城壁が築かれたのです。それまで上海県は城壁をもつ必要もないほどの土地だったことがわかります。海賊の来襲がなければ、上海に城壁が築かれるのは、もっと遅れたでしょう。

城壁はもちろん、とっくに取り払われています。それは現在の市街地区のごく一部にすぎませんでした。現在の上海市は、長江河口の崇明島《すうめいとう》をも含む面積五千八百平方キロという広大な地域で、人口は一千万をこえています。

清初《しん》、福建南部に拠《よ》って清の統治に抵抗した鄭成功《ていせいこう》は、一六五九年、十万の大軍を率いて北伐し、南京《ナンキン》の攻略に失敗して、再び福建に戻ったのですが、帰途、崇明島を攻撃しています。崇明島の清軍は堅守して、なかなか陥落しないので、鄭成功は攻撃を中止してひきあげました。

鄭成功軍の主力は海軍でした。福建までひきあげると、再起して南京《ナンキン》を攻めるにしても道が遠すぎます。なんとかして、長江の咽喉《のど》といわれる崇明島に、足がかりをのこしたいとおもったのでしょう。清軍にとっては、そうされては一大事だったのはいうまでもありません。

鄭成功の北伐戦にしても、そのまえの倭寇事件にしても、「海」とのつながりが強まれば、上海およびその一帯の重要性は高まってくるのです。

一六八五年、清朝はここに江海関を設けましたが、これは対外貿易のためではありませんでした。国内商業活動による利益を、政府が吸いあげるための機関だったのです。これによって、十七世紀末ごろには、上海も国内交易のうえで、かなりの地位を占めるようになったことがわかります。水路の便がよいので、各地から船が集まりましたが、まだまだつつましい港町にすぎませんでした。上海が巨大化するのは、産業革命を経験した列強の力が、中国に及ぶようになってからです。

清朝は外国貿易を広州《こうしゅう》だけに限ることにしていました。徳川時代の日本が、長崎だけに外国人の商業活動を許したのに似ています。清の半ばごろまではそれでよかったのですが、まっ先に産業革命の洗礼をうけたイギリスは、これまでの窮屈な広州貿易に満足しなくなりました。

中国ぜんたいを相手に商売するには、広州はあまりにも南方にかたよりすぎています。長い中国の海岸線の中央部のあたりに、もし良港があれば、そこを交易の基地にしたいとイギリスは考えたのです。一七五六年、イギリス東インド会社の一社員が、上海を貿易港にすることを提議しています。会社は上海を調査して、そこが理想的な良港であることをたしかめました。

けれども、清朝は原則的に鎖国主義でしたので、上海を外国貿易に開放する意思はなかったのです。外国貿易は広州の十三行と呼ばれる特許商社がおこない、国家はノータッチであるというのが清朝の態度でした。イギリスはなんとかして、清朝と直接の交渉をもちたかったのです。

イギリスは一七九三年、乾隆《けんりゅう》帝八十歳の祝賀としてマカートニー卿《きょう》を派遣したり、一八一六年にアマーストを派遣したりしましたが、貿易の諸制度の緩和や開港場の増加などの要求は、清朝によって拒絶されました。二回目の使節団長アマーストの名を冠したイギリス商船が、清朝の国禁を破って上海に入ったのは、一八三二年六月二十一日のことでした。

当時、外国人は広州以外の土地に立ち入ってはならないことになっていたのです。アマースト号はその規則を無視したのですが、目的は上海の偵察であったのはいうまでもありません。いや、上海だけではなく、中国沿岸の偵察で、八年後におこったアヘン戦争の序曲であったといえるでしょう。

アマースト号の船主リンゼイは、中国海防の状況をくわしく偵察し、兵員数、兵船、砲台などについて報告しています。砲台の砲の数ばかりでなく、砲台の形だけつくっていて砲を置いていない、見せかけの砲台まで見破っていたのです。リンゼイはのちに、対中国侵略を政府に進言しています。

アマースト号は上海に十八日間滞在し、リンゼイたちは上陸して上海城の内外を視察しました。事なかれ主義の清朝地方役人たちは、北京にたいして、イギリス船は「風狂雨大」のため、出帆がのびたのだと責任のがれの報告をしたものです。

皮肉なことですが、リンゼイが東インド会社に提出した報告書が、当時の上海の状況を最も具体的に私たちにしらせてくれます。それによりますと、アマースト号入港から一週間のあいだに、上海にはいった商船は四百隻を越えたということです。船の大きさは百トンから四百トンていどで、はじめの数日間は天津船が多く、積荷は大豆と小麦粉がおもでした。しばらくすると、連日、福建船がはいりました。福建船といっても、船主が福建籍というだけで、台湾、広東《カントン》、琉球《りゅうきゅう》、安南、暹羅《シャム》の各地から来航していたのです。南京条約で正式に開港する前から、上海は東南アジアとの事実上の交易があったことがわかります。

こうして、いよいよアヘン戦争となりました。アヘン戦争のいきさつについては、ここにくわしく述べる紙数はありません。イギリスの提督パーカーが、遠征艦隊を率いて北上のため香港《ホンコン》を出発したのが、一八四二年六月六日のことでした。同月十六日早朝、イギリス艦隊は、呉淞の清軍基地を攻撃したのです。呉淞口を守る清軍は江南提督陳化成《ちんかせい》の指揮下にありました。陳化成はすでに七十歳を越えた老将軍です。

陳化成は奮戦しましたが、火力の差は歴然としています。ついに老将軍陳化成は壮烈な戦死をとげました。

両江総督の牛鑑《ぎゅうかん》は、敗兵をまとめて、嘉定《かてい》から太倉州城まで退却しました。上海城などにはみむきもしなかったのです。

――上海は守るべき険なし。

と、北京に報告しています。

当時の人たちは、戦死した陳化成提督を深く悼みました。絵師は、兜《かぶと》をいただき、鎧《よろい》を身につけ、右手に軍書、左手に佩刀《はいとう》をもった老将軍のすがたをえがき、「呉淞殉節図」と呼んだのです。この陳提督の遺影を置かない家はないといわれたほどでした。

イギリス軍は、上海に無血入城しました。彼らは富豪の庭園や寺廟《じびょう》を兵舎がわりに使い、木像をたたきこわして、炊事用の燃料にしたといわれています。上海を出たイギリス艦隊は長江をさかのぼり、鎮江《ちんこう》を占領し、暴虐のかぎりを尽しました。

南京危うしというときになって、清朝はついに屈服し、英艦コーンウォリス号で、屈辱的な「南京条約」を結びました。この条約によって、上海は厦門《アモイ》、福州、寧波《ニンポー》などとともに開港することになりました。

県城の北、黄浦江《こうほこう》に沿って、外人居留地が設けられ、外国商館、船会社、銀行などがたちならび、列強の中国への経済侵略の一大拠点となったのは、よく知られていることです。

アヘン戦争の十年後、広西《カンシー》の金田村に兵を挙げた太平天国軍は、各地を席捲《せっけん》し、武昌《ぶしょう》から百万の大軍をもって長江をくだり、南京を陥《おと》しました。太平天国は南京を天京と改名して、そこを首都としたのです。

そのころ、上海では小刀会が決起しています。小刀会というのは一種の秘密結社で、三合会の一派でした。会員は小刀を帯び、紅巾《こうきん》をまとったということです。

一八五三年九月七日、上海の小刀会は蜂起《ほうき》して、またたくうちに県城を占領しました。会員には水夫、商人、職人が多く、

――滅清復明。貪官剿滅《たんかんそうめつ》。

をスローガンとしていました。この時代の清朝の官吏が、いかにひどく腐敗していたかがわかるでしょう。それにたいする反抗だったのです。

上海小刀会の指導者は、劉麗川《りゅうれいせん》、潘金珠《はんきんしゅ》、陳阿林《ちんありん》、謝安邦《しゃあんほう》、林阿福《りんあふく》といった人たちで、広東、福建の出身が多かったといわれています。彼らは早くから外人と接し、新しい時代をみる目があったのかもしれません。

清朝はもちろん討伐軍をさしむけましたが、小刀会ははげしく抵抗しました。上海小刀会は、太平天国と連絡をとり、その援助を得るつもりだったのです。けれども、結果的には太平天国の援助は得られませんでした。それについては諸説あります。連絡員がとらえられたりして、救援要請の密書が届かなかったともいわれ、あるいは太平天国軍の北伐失敗によって、援兵をむけることができなかったという説もあります。

上海小刀会は一年半近くも上海県城を占領しましたが、フランスなどが清軍に軍事的援助を与えたので、ついに支えきることができず、劉麗川は戦死し、潘金珠は逃れて太平天国に参加しました。

上海《シャンハイ》城隍廟《じょうこうびょう》の豫園《よえん》のなかに、点春堂という建物がありますが、そこは小刀会のリーダーの一人であった陳阿林が指揮をとった司令部でした。上海特別市のなかにある嘉定県は、当時の激戦地で、滙龍潭《かいりゅうたん》という池の水は、血に染まって赤くなったといわれています。その池のほとりに、小刀会の革命闘争をたたえた、「革命烈士記念碑」が立っています。

上海小刀会の戦いは、列強の武力干渉によって、清朝がやっとのことで鎮圧しました。もちろん諸外国はその代償を要求したのです。外国人が上海の海関《かいかん》を掌握したのは、この戦争のあとになってからでした。それまでは、まだ清朝政府が海関を設け、外国人からも、関税を徴収していたのです。戦火によって海関の建物が焼失したのをよいことに、英米仏三国が共同で海関を管理することになり、国家の重要な主権が失われました。

つぎに居留地の性格も、小刀会事件によって大きく変わりました。租界の不可侵性が強調され、租界に一つの政権が誕生したのです。一八五四年七月五日のことでした。これが、「工部局」と呼ばれる、中国のなかの外国人政権です。そこには警察も設けられました。中国のなかにあって、中国の警察権も裁判権も及ばない地域ができたのです。

太平天国軍は、小刀会とは連絡はとれませんでしたが、その後、三たび上海を攻めています。その激戦地の一つは、上海東北部の呉淞口の近くにある高橋鎮です。解放後、その地に「太平天国烈士之墓」が建てられました。

太平天国軍の第一次上海攻撃は、一八六〇年七月から始まりました。

中国に在留する外国人のなかには、太平天国がキリスト教徒であるという理由で、好意を寄せる者もいたようです。けれども、彼らが態度を決定するのは、最終的には利害関係にほかなりません。依然として、アヘンが主要貿易品でした。太平天国の政策は、アヘン厳禁であったのはいうまでもありません。しかも、太平天国はその厳禁政権を強力に実施する力をもっていました。そのような政権に上海を奪われ、中国のあるじになられては、外国商人としてはきわめて不利です。

小刀会事件にかこつけて、海関権を奪い、租界を独立王国化できたのも、清朝の力が弱かったからでした。外国商人を代表とする列強にとって、望ましいのは中国が弱い政権下にあることです。彼らは清朝を援助して、太平天国を討つことが、自分たちの利益になることを知っていました。

こうして外人部隊がうまれました。外人を指揮官として、中国人が兵隊になる「洋槍隊《ようそうたい》」は、のちに「常勝軍」と改名され、太平天国を弾圧するのに、かなりの活躍をしました。この外人部隊の成立には、李鴻章《りこうしょう》が深く関係したことはよく知られています。

小刀会事件の機に乗じて、列強は租界を独立王国化しましたが、中国人民はそれにたいして、はげしく抵抗してきました。その抵抗の伝統が、上海をきわめて革命的な土地にしたといってよいでしょう。

上海ぜんたいが、革命の大きな遺跡といえます。租界ではさまざまな抵抗運動がおこっていますが、そのおもなものは、「四明公所事件」「小車工人事件」「蘇報事件」などでしょう。

四明公所というのは、浙江《せっこう》省寧波出身の人たちの同郷会的な組織のことです。中国では同郷意識がきわめて強く、各地に「会館」や「公所」と名づけられる同郷会があります。それはただの親睦《しんぼく》団体ではなく、同郷人の宿舎の世話、就職の斡旋《あっせん》、育英資金貸与といったことのほかに、葬儀場、墓地までもっていました。浙江省紹興出身の魯迅《ろじん》が、北京にいたとき、長いあいだ紹興会館に住んでいたことはよく知られています。

問題の上海の四明公所はフランス租界にありました。いや、四明公所がその土地を取得して、会館を建てたのは一八〇二年ですから、南京条約より四十年も前のことで、正確にいえば、四明公所の所在地が、一八四九年のフランス租界創始のとき、その区画に編入されたのです。

一八七四年、フランス租界当局は、道路修築のために、四明公所に立ち退きを要求しました。フランス租界の最高責任者は、公董局《こうとうきょく》総董と呼ばれていましたが、わかりやすく理事長としておきましょう。この理事長がフランスの上海領事に説明した記録がありますが、それによれば道路修築の計画も予算もなかったということです。ただその口実によって、四明公所の土地を取りあげたかったのにすぎません。

四明公所側は、道路修築ならそのコースを変更してもらいたい、変更に要した費用は負担すると申し入れました。道路などもともと念頭にないのですから、フランス租界理事長がそれを拒絶したのはいうまでもありません。

五月三日午前、フランス租界理事長は現場を視察し、立ち退き強制執行の準備にとりかかりました。それを知って、群集は激怒したのです。午後一時半ごろ、四明公所の近くに二、三百人の人があつまり、

——話をつけに行こうではないか。

と、フランス租界当局へ抗議に行こうとしたところ、数名のフランス巡査があらわれて、武力で

干渉しようとしました。群集の怒りはそれによって、かえって高まり、あべこべに巡査たちに立ちむかったので、彼らはあわてて逃げ出したのです。群集の数はますますふえます。彼らは口ぐちに、

――総街道員のところへ行こう！

と、行進をはじめました。

フランス租界の道路を管轄しているのが総街道員で、もちろんフランス人でした。デモの群衆はその家のまえで、

――出てきて説明してもらおう！

と、要求したのです。総街道員はそれにたいして、発砲で答えました。一人が即死し、一人が重傷を負いましたので、怒れる群衆はいっそう多くなり、事件は重大化しました。フランス側は停泊中のフランス軍艦から陸戦隊を上陸させ、その結果、デモ群衆に七人の死者が出たのです。けれども、デモは解放せず、深夜にいたるまで闘争をつづけました。そして、ついにフランス領事に、道路修築の計画を撤回する、という声明を出させることに成功したのです。

二十四年後――一八九八年、再び四明公所問題が再燃しました。フランス側が、学校、医院など公益事業の場所にするためという口実で、またしても四明公所に立ち退きを要求したのです。こんどは、いきなり陸戦隊を上陸させ、四明公所を占拠し、群衆に発砲して、おおぜいの犠牲者を出しました。上海の民衆は、これにたいして、ゼネストをもって対抗しました。

あわてふためいたのは、フランス租界当局だけではなく、清朝政府もそうでした。清朝政府は八仙橋付近の土地をフランス租界に割譲し、フランス租界は四明公所を返還したのです。

小車工人事件は一八九七年四月におこりました。小車というのは一輪車のことです。当時の上海では、小車はおもな交通、運輸の道具だったのです。共同租界の工部局が小車の税金を、四百文から六百三十文に増やすことを三月末に決定し、四月一日から実施することになり、小車の工人がそれにはげしく抵抗しました。彼らは仲間の小車が租界にはいるのを阻止して、ボイコットをおこない、それに干渉しようとした租界の警察や陸戦隊と、石や煉瓦《れんが》で戦ったのです。

ついに租界側も三ケ月間、小車の税金を免除することで折れました。けれども、これは小車工人側の完全勝利ではありません。三ケ月がすぎると、清朝政府が二百文増税し、納税しない者は租界に入れないことにしました。租界と清朝政府との連繫《れんけい》プレーだったのです。

蘇報事件は今世紀にはいってからおこったことです。上海で発行された『蘇報』には、反清的な革命的文章がよく掲載されていました。一九〇三年、日本留学から帰った鄒容《すうよう》が、「革命軍」という革命思想宣伝の文章を『蘇報』に発表し、章太炎《しょうたいえん》がその序文を書いています。清朝が租界における、このような反清革命活動をおそれたのはいうまでもありません。

そこで、租界警察に章太炎と鄒容の逮捕を依頼しました。租界のあるじの列強としても、中国に革命をおこされては、甘い汁が吸えなくなります。租界警察は二人を逮捕して裁判に付しました。章太炎は三年、鄒容は二年の禁錮《きんこ》の判決を受けたのです。鄒容は獄死しましたが、毒殺説もあります。

一九〇五年四月三日に死んだ彼は、僅《わず》か二十一歳でした。章太炎は禁錮三年ののち、租界から追放処分に付され、出獄の日（一九〇六年六月二十九日）に日本へ脱出したのです。彼は日本で孫文の同盟会に参加し、その機関誌『民報』の編集にたずさわりました。

今世紀になってからも、上海でおこった革命的な事件は、かぞえきれません。外国人経営の工場がふえ、そんなところでのストライキはしばしば発生しました。最も有名なのは、一九二五年五月三十日の、いわゆる「五卅《ごさんじゅう》」運動でしょう。この運動は労働者だけではなく学生、知識人も参加しました。南京路を血に染めた五卅運動は、中国の近代史において、五四運動とならぶ重大事件です。それは反帝国主義の愛国運動でしたが、成立してまもない中国共産党の指導がありました。

中国共産党の誕生地は、ほかならぬこの上海だったのです。

中国の労働運動とマルクス・レーニン主義とを結びつけたのは、やはりなんといっても五四運動の力が大きかったでしょう。五四運動は一九一九年におこり、それにつづくようにして、各地に共産主義の小さなグループがうまれたのです。そんなふうにして、一九二一年七月一日、各地の共産主義グループが十二名の代表を送り、上海で中国共産党第一次代表大会がひらかれました。各地代表のなかには、毛沢東、董必武《とうひつぶ》、陳潭秋《ちんたんしゅう》などの名がみえます。この大会で、中国共産党章程が通過し、中国共産党の成立が宣布されたのです。その場所は上海の興業路七六号で、現在は革命記念の遺跡となっています。

上海に拠《よ》って革命運動に従事した人はかぞえきれないほどです。五卅以来、おおぜいの労働者が帝国主義者やその走狗《そうく》ともいうべき軍閥の反動勢力と戦いました。とくに一九二七年の北伐における、蔣介石《しょうかいせき》の白色テロの犠牲となった人たちのことは忘れることができません。つづいて、抗日戦争中も、上海は貴い犠牲者を出しました。

文筆によって革命を推進した人たちも、上海にはすくなからずいました。なかでも、魯迅《ろじん》は不滅の光を放っています。一九三六年、魯迅は上海で世を去りました。その墓は、いま虹口《ホンキュー》公園にあります。

上海を訪れる人は、かならず虹口公園の魯迅の墓に参ります。そこには、ゆったりと腰をおろした魯迅の像があり、やさしい目で私たちをながめているようです。墓前には供花の絶えることがありません。

虹口公園からほど遠くないところに、魯迅故居があります。これも重要な革命の遺跡といえるでしょう。魯迅の書斎は、彼が息をひきとったときのままのもように復原されています。カレンダーも彼の逝去の日のそれになっているのです。書棚にはコンサイスの英和辞典が置かれています。魯迅は英文の本を読むときは、英和辞典を手もとにおいたのです。そんなところにも、中国と日本との結びつきの一つの節がうかがえます。

いまの上海は、中国の四つの近代化推進の大きな根拠地として、いっそう重要性を増してきました。過去に革命の光栄がありましたが、未来にもこよなくかがやかしい光明があります。

杭州

甲骨文字《こうこつもんじ》からはじまって、中国の太古の記録は、ほとんどが黄河中流地域にかんするものでした。そのため、これまでの史書にも、中原の文明がしだいに南へ伝わったように記されることが多かったようです。もちろん北から南へ伝わった文明もありましたが、かといって、それまで南方は文明がまったくなかったのではありません。ことに近年の考古学的発掘によって、中国の南方にも古くからすぐれた文明が存在したことが証明されています。

杭州《こうしゅう》市の西北約二十キロの良渚《りょうしょ》というところで、新石器時代の遺跡が発見されましたが、それは独自の文明様式をもったもので、考古学者は「良渚文明」と名づけました。また杭州市の東北の嘉興《かこう》県でも、江蘇《こうそ》省の青蓮崗《せいれんこう》で発見された新石器時代文明と同系統の遺跡が発見されています。

中国文明は、ある限られた文明様式が、一方的に拡散したものではなく、各地にバラエティに富んだ文明が存在し、それがたがいにまじり合って、よりはばのひろいものとなったと考えるべきでしょう。

前置が長くなりましたが、杭州を中心とする浙江《せっこう》のことを語るまえに、このことはぜひとも念頭においていただきたいとおもいます。杭州は銭塘江《せんとうこう》の河口にあり、そのさきは杭州湾で、海洋につながっているのです。長江の河口のデルタも遠くないところにあり、太湖を通じても長江と結びついています。杭州はその後背地の奥行が深く、古くから文明が栄える条件をそなえていました。

春秋末期、この地方は越と呼ばれ、越王勾践《こうせん》という権力者がいたことはよく知られています。越の隣に、現在の江蘇省蘇州《そしゅう》を中心とする呉の国があり、たえず越と争っていました。仲が悪く、いつもいがみ合っている関係を、「呉越のようだ」と表現したほどです。紀元前四九六年のこと、呉王の闔閭《こうりょ》が越に出兵しました。喧嘩《けんか》相手の越王允常《いんじょう》が死に、その息子の勾践が即位したばかりなので、これはチャンスだとおもったのでしょう。けれども、越軍は意外に強く、呉軍は檇李《すいり》というところで大敗し、呉王闔閭はそのときの戦いの負傷がもとで死にました。

檇李は現在の浙江省嘉興県の西南にあたるといわれています。

闔閭の息子の夫差《ふさ》は、父の仇《あだ》を討つために日夜、軍備を整えたのです。越王勾践は、それをきいて、機先を制するつもりで、呉に攻めこみましたが、かえって太湖のなかにある夫椒《ふしょう》というところで敗れ、越に逃げて帰りました。呉軍は敗走する越軍を追い、越軍の逃げこんだ会稽山《かいけいざん》を包囲したのです。

進退きわまった越王勾践は、名臣范蠡《はんれい》の助言に従って降伏し、呉に臣従することにしました。財宝を献上したり、美女を贈ったりして、勾践は呉王夫差の機嫌をとり、卑屈に服従しているようにみせかけたのです。そのじつ、心のなかでは、復讐《ふくしゅう》を誓っていました。復讐の気持を忘れないために、いつも胆《きも》をそばに置き、坐《すわ》るとき、寝るとき、飲食するとき、かならずそれをなめました。胆は思いきりにがいものです。そのにがい味を味わうたびに、

「おまえは、会稽の恥を忘れたのか！」

と、自分を叱《しか》りました。

越が会稽で降伏したのは紀元前四九四年のことでした。呉王夫差は、父の闔閭が越のために死んだ恨みを忘れないために、ごつごつした薪《まき》のうえに寝たといわれています。恥を忍び、いつの日か復讐してやろうと、苦心惨憺《さんたん》することを、

——臥薪嘗胆《がしんしょうたん》

というのはこの故事からきています。もっとも『史記』には、嘗胆のことだけで、臥薪のことにはふれていません。

呉王夫差の忍耐は三年たらずでしたが、越王勾践のそれはじつに二十二年に及んでいます。内政を整え、軍備を増強し、自信をもった勾践は、なんども呉を討とうとしたのですが、范蠡たちにひきとめられました。呉の謀臣の五子胥《ごししょ》が粛清されたり、呉が斉《せい》に出兵したり、政治がみだれるのをじっと待ち、機が熟するのをうかがっていたのです。

越軍が呉に攻めこみ、呉都を包囲すること三年、呉王夫差が姑蘇山《こそざん》で自殺したのは紀元前四七三年のことでした。

浙江に本拠をおいた越は、呉をほろぼしたのが最盛期だったのです。戦国時代になってからは、それほどたいしたことはなく、紀元前三三四年、勾践六世の子孫にあたる越王無彊《むきょう》が、楚《そ》に出兵して大敗し、それ以後、浙江の地は楚の版図にはいりました。

秦《しん》は天下を統一して郡県制を採用しましたが、この地方は会稽郡となり、漢もそれをひきつぎま

した。東漢の順帝（一二六―一四四）以後は、呉郡に属する土地とされたのです。三国以後は、東安、呉興、銭塘などの郡名が使われましたが、隋《ずい》になって郡を廃して、杭州が置かれました。

私たちになじみ深い杭州という地名は、このときに誕生したのです。隋唐のころ、二度ばかり余《よ》杭《こう》郡とされましたが、すぐに杭州に戻され、その地名はようやく定着しました。

越王勾践が「嘗胆」して、呉に服従していたとき、呉王夫差を堕落させるために、一人の絶世の美女を贈ったといわれています。それは、いまでも中国で美女の代名詞となっている西施《せいし》でした。西施が実在の人物であったかどうかわかりませんが、『呉越春秋』によりますと、彼女はもと苧《ちょ》蘿山《らさん》で薪を売っていた山娘ということになっています。その山は浙江省諸暨《しょき》県にあり、ひろい意味での会稽山のなかに含まれるのです。その山の西に住んでいたので、「西子」とも呼ばれていました。越は彼女に美服を着せ、三年ものあいだ、さまざまなことを仕込んで、呉へ送りこんだのです。呉王夫差は、はたして彼女の色香に迷い、政治を怠り、国力を衰弱させたといわれています。呉の滅亡後、彼女は范蠡に従って五湖に遊んだとか、呉の人が憤慨して彼女を江に沈めたとか、さまざまな話が伝わっているようです。

有名な西湖《せいこ》は、杭州城の西にあるのでそう呼ばれているのですが、詩文のなかでときどき「西子湖」あるいは「西施湖」と表現されます。湖の風景の美しさを、美女になぞらえたのです。北宋《ほくそう》のころ、この地方の知事となった蘇東坡《そとうば》の詩にも、

若《も》し西湖を把《と》って西子に比《くら》ぶれば
淡粧、濃抹、総《すべ》て相宜《よろ》し

という句があります。

西湖はむかし明聖湖と呼ばれていたそうです。「伊勢《いせ》は津でもつ、津は伊勢でもつ」という日本の諺《ことわざ》がありますが、それに似て、中国でも杭州といえば西湖、西湖といえば杭州という関係にあります。

中国の景観は、大陸的な荒けずりのものが多く、それだけに人びとは繊細な風景に心をひかれるのかもしれません。西湖には景観にキメのこまかさがあるので、そのような人たちによろこばれたのでしょう。けれども、西湖に似た情緒になれている日本人のなかには、芥川龍之介が『江南遊記』で述べたように、それほど感動を受けない人もいるようです。ところが、徳富蘇峰《とくとみそほう》などは、「杭州の領事となって、余生をこの地で悠々と送るのが理想だ」と言っていますから、人それぞれといえるでしょう。

唐の大暦年間（七六六―七七九）、李泌《りひつ》という人がこの地の長官となり、湖の北方に石函橋をつくり、水門を設け、湖水を灌漑《かんがい》に利用することをはじめました。それ以来、西湖は風光明媚《ふうこうめいび》なだけではなく、生産に貢献することになったのです。

長慶年間（八二一―八二四）、この地の刺史《しし》（地方長官）となったのは、有名な白居易《はくきょい》でした。白居易は平明な表現を用いて詩文をつくった人で、そのわかりやすさのせいか、むかしから日本でよく読まれました。『白氏文集』が、平安朝の文化人の必読の書であったのは周知のことです。日本では李白《りはく》や杜甫《とほ》よりも、白居易のほうが、より親しまれていたといえるでしょう。その白居易は、この地の長官となって、李泌のやった仕事を、さらにおしすすめました。

白居易は長い堤防を築き、そこにたくわえた水を灌漑に用い、千頃《けい》の田地がその恩恵をうけたそうです。一頃は百畝《ほ》で、唐代のそれは現在の約五百八十アールに相当します。白居易の築いた堤防は現在も残っていて、「白堤」と呼ばれています。

白居易が杭州刺史として在任したのは、五十一歳から足かけ三年で、彼の円熟期にあたっていました。「春題湖上」「杭州春望」「西湖留別」など、彼はこの地でも数多くの詩をつくっています。「西湖留別」は三年の任期が満ちて、長安に帰るときに作った七言律詩ですが、それは、

処々《しょしょ》、頭《こうべ》を廻《めぐ》らせば尽《ことごと》く恋《こ》うるに堪えたり
就中《なかんずく》、別れ難きは是《こ》れ湖辺

と結ばれています。

あちこちへ頭をめぐらして眺めると、どこもかしこも恋しくて、未練のある土地ですが、そのなかでも、いちばん別れがつらいのは西湖のほとりである、という意味です。「杭州春望」の末の句はつぎのとおりです。

誰か開く湖寺西南の道
草緑、裙腰《くんよう》、一道斜《なな》めなり

湖寺とは西湖のなかの狐山にある寺を意味します。その寺へ行く西南の道は、誰が開いたのか、青葉のころは女性のスカートのようで、その道が斜めについているのがなまめかしい、というほどの意味でしょう。

狐山は西湖遊覧には欠かすことのできないところです。なかでも平湖秋月亭は有名で、かつて『四庫全書』をおさめた文瀾閣《ぶんらんかく》もここにあります。

清の康熙《こうき》帝や乾隆《けんりゆう》帝は、こよなく江南を愛した人物です。よく南巡といって江南に遊びましたが、一七〇五年、康熙帝は西湖のこの狐山に泊っています。

白居易が杭州を去って二百六十五年後、北宋の元祐《げんゆう》四年（一〇八九）、蘇東坡が杭州の知事となって赴任しました。唐と宋を代表するような二人の大詩人が、二人とも杭州の長官となったのは、奇縁というべきでしょう。しかも、二人とも任期は足かけ三年で、二人とも堤防を築いています。蘇東坡は西湖の泥をさらえて堤をつくりましたが、それは白堤よりも長いものです。人びとは今でもこれを蘇堤と呼んでいます。白堤は湖北ですが、蘇堤は湖西に築かれました。

蘇東坡は三十代の半ばのときも、杭州の通判《つうはん》（副知事）として赴任していますので、五十代半ばの知事勤めとあわせて、二度も来ています。白居易よりは、杭州になじみの深い人物です。

蘇堤は長くみえます。アーチ型の橋をいくつも越えるのです。かつてここに遊んだ日本の歌人の九条武子は、

　桑の芽《め》の艶《つや》したたれりゆけどゆけど
　　蘇堤は長し　橋いくつ越え

と、うたっています。

西湖の中心には湖心亭があり、南には三潭印月《さんたんいんげつ》があり、旅行者がかならず訪れるところです。三潭印月は水に三つの瓶塔が立っているところで、そのため月影が三つにうつるのでそう名づけられました。言い伝えによれば、蘇東坡が湖の泥をさらったとき、標識として立てたということです。

唐が滅亡して、五代十国の時代になると、銭鏐《せんりゅう》という地方の実力者が、浙江を中心に呉越王という、小独立政権をつくりました。この国は、やがて北宋に併呑《へいどん》されてしまいます。日本の茶人たちが珍重してやまない越州秘色《ひそく》の茶碗《ちゃわん》は、呉越国時代に浙江で焼造されたものです。北宋が金《きん》のために、首都汴京《べんけい》（現在の開封《かいほう》市）を陥《おと》され、徽宗《きそう》皇帝以下が拉致《らち》されたのは一一二六年のことです。北宋はここに滅亡しました。難を免れた皇子の一人が、南に逃れて、翌年、宋王朝を再興しましたが、これが南宋の高宗です。再興といっても、北半分を金に奪われた不完全政権です。南宋が国都にえらんだのが、この杭州でした。

杭州は約百五十年のあいだ、首都だったわけですが、この時期、まちは臨安と呼ばれていたのです。

天下の半分しか保っていない政権ですが、首都は首都で、たいそう繁昌《はんじょう》しました。北に金という強敵をひかえて、南宋は緊張しなければならなかったのですが、かならずしもそうではなかったようです。江南の開発によって、北宋時代よりも、経済的には豊かであったともいわれています。経済成長下にあって、その首都が栄えるのはとうぜんでしょう。

南宋政権のなかには、金にたいして抗戦を主張する人たちと、講和を唱えるグループがあって、はげしく争ったことは、史書にもくわしくしるされています。主戦派の岳飛《がくひ》が、対金戦争で、かなりの戦果をあげているのに、投降派の秦檜《しんかい》が政権を握り、反対派を左遷したり粛清したりしました。岳飛も無実の罪によって投獄され、毒殺されてしまったのです。秦檜は金とのあいだに、屈辱的な講和を結び、歳幣銀二十五万両、絹二十五万匹を贈ることになりました。

岳飛の墓は杭州の栖霞嶺《せいかれい》の南にあります。秦檜を憎んだ中国の人たちは、縛られた秦檜夫婦の像をつくって、岳飛の墓前に置いたものです。史実では、秦檜は逮捕などされずに、病気で死ぬまで宰相として、屈辱的な講和体制を維持しました。

南宋は歴史の教訓に学ぼうとしませんでした。北宋は契丹《きったん》族の遼《りょう》の圧迫を受け、自力で対応せずに、遼の後方に興った女真《じょしん》族の金と結んで遼をほろぼしたのです。けれども、かつて同盟した金のために、わが身をほろぼされました。

南宋は金にたいして、おなじように北方の草原に興った蒙古《もうこ》と同盟したのです。金をほろぼすことに成功したのですが、まるで絵にかいたように、おなじパターンで、かつての同盟者であった蒙古の元にほろぼされてしまいました。

元のフビライが南宋討伐の遠征軍を送ったのは、一二七四年のことで、遠征軍総司令官は伯顔《バヤン》将軍でした。南宋の首都杭州が陥落したのは一二七六年のはじめのことです。南宋の忠臣文天祥《ぶんてんしょう》の奔走もむなしく、蒙古軍は南宋の幼帝や皇族をとらえて、北京へ送りました。蒙古軍は無血入城をはたしたのです。城を枕《まくら》に討死を覚悟するといった状況ではなく、一夜明けると、蒙古軍の将兵が城内に満ちているといったありさまでした。文天祥もこのとき蒙古軍に抑留され、北京へ送られるところでしたが、途中で脱走して、抵抗運動にはいったのです。

杭州のまち、それからやさしい西湖の水も、このような、かなしくもはかない亡国をみていました。

南宋滅亡のとき、戦火をうけませんでしたので、元にはいってからも、杭州のまちは依然として繁栄したようです。大都と呼ばれた北京は政治都市で、繁栄という点からいえば、杭州に及びませんでした。杭州の栄えたありさまは、フビライの時代に、はるばるイタリアのベニスから中国に来たマルコ・ポーロが、その『東方見聞録』のなかに、くわしく述べています。

――そもそもキンサイ市というのは、まちがいもなく世界第一の豪華、富裕な都市である。……

陸路と海路で、世界各国を旅行したマルコ・ポーロが、このように断言しているのですから、当時の杭州の壮麗さが想像できるでしょう。

南宋は杭州を首都としましたが、あくまでも金を討って失地を回復し、かつての首都であった汴《べん》京《けい》に復帰するつもりでした。ですから、杭州はいわば臨時首都で、人びとはこれを「行在《あんざい》」と呼んだのです。行在とは皇帝が一時的にとどまるところを意味します。マルコ・ポーロのいう「キンサイ」は、行在ということばの方言の声を写したのであろうといわれています。ほかに「京師」の音を写したという説もありますが、それは少数派のようです。

南宋から元にかけて、杭州湾にはインドや東南アジアから貿易船が、つぎつぎと姿をあらわしました。西湖には船腹に極彩色の絵をかいた屋形船――画舫《がぼう》が、数多くうかんでいたのです。元代には、在留外国商人のために、ネストリウス派のキリスト教会堂やイスラム寺院も建てられました。

このころが杭州の黄金時代です。明清になってからも、政治の中心ではなくなりましたが、経済や文化の面では、この地は依然として重要な中心でした。

すぐれた文人や芸術家がこの地方から輩出しました。絵画についていえば、「浙派」ということばがあります。蘇州を中心とする「呉派」とともに、中国の画壇を二分していたのです。呉派の画風が文人画的であるのにくらべて、杭州を中心とする浙派の画風は、より技巧的であるといわれています。

杭州は古都ですから、古寺や遺跡がすくなくありません。

古寺の代表は霊隠寺《れいいんじ》でしょう。西湖の西に北高峰と南高峰がありますが、霊隠寺は北高峰の麓《ふもと》にあり、東晋《とうしん》の咸和《かんわ》元年（三二六）、慧理《えり》という僧がひらいたと伝えられています。唐の会昌年間（八四一―八四六）の排仏運動で焼かれましたが、五代十国時代に呉越国王の銭鏐が再建しました。そのときに有名な五百羅漢堂が建てられたのです。北京郊外の碧雲寺《へきうんじ》や武漢の帰元寺などの羅漢堂とならんで、よく知られています。

西湖から霊隠路という道を通って、この寺に行くのですが、境内は幽玄のムードが漂っています。竹が多く、岩がかさなりあい、いかにも古寺らしい雰囲気をもっています。寺の門の前には、飛来峰という岩がそびえていますが、開祖の慧理がこれをみて、

――天竺《てんじく》の霊鷲山《れいしゅうざん》の小嶺が飛んで来たようだ。……

と言って寺をひらいたので、「飛来」の名がつけられたということです。

霊隠寺のあたりに天竺山があり、ここにも古寺が点在しています。天竺山を越えて、さらに西へ行くと、天目山に出ます。安徽《あんき》省との省境に近いのですが、行政区画からいえば、やはり杭州市に属しているのです。

天目山はじつは東天目山と西天目山の二つの山のことです。どちらも標高約千五百メートルで、それぞれ山頂に池があります。それがまるで天の目玉にみえるというので、天目という山名がつけられました。むかしこの山には禅源寺や昭明寺といった禅の道場があり、鎌倉《かまくら》時代に日本から留学僧がよく学びに行ったものです。天目山の禅院では、福建の建窯《けんよう》で焼造した黒い釉薬《ゆうやく》のかかった茶碗が、日常用いられていました。日本の留学僧がそれを持って帰国したところ、当時の人たちにた

いそう珍重され、茶碗そのものが「天目」と呼ばれ、瀬戸あたりで模倣品が焼かれるようになったのはよく知られています。

さて、天目山からまた西湖に戻りましょう。湖の北にとがった塔がみえます。それが保俶塔《ほうしゅくとう》です。じつはそれに対応するかのように、湖の南に雷峰塔という塔がありました。ありました、と過去形で書いたのは、現在はもう存在しないからです。一九二四年九月二十五日に、雷峰塔は倒壊してしまいました。

雷峰塔は呉越国の王妃黄《こう》氏が建立したといわれますから、倒壊するまで約千年間、西湖の南に立っていたことになります。「雷峰夕照」といって西湖十景の一つにかぞえられていました。

雷峰塔の倒壊について、魯迅《ろじん》は二篇の文章を発表しています。八角五層の塔は、たしかに老朽して、危険な状態にあったのですが、塔の煉瓦《れんが》を家におくと、家内安全、諸願成就という迷信があり、人びとがこっそりと抜き取っていたため、バランスを崩したのも一因だといわれています。

――瓦礫《がれき》の野にいるのは悲しむべきことではない。瓦礫の野で古い慣習を繕うことこそ悲しむべきだ。われわれは革新的破壊者を求める。かれの心には理想の光があるからだ。……

これが雷峰塔崩壊について、魯迅のかいた文章の一節です。雷峰塔はすでに地上から消えましたが、魯迅のことばはいつまでも消えないでしょう。

もとの雷峰塔の南に南屏山《なんぺいざん》があり、その麓の浄慈寺は、日本の弘法《こうぼう》大師が留錫《りゅうしゃく》したという話も伝わっています。けれども、浄慈寺は五代の建立ということですから、弘法大師とは時代は合いません。ただ鎌倉時代には日本から、この寺に留学する僧侶がかなりいたようです。

塔といえば、銭塘江を見おろす六和塔《りくわとう》が、宋初に建てられて、いまだに健在です。健在といっても、しばしば火災に遭い、そのたびに補修されています。八角形で、塔身は煉瓦で、まわりは木造です。創建のときは九層だったのが、後代の補修でいまは十三層になり、六十余メートルの巨体を、月輪山という岡《おか》のうえにのせています。

『水滸伝《すいこでん》』では、魯智深《ろちしん》がここで死んだことになっています。もちろん小説のなかの架空の人物ですが、そういわれると、豪傑の死にふさわしい場所のような気がします。六和塔の前の銭塘江は、その河水が杭州湾の満潮と衝突すると、海嘯《かいしょう》をおこすのです。小海嘯はしょっちゅうですが、大海嘯は中秋――旧暦八月十五日前後に最高潮に達します。これを「浙江潮」ともいいますが、潮水は壁をつくり、河口めがけて、怒濤《どとう》の勢いでおしよせるのです。

銭塘江にかかっている鉄橋は、戦前につくられたもので、中国人の設計で中国人が建設した、記念すべき鉄橋第一号でした。解放後に、南京や武漢で長江をまたぐ鉄橋がつくられましたが、この銭塘江架橋の経験が、貴重な基礎となったそうです。

六和塔から杭富公路を通って西湖へ戻る途中、西がわに虎跑泉《こほうせん》という名泉があります。水質のすぐれていることで有名です。虎跑の西北に煙霞洞、水楽洞などがあり、その北に南高峰があります。龍井《ロンチン》の名で親しまれている茶どころはそのあたりです。龍井産の茶は緑茶で、中国の茶葉のなかで、いちばん日本人の口にあうといわれています。あっさりして、そのかおりに余韻があるのです。

どうしても杭州が中心になりましたが、大いそぎで、浙江省ぜんたいをながめてみましょう。杭州をまっすぐ北へ行くと、太湖につきあたりますが、その直前に呉興《ごこう》のまちがあります。一名を湖州といって、天下の名筆を造っている土地です。

銭塘江の鉄橋を越えて東へ行けば、紹興県に出ます。ここは酒どころで、紹興酒は、「老酒《ラオチュウ》」として親しまれていますが、中国人にとっては文豪魯迅生誕の地というほうが印象が強いでしょう。さらに東へ行けば、寧波《ニンポー》市に達します。むかし日本へ通う船はここから出たのです。江戸時代、長崎に来航した、いわゆる「唐船」の母港でした。その先が舟山《しゅうざん》群島で、普陀山《ふださん》といわれて、一種の仏教の霊場になっていたところです。

寧波市は天台山と四明山《しめいさん》に南のほうを囲まれていますが、これらの山々も仏教の修行場として知られています。天台山の国清寺は、天台大師が五七五年に入山して修禅し、入寂《にゅうじゃく》の翌年（五九八）皇子時代の隋の煬帝《ようだい》がその地に建立した寺です。天台宗の大本山ですから、日本からもおおぜいの僧侶が留学しました。日本の臨済禅の祖である栄西《えいさい》は、天台山万年寺の虚庵和尚に学び、虚庵が天童寺に移ると、栄西も行をともにしました。曹洞禅の道元も日本から留学して天童寺にいたのです。天童寺は寧波の東の山中にありました。こんなふうに、浙江の地は日本とは深い関係にあります。

浙江の南の温州は、みかんのふるさとですし、温州湾に流れこむ甌江《おうこう》の上流の龍泉は、青磁のふるさとで、日本は天龍寺船を仕立てて、さかんに龍泉青磁を輸入したものです。

南

合肥
南京
太湖
上海
長
江
安慶
黄山
杭州
武漢
九江
廬山
景徳鎮
崇安
南昌
鄱陽湖
温州
東
海
醴陵
建瓯
南平
古田
福州
馬祖島
井岡山
閩
江
泉州
南安
台
湾
海
峡
金門島
廈門
台湾
汕頭
海豊
陸豊
恵州
香港
南
海

樊城
万県
三峡
宜昌
長
江
沙市
重慶
洞庭湖
益陽
韶山
湘潭
衡山
衡陽
貴陽
桂林
漓
江
陽朔
金田
梧州
花
肇慶
桂平
南寧
端渓
海南島

江西の山とまち

江西省《こうせい》には、忘れられない山が二つあります。北の廬山《ろざん》と南の井岡山《せいこうざん》です。

廬山は古代から現代にいたるまで、さまざまな時代のさまざまなエピソードをひめています。井岡山のほうは、二十世紀の革命の根拠地として知られているのはいうまでもありません。

廬山は景勝の地です。周《しゅう》の武王《ぶおう》の時代といいますから、紀元前一千年以上まえの、神話期といってよいほどのむかし、匡俗《きょうぞく》という人がこの山に住んでいました。俗という字がついていますが、俗人ではなく、神仙の術を心得ていたそうです。王に召されたのですが、使者が訪問したところ、匡俗のすがたはなく、その住んでいた廬《いおり》だけがのこっていたというエピソードがあります。それで人びとはその山を、匡山または廬山と呼ぶようになったそうです。一説には、匡俗は漢初の人だったともいいます。いずれにしても、仙人が住むと人びとが想像するような名山だったのです。山上からは、鄱陽湖《はようこ》だけではなく、長江を望むこともできます。

秦《しん》のころ、鄱陽の県令に呉芮《ごぜい》という人がいました。秦末、劉邦《りゅうほう》や項羽《こうう》が挙兵したとき、呉芮は近辺の諸部族の民を率いて参加し、大功を立てたのです。漢の高祖となった劉邦は、彼を長沙王《ちょうさおう》としました。劉氏でなければ王になれないきまりであったのに、呉氏だけが唯一の例外として、数代もつづいたことからみても、その功績のほどがわかるでしょう。蕭何《しょうか》、曹参《そうしん》、張良《ちょうりょう》といった功臣でさえ王になれなかったのです。

馬王堆《まおうたい》の古墓から、軑侯《たいこう》夫人の遺体が発見されて話題になりましたが、軑侯というのは長沙王の家老のような家柄でした。

三国時代、このあたりは呉に属していました。建業《けんぎょう》（現在の南京《ナンキン》）を国都とする呉にとって、長沙と鄱陽湖をつなぐ廬山一帯は、たいそう重要な土地になったのはいうまでもありません。

三国以来、中国では分裂時代がつづきました。魏晋《ぎしん》南北朝といいますが、南方では呉からはじまって、東晋《とうしん》、宋《そう》、斉《せい》、梁《りょう》、陳《ちん》と六つの王朝が三世紀から六世紀にかけて、三百数十年のあいだに交替をくり返したのです。

この時代は、仏教が急速に中国に普及した時期にあたっています。そして、廬山は中国仏教の南方の中心の一つとなりました。むかしから神仙の伝説があった山ですから、やはり仏教関係の人たちにとっても魅力があったのでしょう。

慧遠《えおん》（三三四―四一六）は、山西省の出身で、もともと老荘を学びましたが、のち当時の名僧道安の門に入ったのです。戦乱によって、道安は門弟たちを分散させました。そのとき、慧遠は荆《けい》州《しゅう》（湖北）から南方にある羅浮山《らふさん》にむかおうとしたのですが、途中で立ち寄った廬山が気に入って、そこにとどまったのです。江州の長官の寄進によって東林寺を建て、彼は三十余年のあいだ、廬山から一歩も出ずに、この地に生を終えました。

彗遠は念仏と禅とは一致したものと説き、とくに戒律に厳格でした。彼はしずかな廬山で、僧俗の一流の人たちと交《まじ》わり、「白蓮社《びゃくれんしゃ》」というグループをつくりましたが、これが中国の浄土《じょうど》教のはじまりとされています。慧遠の同門である慧永、弟の慧持、そのほか門弟の道生、曇順、外国僧の仏陀耶舎《ふだやしゃ》、仏陀跋陀羅《ふだばだら》ばかりではありません、劉程之《りゅうていし》、張野《ちょうや》、周続之《しゅうしょくし》などの居士《こじ》（出家していない信者）もメンバーにはいっていたのです。

廬山の北麓《ほくろく》は現在の九江《きゅうこう》市ですが、当時は潯陽《じんよう》と呼ばれていました。その潯陽の柴桑《さいそう》という村に、詩人の陶潜《とうせん》（あざなは淵明《えんめい》）が生まれたのは三六五年のことです。日本ではあざなのほうがよく知られていますので、陶淵明と呼びましょう。若いころ、陶淵明は役人となり、四十一歳のとき、彭沢《ほうたく》県の県令となったのを最後に辞任しました。その心境を述べた「帰去来辞」は有名です。

――帰《かえ》りなんいざ、田園まさに蕪《あ》れなんとす。……

は、日本でもむかしから愛誦《あいしょう》されてきました。陶淵明の詩で、日本人に最もこのまれたのは、「飲酒」と題する二十首のなかの第五番目のものでしょう。

結廬在人境　　廬《ろ》を結びて人境《じんきょう》に在《あ》り
而無車馬喧　　而《しか》も車馬の喧《かまびす》しき無し
問君何能爾　　君に問う、何ぞ能《よ》く爾《しか》るやと
心遠地自偏　　心遠ければ地も自《おのずか》ら偏《へん》なり
采菊東籬下　　菊を采《と》る　東籬《とうり》の下《もと》
悠然見南山　　悠然として南山を見る

山気日夕佳
飛鳥相与還
此中有真意
欲辨已忘言

山気《さんき》、日夕《にっせき》に佳《よ》く
飛鳥《ひちょう》、相《あ》い与《とも》に還《かえ》る
此《こ》の中に真意有り
辨《べん》ぜんと欲して已《すで》に言《げん》を忘《わす》る

人境――人の住む村落に廬《いおり》を結んでいるが、訪問客の車馬のやかましい音もきこえない、というのです。これは伝説の匡俗という仙人や、静寂をこのんで廬山にはいった慧遠のことを意識しているのかもしれません。

東籬（東の垣根）に菊をとっていると悠然たる南山のすがたが見えました。この南山は九江市から見て南ですから、廬山のことであるのはいうまでもありません。

廬山の慧遠と、その麓の陶淵明（三六五―四二七）は同時代人でした。慧遠のはじめた白蓮社に、陶淵明も参加するように誘われたという話があります。酒好きの陶淵明は、戒律のきびしい白蓮社をきらって、

――酒を飲んでもよいなら。

という条件をつけたそうです。陶淵明は有名人でしたので、白蓮社も彼だけには例外を認め、彼も廬山を訪ねました。しかし、山にはいると、彼はたちまち眉《まゆ》をひそめて、まわれ右をして帰ったということです。このエピソードが事実であるかどうかわかりません。隠者であった陶淵明は、グループをつくって、かたまっている白蓮社の人たちと、気質的にしっくりしなかったのでしょう。

陶淵明から四百年ほどのち、唐の元和《げんな》年間に、詩人の白居易が、江州司馬に左遷されて、この地にきました。左遷されたのが八一五年で、忠州の長官に昇進して赴任したのが八一九年のことですから、彼の江州暮しも、かなり長かったのです。在任中に、彼は廬山の香爐峰《こうろほう》の下に草堂をつくりました。それが完成したとき、彼はつぎのような詩を書きつけたのです。

日高く睡《ねむ》り足《た》れるも猶《な》お起きるに慵《ものう》し
小閣《しょうかく》に衾《しとね》を重《かさ》ねて寒さを怕《おそ》れず
遺愛寺《いあいじ》の鐘《かね》は枕《まくら》を欹《かたむ》けて聴き
香鑪峰《こうろほう》の雪は簾《すだれ》を撥《は》ねて看《み》る
匡盧《きょうろ》（廬山のこと）は便《すなわ》ち是《こ》れ名を逃《のが》るる地
司馬（彼の官名）は仍《な》お老いを送る官なり
心泰《やす》く身寧《やす》きは是れ帰処
故郷は何ぞ独《ひと》り長安にのみ在《あ》らんや

左遷された白居易はすこしすねていたのかもしれません。州の長官は刺史《しし》、次官は長史で、司馬はそのつぎですから、長安の宮廷で、太子左賛善大夫をつとめていた彼にとっては不満だったでしょう。左遷の理由は、皇帝に上疏《じょうそ》したことが、彼の権限外だったからでした。なにも長安だけがふるさとではない、心身が安らかな、この廬山のようなところこそ、帰るべき土地だ、というのです。朝寝坊をして、お寺の鐘も枕のうえでききき、お山の雪を見るのも、わざわざ立って見に行かずに、簾《すだれ》をはねのけるというものぐさでした。あまり熱心な役人ではなかったようです。

白居易の詩文は、たいそう平明でしたから、日本でもよく読まれました。『白氏文集』といえば、知識人必読の書とされていたのです。『枕草子』に、中宮が「香鑪峰の雪は？」と言ったとき、清少納言がすぐに簾をまきあげたという話を紹介しています。この廬山の白居易の詩も、それほど日本の人たちに親しまれていたのです。

白居易が桃の花をよんだといわれる「花径」は、いまも廬山名所とされています。その入口には、

花開山寺
詠留詩人

の聯《れん》が彫られています。「花径」のそばに池がありますが、これは解放後、一九六一年につくられた人工池で、「如琴湖」と呼ばれているものです。

花径から遠くないところに、仙人洞という名所があります。伝説によれば、呂洞賓《りょどうひん》という仙人が、ここで仙術の修行をしたそうです。ここに大仏が手をさし出したような形の岩があり、「仏手岩」と名づけられ、そのうえに何人もの人が乗ることができます。「縦覧雲飛」と赤い字が彫られていました。老君殿があり、その隣に天泉洞があります。

仙人洞から西へ行けば大天池があります。東晋時代の天池寺の石門、文殊台があり、近くに龍《りゅう》

首崖《しゅがい》という絶景の地があるのです。大天池というのは、永久に水の涸《か》れない池があるので、そう名づけられたそうです。

東のほうの名所は、まず五老峰でしょう。五人の老人が肩を寄せ合うような恰好《かっこう》をした山塊なので、そう名づけられたのです。李白《りはく》に、「廬山の五老峰を望む」という七言絶句があります。李白はじっさいにその山の下に住んだことがあるそうですから、廬山の住人としては白居易の先輩になるわけです。李白はほかに、「廬山の瀑布《ばくふ》を望む」や「廬山の謡《うた》」など、この山にかんする作品がすくなくありません。

唐代にある隠者が洞窟《どうくつ》に住んで、鹿《しか》を飼って悠々自適していたといういいつたえがあり、そこは白鹿洞《はくろうどう》と呼ばれています。宋代に朱熹《しゅき》が白鹿洞書院をつくり、門弟に講義をしたことがありました。李白が詩によんだ瀑布は、南のほうの秀峰のなかにあったものです。白居易が草堂を建てた香鑪峰は秀峰の西にあたります。

そのほか小天池、三宝樹、含鄱口《がんはこう》、観音橋、蘆林《ろりん》大橋などの名所が散在しています。なお山中の植物園もすばらしいものです。

廬山は最高峰の漢陽峰が、千四百七十四メートルです。とうぜん夏でもすずしく、避暑地として知られていました。解放前、南京の国民政府の首脳たちは、夏になると廬山に避暑に来たので、政府が一時的に移転したかんじになったそうです。けれども、自動車で登れるようになったのは、解放後に道路が整備されてからのことで、それ以前、登山客は轎《かご》に乗らねばなりませんでした。四人でかつぐ轎もあれば、八人でかつぐ轎もあったそうです。解放前、標高千百メートルあたりの牯嶺《これい》一帯に、政府高官、富豪、外国人などの別荘があちこちに建っていました。夏になると、数千の轎《きょう》夫《ふ》が、避暑客をかついで、山を登り降りしたものです。

かつては特権階級に独占されていたこの廬山も、いまは一般に開放され、人民の保養地として生まれかわっています。新中国になってから、二度、ここで重要会議がおこなわれました。党の第八期八中全会と第九期二中全会です。会場はむかし劇場であったところで、そこは現在、「会址《かいし》」として、記念に保存されています。

廬山を降りましょう。東側へ降りると、九江のそばを通り、鄱陽湖をフェリーで渡って湖口《ここう》に出ます。湖口も交通の要衝です。そこから東南へむかうと、やきもののまち景徳鎮《けいとくちん》に出ます。約百キロほどの道のりです。

景徳鎮は、北宋の景徳年間（一〇〇四―一〇〇七）に、軍隊の鎮守府がおかれたので、そう名づけられたまちです。近辺に良質の磁土を産するので、陶磁器の製造が盛んになり、それで世界的に知られるようになりました。景徳鎮の近くに、高嶺というなんの変哲もない名前の山があります。中国ではカオリンと発音しますが、そこは前述の良質磁土の産地です。そのため、カオリンということばは、磁土という意味になり、げんに世界に通用しています。学生が使うていどの英語の辞書にも、Kaolin または Kaoline として出ていて、「磁器の原料にする粘土」と解釈されています。

原料がすぐ近くに産するうえ、まちのそばを昌江《しょうこう》という川が流れていて、運送にも便利です。

そんな立地条件の良さで、やきもののまちとして発展してきました。おもに白磁をつくっていたのですが、長い歴史のあいだ、かならずしも順調な時期ばかりがつづいたのではありません。浙江《せっこう》の龍泉の青磁というライバルがいて、景徳鎮がさびれた時期もあったのです。

十四世紀の元《げん》代に、中近東産のスモルト青という顔料が輸入され、それがみごとな青色を磁器に染め出すところから、日本語で「染付《そめつけ》」と呼ばれるやきものがつくられるようになりました。そのおかげで、さびれかかっていた景徳鎮が息を吹き返したのです。

十五世紀ごろ、明《みん》になってからは、青以外の色をつけたデザインの磁器がつくられ、日本ではそれを「赤絵《あかえ》」と称しています。日本の有田焼は、その当時、中国の景徳鎮と技術的な交流があったにちがいありません。

景徳鎮のやきものの特色は、その生地がきわめて薄いことです。したがって、それを手にとってみると、驚くほど軽くかんじられます。花瓶や碗《わん》をていねいに内部を削って薄くするのです。薄ければよいというものではなく、モノとして丈夫でなければなりません。つぎに、景徳鎮のやきものは、絵付をされることが多く、そのデザインがバラエティーに富むことです。

四人組時代は、デザインについても、革命や労働をテーマにしなければならないという、教条主義的な制約がありました。むかしよくえがかれた仙女や神話上の人物などは、頭から迷信ということで否定され、そのような絵付の作品はつくれなかったのです。いまではもちろんそんな制約はなくなり、危うく亡びかけた技法が、やっと救われました。絵付の仕事場では、たいていベテランと若手が一組になって絵筆をとっています。いっしょに仕事をすることで、そのコツを習得するようになっているのです。

景徳鎮では、むかしから分業がおこなわれていました。分業で仕事を進めて行くためには、チームワークが大切です。組織がしっかりしていなければなりません。その組織の力で、仕事がうまく行くのです。景徳鎮の労働者は、むかしから意識が高いといわれていました。十九世紀後半の太平天国革命のときも、景徳鎮の労働者はおおぜい参加して、清軍《しん》とはげしく戦ったのです。

仕事を通じて、思想を進歩させた例といえるでしょう。

景徳鎮には陶瓷館《とうじかん》があります。各時代のすぐれた陶磁器が陳列されているのです。時代を追っての展示法で、それを見て行けば景徳鎮の歴史がよくわかります。

現在の景徳鎮は、人民の生活に必要な器類を供給し、同時に国外へ輸出する商品も生産し、外貨獲得に貢献しているのです。そういえば、私たちが日本でなにげなく使っている湯呑《ゆのみ》や皿や碗に、景徳鎮製のものがすくなくありません。

廬山を降りて、南の道をたどれば、省会（省の行政府の所在地）である南昌《なんしょう》に出ます。道のりはほぼ百キロです。

南昌はふるい歴史のあるまちです。漢代の予章郡《よしょう》であり、隋唐《ずいとう》のころは洪州と呼ばれていました。唐代の小説に、ときどき「洪州の胡商《こしょう》」が登場します。胡商とはペルシャ商人のことで、東西交易に従事した人たちで、富豪が多いことで知られていました。当時の南昌も、おそらく交易の一つの拠点として栄えたのでしょう。

　鉄道や汽船のなかった時代、北京《ペキン》から広東《カントン》へ赴任する役人は、内陸の水路を利用したものですが、贛江《かんこう》にそっている南昌はかならず通ったようです。林則徐《りんそくじょ》の日記をみても、北京から広東へ行く途中、南昌に立ち寄っています。贛江は南の海港である広州を、長江経由で北京まで結ぶ大動脈でもあったのです。

　元末、群雄が割拠した時代、朱元璋《しゅげんしょう》（明の太祖）と陳友諒《ちんゆうりょう》がこの地を争って大激戦をくりひろげました。

　南昌市から贛江を西にまたぐ鉄橋は、八一大橋と名づけられています。八一大道というメイン・ストリートがあり、八一公園があり、八一起義記念館があります。南昌市と「八一」ということばは、どうやら切っても切れないつながりがあるようです。

　八一というのは、一九二七年八月一日、中国共産党の指導のもとで、南昌におこった軍事蜂起《ほうき》のことです。周恩来、朱徳、賀龍など中国共産党の諸同志に率いられたこの蜂起は、総兵力三万、僅《わず》か三時間で南昌市を占領しました。こうして、革命政権はいったん樹立されたのですが、国民党軍の大軍に包囲され、八月六日に南昌を放棄して南へむかいました。これは北伐のやり直しのために、広州へ行こうとしたのです。しかし、広東北部で国民党軍と激戦し、一部は海豊と陸豊の農民軍に合流し、一部は朱徳に率いられ、再編成のうえ井岡山へむかいました。

　いまでも八月一日は、毎年、建軍記念日として記念されています。南昌起義の参謀本部になったのは、市内のホテルで、指導者たちはそこにひそかに投宿して、蜂起の指揮をとったのです。「八一起義記念館」というのは、そのホテルであった建物にほかなりません。当時用いた武器、文献類、写真などの記念品がそこにならべられています。とくに周恩来にかんする記念品をあつめた室《へや》があります。そして、周恩来が宿泊した部屋が、原状に復原されているのです。

南昌市はこんなふうに、革命と深い縁をもつ土地であります。『朱徳詩選集』のなかに、「八一を記念す」と題する七言絶句がありますが、それを紹介しましょう。

南昌首義誕新軍　　南昌の首義は新軍を誕《う》み
喜慶工農始有兵　　工農に始めて兵有るを喜び慶《けい》す
革命大旗撑在手　　革命の大旗は撑《ささ》えて手に在《あ》り
終帰勝利属人民　　終《つい》に勝利に帰して人民に属す

南昌を中心とする江西は、芸術もみごとに花咲いた地方でした。景徳鎮のやきものが、それほど人びとをよろこばしたのは、その絵付のセンスの良さにもあったのです。それは江西の芸術の伝統を背景にしていたからといえるでしょう。

文学では江西分寧の出身である黄庭堅《こうていけん》を中心とする、独特の韻律法を用いる詩人のグループを、「江西詩派」と呼んでいます。これは文学運動としては成功しませんでしたが、宋代にあって、唐詩から脱却しようとした、一種の自立のうごきとみてよいでしょう。日本の室町時代の五山の僧侶たちは、黄庭堅の詩文や書から深い影響を受けたといわれています。

とは有名です。
戦前、日本の小学教科書にものって、日本人にひろく知られている南宋末の文天祥《ぶんてんしょう》も、江西省吉水《きっすい》の出身でした。彼の「正気《せいき》の歌《うた》」は日本でも愛誦され、藤田東湖《ふじたとうこ》がそれに倣った詩を作ったことは有名です。

美術の分野でも、江西はすぐれた才能をもった芸術家を数多くうんでいます。その代表的な人物は八大山人《はちだいさんじん》でしょう。

八大山人は十七世紀から十八世紀初頭にかけての人ですが、生没の年ははっきりしていません。本名も諸説あってわからないほどですが、朱耷《しゅとう》という名で、明の王族の一人であったという説が有力です。若いころに明が滅び、彼は剃髪《ていはつ》して僧となり、清の支配に抵抗したといわれています。寧藩《ねいはん》(南昌)あるいは石城府の王孫ともいうのですが、いずれにしても南昌と関係の深い画人です。その作風はきわめて大胆な独創であり、えがき出すものは気力に満ちています。事実かどうかわかりませんが、南昌のまちを高歌放吟、乱舞するといった狂態をみせたこともあったそうです。いくら金を積まれても、富豪や有力者のためには絵をかかず、貧しい人たちや子供にかいて与えたといわれています。

八大山人は三十六歳のとき、南昌郊外の青雲譜というところにはいり、そこにかなり長く住んでいたという説があります。現在、その青雲譜の場所が、八大山人記念館となって、このすぐれた画人の作品が展示されています。私が参観したときは、その一室に八大山人から影響を受けたと思われる、ほかの画人の作品もならんでいました。石濤《せきとう》、石渓、徐渭《じょい》、林良、呂紀《りょき》、鄭板橋《ていはんきょう》、金冬心、李鱓《りせん》、呉昌碩《ごしょうせき》、斎白石たちの絵です。

八大山人が中国の生んだ、最もすぐれた芸術家の一人であることに、誰も異論はないでしょう。作品のもつひめられた力に、誰もが圧倒されそうになります。八大山人の絵をみているうちに、南昌、ひいては江西のもつエネルギーがわかるような気になるのです。

　廬山から江西の旅を書きはじめましたが、その結びは、どうしても、もう一つの山である井岡山でなければなりません。毛沢東はこの井岡山に本拠をおいて、各地に遊撃戦をくりひろげました。そして、南昌起義の朱徳軍が合流して、ここに解放軍の骨格ができあがったのです。一九二九年一月、国民政府軍の包囲総攻撃に、いったん井岡山は放棄され、瑞金《ずいきん》に革命基地がつくられました。しかし、同年六月には、井岡山の根拠地は早くも再建されたのです。そして、一九三四年秋、長征にいたるまで、井岡山に革命の旗はひるがえりつづけました。

　井岡山については多言を要しません。ここに毛沢東の「江西月　井岡山」という詞を引用するにとどめておきましょう。

山下旌旗在望　　山下、旌旗《せいき》は望まるる在《あ》り
山頭鼓角相聞　　山頭、鼓角相聞《あいきこ》ゆ
敵軍囲困万千重　　敵軍は囲困《いこん》すること万千重《まんせんちょう》なれど
我自巋然不動　　我は自《おのず》ら巋然《きぜん》として動かず
早已森厳壁塁　　早くも已《すで》に壁塁《へきるい》を森厳《しんげん》にして

更加衆志成城　更に衆志《しゅうし》を加えて城《しろ》と成る
黄洋界上礮声隆　黄洋界上、礮声隆《ほうせいたか》し
報道敵軍宵遁　報《しら》せに道《い》う敵軍は宵《よる》に遁《に》げたり、と

湖南と湖北

洞庭湖《どうていこ》は中国の臍《へそ》といってよいでしょう。湖水の面積は季節によって大きな差があり、冬から春にかけて水位が低下する時期は三千平方キロほどになりますが、夏の増水期には四千平方キロていどに達します。これは江西省鄱陽湖《はようこ》についで、中国第二の淡水湖です。淡水湖とわざわざことわったのは、鹹水湖《かんすいこ》を含めますと、青海省の青海湖が二位にはいってくるからです。日本最大の琵琶湖《びわこ》が約六百八十平方キロですから、それとくらべてみれば洞庭湖の大きさが想像できるでしょう。

洞庭湖は長江の水を調節するという、重要な役目をはたしています。そのため、この地方の人たちは、ふだんの生活においても、たえずこの湖を意識しているのです。土地の呼び方も、この湖の南を湖南、北を湖北というのですから、いかに洞庭湖の存在が大きいかがわかります。湖南の中心は長沙《ちょうさ》市で、湖北の中心は武漢《ぶかん》市です。湖南、湖北を含めて「両湖」と呼ぶこともあります。

洞庭湖は中国の神話、伝説とも深いかかわりをもっています。この湖に流れこむ湘江《しょうこう》は、舜《しゅん》の二人の妻――娥皇《がこう》と女英《じょえい》の悲劇で知られている河です。伝説の帝王である舜《しゅん》は、南方巡察中に、蒼《そう》梧《ご》の野で死んだといわれています。そのしらせをきいて、娥皇と女英は悲しみのあまり湘江に身を投げて死んだというのです。また二人の妻が、夫の死んだ南方へ急ぐ途中、船が覆って死んだという説もあります。

太古、中国を九つの州に分類した、いわゆる禹貢《うこう》九州では、両湖地方は、ほぼ荊州《けいしゅう》にはいります。そのころ洞庭湖は九江と呼ばれたこともあったようですが、春秋時代には雲夢沢《うんぼうたく》という名称もありました。もっとも雲夢という地名については、諸説紛々としています。雲と夢という二つの湖の総称だとか、洞庭湖より南にある沼沢だとか、諸説紛々としています。ともあれ、このあたりには湖沼や河川が多く、たとえば洞庭湖から武漢のあいだだけで、湖にかぎっても、洪湖《こうこ》、黄蓋湖《こうがいこ》、排湖、黄塘湖《こうとうこ》、沉湖《ちんこ》、梁子湖《りょうしこ》などかぞえきれないほどです。まん中に長江が悠々と流れ、まさに水郷というべき地方で、水とは切っても切れない深い縁があります。

神話時代から歴史時代にはいりますと、このあたりは楚《そ》の領域になっていました。

黄河流域の中原《ちゅうげん》が、記録された歴史の表通りであったとすれば、楚はながいあいだ歴史の胡同《こどう》（路地）であったといえるでしょう。中央にたいする地方的エリアであったとみられることもありますが、中原とは風土を異にした、独自の文化体系を発展させたとも考えられます。

楚が歴史の表通りに姿を見せたのは、荘王《そうおう》（在位紀元前六一三―五九一）のころと考えてよいでしょう。楚の荘王は春秋五覇《しゅんじゅうごは》の一人にかぞえられる人物でした。

中原の諸侯は、そのころ、有名無実の周王室に遠慮して、まだ王と称さないで、せいぜい公と名乗っていただけでした。堂々と王と自称したのは楚が最初だったのです。

春秋時代にはいっても、楚は南方の強国でした。その勢力圏は江蘇《こうそ》省北部に及び、山東省の南部に進出したこともあります。紀元前四世紀、威王《いおう》のとき、斉《せい》を討ち、越を平定しましたが、そのあと、国運は急速に傾きました。威王のつぎの懐王《かいおう》が暗愚だったからです。当時、秦《しん》の国力がしだいに伸びて、楚は北方の秦の圧迫を受けるようになりました。武力だけではなく、秦は謀略も用いたのです。秦のために、楚に謀略を仕掛けたのは、有名な遊説家の張儀《ちょうぎ》でした。懐王は張儀に翻弄《ほんろう》され、ますます国家を衰微させたのです。

それを憂えたのが、楚王の一族で三閭大夫《さんりょたいふ》をつとめた屈原《くつげん》でした。しばしば諫《いさ》めましたが、ききいれられません。張儀の暗躍を封じようとして、その処刑を進言しましたが、懐王は耳をかしませんでした。懐王は屈原の反対を押しきって秦へ行き、その地で幽閉されて死んでしまったのです。懐王の子の頃襄王《けいじょうおう》の時代になっても、屈原はそしりを受け、江南に追放されました。秦は大軍を南下させ、楚はまさにほろびようとします。屈原は洞庭湖にそそぐ汨羅江《べきらこう》に身を投げました。

国家の危急存亡のときは、いつも屈原の憂国の至情が追憶されます。屈原は詩人でもありましたが、彼の『楚辞《そじ》』は、ながいあいだ、そしていまも中国の人たちに愛読されています。彼の事蹟《じせき》は、物語化され、劇化されて、人びとを励ましました。日本でも横山大観《よこやまたいかん》の屈原図は、名作として人びとに親しまれてきました。

岳陽《がくよう》市と長沙市とのちょうど中間に、汨羅江が流れています。屈原を敬愛する後世の人たちが、屈原の魂を慰めるために、竹筒のなかに米を詰め、汨羅の流れに投げこんだのが、端午の節句の粽《ちまき》のはじまりだという人もいるようです。また五月五日は屈原の命日だという説もあります。このような説は、正しいかどうか不明ですが、中国の民衆が憂国の詩人をどんなに敬愛したかを物語るものといえるでしょう。

『楚辞』は中国の古代詩歌として、『詩経《しきょう》』にはみられない幻想的な面をもっていて、中国の文学のはばのひろさを示すものとしても注目されています。

楚をほろぼした秦も、始皇帝の歿後《ぼつご》、まもなく滅亡しました。それから漢王朝の時代がつづくのですが、漢は功臣の呉芮《ごぜい》を長沙王に封じたのです。けれども呉芮の系統はやがて絶え、長沙王には漢の皇族が立てられるようになってしまいました。

漢の武帝（在位紀元前一四一―八七）の時代、儒教が重んじられ、老荘《ろうそう》の徒は冷遇されるようになりました。そこで、老子や荘子の流れをくむ人たちは、中央をはなれて長沙に身を寄せることが多く、そのためこの地方には独特な文化が育ったのです。

古代の長沙の文化は、中央に対立するという面もありましたが、それよりも中国ぜんたいの文化のはばをひろげたという点で、評価すべきでしょう。

長沙といえば、馬王堆《まおうたい》の古墓から、生けるが如《ごと》き婦人の屍体《したい》が出てきたことが、一時、世界の話題となりました。同時に出土した副葬品に、「軑侯家丞《たいこうかじょう》」や「軑侯家」としるした封泥と題字があったそうです。それによって、被葬者は紀元前一九四年に軑侯に封じられた利蒼《りそう》の夫人と推定されています。利蒼は長沙王の家老だった人です。問題の古墓から出たT字型の彩色帛画《はくが》も、たいそう話題になりました。われわれ門外漢にはくわしいことはわかりませんが、その図柄はたいそう幻想的であることは、誰の目にもはっきりしています。

じつは長沙一帯は、むかしから考古学にとっては重要な地方とされていました。保存のよい古墓が、戦前から数多く発見されています。戦前の出土品のなかには、海外に流出したものもすくなくありません。これからも、この地方は考古学上の宝庫でありつづけるでしょう。

一九七二年に発見された長沙馬王堆古墓のなかに、あるいは古代長沙文化の謎、ひいては中国古代の謎をとく鍵《かぎ》がひそんでいるのかもしれません。

けれども、長沙はただ古代の遺跡だけの土地ではないのです。憂国の詩人屈原の伝統を、人びとのなかに、脈々と伝えてきた土地柄でもあります。湖南はむかしから、数多くの熱血漢を生んできました。その情熱の系譜は、やはり屈原につながるでしょう。

明末清初、湖南衡陽《こうよう》県に王夫之《おうふうし》という人がいました。晩年、石船山に隠棲《いんせい》したので船山とも呼ばれています。有名な『読通鑑論《どくつがんろん》』をあらわして、清朝への抵抗をその著作活動のなかにこめた人です。清末、清朝を打倒するために起《た》ちあがった革命派の人たちを、その著作によって励ましたのです。彼の著作のなかには湖南の情熱がこめられています。

辛亥《しんがい》革命には、湖南出身のすぐれた指導者が輩出しました。長沙の人である黄興《こうこう》（一八七四―一九一六）などはその代表的な人物でしょう。ロシアが東北を占拠したとき、日本留学中の彼は、拒俄義勇隊を結成しました。のちには孫文と協力して、中国革命同盟会を組織したこともあります。辛亥革命のあと、革命の成果を横取りして、帝制を復活しようとした袁世凱《えんせいがい》に反対して、雲南に蜂《ほう》起《き》した蔡鍔《さいがく》も湖南邵陽《しょうよう》の人でした。

毛沢東が湖南の人であったことは、知らない人はいないでしょう。毛沢東の生家は、湘潭《しょうたん》県の西北の韶山《しょうざん》にあり、緑に囲まれ、その前にいかにも田園にふさわしい池があります。四十キロはなれた寧郷《ねいきょう》は、劉少奇《りゅうしょうき》の出身地で、中国の近代史にゆかりの深い地方といえるでしょう。

湖南の中心である長沙市は、湘江下流の東岸にあり、対岸に岳麓山《がくろくざん》がそびえています。その山の中腹には、愛晩亭という四阿《あずまや》があり、毛沢東が青年時代によく訪れた場所です。青年時代、毛沢東は長沙第一師範学校に学びました。毛沢東がこの学校に在学したのは、一九一三年から一九一八年にかけてのことです。第一師範のほか、一九二一年に毛沢東が創建した中国共産党湘区委員会の旧跡が、清水塘にあり、そばに烈士公園もあり、革命遺跡に富んだ土地柄です。

新しい名所としては、湘江にかけられた湘江大橋でしょう。古い歴史をもちながら、近代工業都市への道を歩む長沙市のシンボルといえます。

長沙のまちは湘江沿いに南北に長く、湘江のなかの中洲《なかす》の橘子洲《きつししゅう》も、緑の長いすがたを江上に横たえています。驚くべき発掘のおこなわれた馬王堆は、長沙市の東郊にあるのです。

湖南には長沙のほかに、株洲《しゅしゅう》、衡陽、湘潭、邵陽、岳陽、醴陵《れいりょう》などのまちがあります。そのなかで、醴陵は江西の景徳鎮に匹敵するやきもののまちとして知られています。湖南は竹の多い土地で、前述の舜の二人の妻が悲しみのあまり泣いた涙が竹林にふりそそいで、竹のうえにまだらの涙をつけたといわれる「斑竹《はんちく》」（別名「湘妃竹《しょうひちく》」）はとくに有名です。邵陽や益陽《えきよう》は、それらの竹製品の産地として有名です。

手工芸品といえば、長沙市のみごとな刺繡《ししゅう》である「湘繡」は、忘れてはならないものでしょう。

湖南は有能な革命家、革命的思想家を生みましたが、同時に保守陣営側の有能な人物をも生んでいます。その代表的な人物は、湘郷《しょうきょう》出身の曾国藩《そうこくはん》（一八一一—一八七二）でしょう。彼は弟の曾国《こく》荃《せん》や、湘陰出身の左宗棠《さそうとう》（一八一二—一八八五）たちとともに、太平天国を鎮圧した人物として知られています。十九世紀後半の清国軍隊は、アヘン戦争で馬脚をあらわし、まったく使いものになりませんでした。服喪のため湖南に帰郷中に、太平天国戦争に遭遇した曾国藩は、政府軍たのむに足らずとみて、民間から義勇軍を募ることにしたのです。

この軍隊を「湘軍」と呼びます。湖南を一字で略して呼ぶときは、いまでも「湘」の字を用いています。彼らは師弟関係、地縁関係に結ばれ、腐敗した政府軍よりはるかに強かったのです。おなじころ、李鴻章《りこうしょう》が安徽《あんき》でおなじようなやり方で組織した「淮軍《わいぐん》」とともに、これらの義勇軍はのちに軍閥化することになったのです。湘軍が強かったのは、組織がよかったせいもあるでしょうが、湖南の人が勇敢であったのも大きな理由でしょう。

いっぽう、広西《カンシー》の金田村《きんでんそん》で挙兵して北上した太平軍も、湖南省の南部でおおぜいの新加入者をえて、その兵力を充実させたのです。これを「湘南拡軍」と呼んでいます。攻めるほうも、守るほうも、その軍隊の中核に湖南健児がいたのです。

一八五二年九月十一日、太平軍は長沙に達し、猛攻撃を加えましたが、長沙の清軍も堅守して譲りません。長沙包囲戦で、太平軍は蕭朝貴《しょうちょうき》という大幹部を失いました。蕭朝貴は太平天国の西王で、ナンバー4だったのです。けれども、六月に南王の馮雲山《ふううんざん》が戦歿していますので、じっさいにはナンバー3でした。

包囲数十日に及びましたが、太平軍は長沙を陥《おと》すことができず、十一月三十日に、囲みを解いて北上をつづけました。そして、洞庭湖の南の益陽と、北の岳陽を占領し、湖北に兵を進め、ついに武漢を手にいれたのです。挙兵以来、太平軍が省都クラスの大都市を陥したのは、これがはじめてでした。広西の省都の桂林《けいりん》（現在、広西チワン族自治区の中心は南寧《なんねい》ですが、当時は桂林でした）も、湖南の省都の長沙も、包囲はしたのですが、陥落させることはできなかったのです。

武漢とは、長江をはさんで、武昌《ぶしょう》、漢口、漢陽の三つの地域を総称することばで、かつては武漢三鎮と呼ばれましたが、現在はあわせて武漢市となっています。長江の東岸に武昌があり、その対岸に漢陽と漢口とがあるのです。むかしから武昌は両湖総督の駐在していたところで、どちらかといえば、政治的、文化的なにおいが濃厚です。それにくらべて、漢口は商工業地域といえるでしょう。

武漢の人口は、市区で二百余万、周辺区をあわせて三百六十万です。かつては、日本、英、独、仏、ロシアなどの租界がありましたが、現在、租界が消滅しているのはいうまでもありません。武昌と漢陽のあいだに、武漢大橋が長江をまたいでいます。この橋は二層になっていて、鉄道が下層の部分を通っているのです。

この地を制した太平軍は、一気に長江を攻めくだり、南京《ナンキン》に太平天国政府を樹立することができました。一九一一年の辛亥革命も、この武昌での挙兵によって、清朝政権の命脈が尽きたのです。このように、武漢は中国の運命を大きく左右した土地でした。

武漢も禹貢九州では荆州に属し、春秋戦国時には楚の版図にはいっていました。戦国末期、秦に圧迫されて遷都するまで、楚の国都は郢《えい》にあったのです。郢は現在の長江北岸にある江陵の北方にありました。江陵の南八キロにある沙市《さし》市は、その上流の宜昌《ぎしょう》市とともに、湖北省における長江沿岸の物資集散地、港まちとして知られています。とくに宜昌市は「川鄂咽喉《せんがくいんこう》」（四川と湖北の咽喉《のど》に相当する位置にある）といわれてきました。四川から長江をくだって、有名な三峡をすぎて平地地域に出るあたりに宜昌があるからです。

三国時代、天下を争った魏《ぎ》・蜀《しょく》・呉《ご》の三勢力が、中国の臍であるこの地方で衝突したのはとうぜんでしょう。なかでも最も有名なのは赤壁《せきへき》の戦いです。東漢の建安十三年（二〇八）、孫権《そんけん》と劉備《りゅうび》の連合軍が、曹操《そうそう》の軍をこのあたりで邀撃《ようげき》しました。連合軍が東風を利用して曹操の兵船を焼き、そこへ呉の名将周瑜《しゅうゆ》が軽装の精兵を率いて攻撃をかけたのです。このため、曹操軍は北へむかって敗走し、南下の野望は、一応、中断されました。この戦いは『三国志』のなかのハイライトといってよいでしょう。

赤壁は現在の湖北省嘉魚《かぎょ》県の江岸にあたります。湖北省の東南部と湖南省の東北部との境界に近い長江の沿岸です。じつは武漢より東にある黄岡《こうこう》県にあたりにも、赤壁の古戦場と称する土地があります。有名な蘇軾《そしょく》の赤壁の賦はそこでつくられたようです。本家争いのようになっていますが、やはり前者のほうが多数派とみてよいでしょう。ほかにも赤壁と称する土地があるそうですが、このあたりは土地が赤いので、絶壁のようなところがあれば、すぐ赤壁と名づけられたとおもわれます。

武漢から襄陽《じょうよう》へ行く中間に、随《ずい》県という地方があります。随県の擂鼓墩《らいことん》というところで、戦国時代の古墓が発見されたのは、一九七八年五月のことでした。副葬品のなかに記年のあるものがあり、それは紀元前四三三年に相当します。出土品は現在、湖北省博物館に展示されていますが、そのなかでも最も注目されるのは六十四個の鐘からなる編鐘《へんしょう》です。大きいもので二百キロ、小さいもので二十キロの重さがあり、それを叩《たた》いて音楽を奏するのです。ほかにも漆琴《しっきん》などさまざまな品があり、この地方が古代からきわめて高い文化をもっていたことが証明されています。けっして中原文化に劣るものではありません。

なお襄陽は樊城《はんじょう》とあわせて、現在、襄樊《じょうはん》市と呼ばれています。『三国志』の愛読者なら、諸葛《しょかつ》亮《りょう》が若いころ、この地方に住み、劉備《りゅうび》が三たび訪問して出廬《しゅつろ》を促したという物語を思いおこすにちがいありません。宜昌が四川からの入口であったように、襄樊市のあたりは中原から両湖への入口にあたっていました。

なお蜀の名将関羽《かんう》は、樊城を攻めましたが、それを陥すことができず、腹背に敵をうけ、とらわれて殺されたのです。

関羽はその悲劇的な最期と、主君劉備にたいする心からの忠誠心によって、庶民に深く哀悼され、各地に関帝廟《かんていびょう》が建てられるようになりました。武昌に建てられた関帝廟は、一八五三年、太平軍が武昌を占領したとき、東王楊秀清《ようしゅうせい》の本陣となりました。天王洪秀全《こうしゅうぜん》は万寿宮というところに本拠をおきました。関帝廟も万寿宮も、いまはその建物はありませんが、位置はわかっていて、太平天国革命をしのぶよすがとなっています。

武昌には閲馬台といって、閲兵などをする高台があり、太平天国の幹部たちが、そこで民衆にむかって、政治、経済について語り、男女の平等などの理想を説いたそうです。

五十八年後、おなじ場所で辛亥革命の狼火《のろし》があがったのです。おもえば、武漢、とくに武昌の地は革命とは深い縁があったことになります。

太平軍が武昌を攻略したのは、一八五三年一月十二日ですが、二月九日には武昌を放棄して、長江に沿って南へくだり、九江、安慶を攻略し、三月十九日には南京を占領し、そこを国都としたのです。

太平軍が武昌で清軍と戦った場所の一つは東湖です。ここはもともと荒涼とした土地でしたが、一九五三年にその一帯を整備して、公園としました。いまは東湖公園という名で、市民に親しまれ、行楽の地となっています。若い人たちがボートを漕《こ》ぎ、岸辺で楽器を奏でたり、歌をうたったりしていますが、そこが革命の戦跡であったことは忘れてはなりません。

武昌を攻略したとき、太平軍はすでに五十万の大軍となっていました。東湖での戦いのときに、太平軍に参加した九人の婦人が戦死したといわれています。前述しましたように、太平軍は武昌攻略後、すぐにそこを放棄して南下したのです。戦死者の遺体を収容して、手厚く葬るいとまもありません。けれども、太平天国の革命に共鳴している、その地方の民衆たちが、ひそかに彼女たちを埋葬したのです。清朝の官吏や軍人が復帰していますから、公然と太平天国婦人部隊の墓とはいえ

ません。人びとはそこを、
——九女墩《きゅうじょとん》（九人の婦人の丘）
と、漠然と呼び、香をあげ、花を供えつづけてきたのです。
九女墩に記念碑がつくられたのは、東湖が整備されたころでした。大きな碑の正面には、董必武《とうひつぶ》の撰《せん》した「九女墩記」が、張難先の筆でしるされています。むかって右がわの面には、宋慶齢《そうけいれい》女士が題した無名烈士をとむらう詩が、いまは亡き何香凝《かこうぎょう》（廖承志《りょうしょうし》の母堂）女士の筆でしるされています。

鄂中巾幗九英雄
壮烈犠牲後世風
辛亥太平前後起
推翻帝制古今崇

左面や裏面にも、いまは名も知られていない壮烈な革命婦人をたたえる詩が彫られています。題したのは董必武や郭沫若《かくまつじゃく》たちでした。

埋玉深深未敢伝
万千幽憤欲回天

満清覆後来袁蒋
寂寞荒墳已百年

東湖の湖畔は、休日になると行楽の人たちで賑《にぎ》わっていますが、九女墩のあたりは静寂で、しかも陽光をいっぱいうけて明るく、おち着いています。

東湖風景区の南に小高い丘があり、そのあたりは文教地区です。全国にその名を知られている武漢大学がそこにあります。この大学は、もと武漢高等学院、武漢中山大学と呼ばれていたのですが、一九二八年に、武漢大学と改称され、一九五二年からその翌年にかけて、名実ともに総合大学となりました。十三学部、蔵書百三十万と充実しています。文学部のなかに図書館学科がありますが、これは中国でも北京《ペキン》大学とこの武漢大学の両校にしかない特色のあるものです。

漢口という地名は、漢水という河が長江にそそぐ入口にあるという意味です。漢口と漢陽のあいだを漢水が流れていて、そこに鉄橋がかかったのは一九五四年のことでした。そして、漢陽と武昌のあいだの、あのひろい長江に武漢大橋が完成したのが一九五七年だったのです。この二つの鉄橋によって、武漢三鎮は、はじめて一体となったといえるでしょう。

武昌という地名は、唐代に武昌軍節度使が置かれたことに由来します。唐代の武昌節度使のなかで最も有名なのは、「牛李《ぎゅうり》の党争」という派閥争いの領袖《りょうしゅう》であった牛僧孺《ぎゅうそうじゅ》でしょう。牛僧孺は宰相となったあと武昌節度使となり、また宰相に返り咲きました。節度使時代に彼が武昌に城を築いたのが、現在の武昌の基本的な骨組でもあるといわれています。

武昌で有名なのは黄鶴楼《こうかくろう》ですが、たびたびの兵乱でなんども焼失しました。焼失したあと再建されるたびに規模が小さくなり、いまは遺址《いし》だけになりましたが、再建の話はあるようです。場所は漢陽から長江の大橋を渡ったあたりでした。

むかし仙人が黄鶴に乗ってこの楼に遊んだという伝説があります。一説によりますと、この地に酒屋があり、いつも来て無料で酒を飲んでいた老人が、そのお礼に壁に鶴の絵をかいたところ、その鶴は客が手をたたくと舞いあがったそうです。評判になって、おかげでその酒屋は大繁昌《はんじょう》しました。十年たって酒屋のあるじは大金持になったのですが、例の老人が来てその鶴にまたがって、いずれかへ飛び去ったといわれています。あるじがそのあとに楼を建て、黄鶴楼と名づけたというのです。

おおぜいの文人が、この黄鶴楼に遊んで詩をつくっています。唐の崔顥《さいこう》（七〇四—七五四）の「黄鶴楼」と題した七言律詩は、

昔人、已《すで》に黄鶴に乗りて去り
此《こ》の地空しく余《あま》す黄鶴楼
黄鶴一たび去って復《ま》た返《かえ》らず
白雲千載《せんざい》、空しく悠々

晴川歴々たり漢陽の樹《じゅ》
芳草萋々《せいせい》たり鸚鵡洲《おうむしゅう》
日暮郷関、何《いず》れの処《ところ》か是《これ》なる
煙波江上、人をして愁えしむ

とありますが、これは日本で盛んに読まれた『唐詩選』にも収録されていて、日本の人たちにも親しまれています。

おなじ『唐詩選』に李白《りはく》の

——黄鶴楼にて孟浩然《もうこうねん》の広陵に之《ゆ》くを送る。

と題する七言絶句も収められ、これも日本の読者に愛誦《あいしょう》されてきました。

故人、西のかた黄鶴楼を辞し
煙花三月、揚州に下《くだ》る
孤帆遠影、碧空《へきくう》に尽き
惟《ただ》見る長江の天際に流るるを

前者に出ている鸚鵡洲というのは、武昌の西南にある中洲の名で、三国時代に、文人の禰衡《でいこう》が、ここで殺されたのです。彼には「鸚鵡の賦」という作品があるので、そう名づけられたといいます。

中国の臍として、南北抗争でたびたび兵乱に遭ったので、この地方には古蹟はあまり多くのこっていません。そのなかで、漢陽にある帰元寺は、五百羅漢でかなりよく知られているほうです。

現在の武漢は工業都市です。鉄鋼コンビナートがあり、そのほか機械、工作機械など重工業のほか、紡績などの軽工業も盛んです。中国の四つの近代化の有力な基地として、これからも活躍するはずです。

福建

福建省《ふっけん》は日本とたいそう縁の深い土地です。たとえば宇治黄檗山《おうばくさん》万福寺の本山は、福建の黄檗山でありました。宇治万福寺の隠元《いんげん》和尚をはじめ、歴代の住職、あるいは長崎の中国寺の僧侶たちは、福建出身もしくは福建とゆかりのある人が多かったのです。

徳川幕府は鎖国政策をとりましたが、島津藩に支配されていて琉球《りゅうきゅう》は、清国から冊封《さくほう》を受けて、朝貢という形式の通商を長年にわたってつづけていました。事実上は、島津藩の対中国貿易であったことはいうまでもありません。福州に「琉球館」が設けられましたが、これは通商代表部のようなものであったとおもわれます。

アヘン戦争の立役者であった林則徐《りんそくじょ》は福州の出身でした。彼は皇帝の命令を受け、アヘン取締りのため、欽差《きんさ》大臣として北京《ペキン》から広州へ赴任しました。私はアヘン戦争を小説にかいたとき、林則徐の日記をくわしく読みましたが、広州に着くと彼は故郷の家に安着をしらせましたが、そのくだりは「琉球信局に家書を託す」とあります。広州から福州へ手紙を出すのに、琉球館関係者に託送するのがいちばん都合がよかったようです。林則徐日記からもわかるように、琉球館の駐在員は福州だけではなく、当時の世界貿易の一つの中心であった広州へも派遣されていました。一八四〇年ごろのことです。

明治維新にさいして、島津藩が大きな役割をはたしたことはよく知られています。福州の琉球館を触角として、世界情勢についての情報を吸収していたことが、一つの理由であったかもしれません。

鎌倉《かまくら》時代に、日本から中国へ留学した禅僧が持ち帰った黒い茶碗《ちゃわん》は、「天目」という名称で珍重され、国宝に指定されている名品もあります。天目というのは浙江《せっこう》省にある山の名前です。その茶碗は天目山の禅院で用いられていたかもしれませんが、じつは福建北部の窯で焼かれたもので、中国では建盞《けんさん》と呼ばれています。もともと宝物としてつくられたのではなく、簡素な生活をたっとぶ禅院で雑器として日常に用いられていたものです。無装飾ながら、深い味わいのある天目茶碗は、福建北部の山地の風土に根ざしています。日本と福建とのつながりを語るとき、天目茶碗は忘れてはならない存在でしょう。

人間的なつながりについては、日本に渡来した福建出身の僧侶のことにすこしふれましたが、彼らは日本に在留する同郷の人に招かれるというケースが多かったのです。このことは、日本に福建出身の中国人が、古くからかなりおおぜい住みついていたことを物語ります。僧侶以外の人で、日本と福建のつながりを象徴するのは、いうまでもなく国姓爺《こくせんや》と呼ばれた鄭成功《ていせいこう》でしょう。彼は福建泉州《せんしゅう》南安県の人です。といっても、それは本籍のことで、彼の出生地は日本の平戸でした。しかも、母親は田川氏という日本の女性だったのです。彼の父親鄭芝龍《ていしりゅう》は、おそらく貿易のため、日本と福建や台湾とのあいだを往来していたのでしょう。鄭成功は幼年時代を日本ですごし、七歳のとき帰国しました。

帰国後、鄭成功は南京《ナンキン》の国子監に学びました。これは国立の最高学府で、将来が約束されたといってよいでしょう。けれども、明王朝は失政つづきで、国運が傾き、一六四四年、李自成《りじせい》軍が北京を陥《おと》し、明の崇禎《すうてい》帝が紫禁城の北の景山で自殺するという事件がおこりました。このとき、鄭成功は満二十歳になったばかりです。

東北の満洲《まんしゅう》軍と戦うため山海関に出征していた明の将軍呉三桂《ごさんけい》は、このことを知ると、満洲軍と連合して北京の李自成軍を攻めました。李自成軍は敗走しましたが、国都北京のあるじとなったのは、満洲族政権の清王朝だったのです。崇禎帝自殺のあと、明は南京に亡命政権をつくりましたが、これも南下する清軍に攻められて潰滅《かいめつ》してしまいます。このあと、皇族の一人が福建に逃れて皇帝と称しました。南京の学舎から故郷の福建に帰っていた鄭成功は、亡命皇帝のもとにはせ参じ、明王朝再建のために努力することになったのです。亡命中の心細い皇帝は、鄭成功を頼もしくおもい、明王朝の皇帝の姓である「朱」を名乗ってもよいという許可を与えました。

鄭成功を国姓爺と呼ぶのはそのためです。「爺」は年齢とあまり関係がありません。福建地方では中国の他の地方も同じですが、若旦那《だんな》のことを小爺というほどです。朱という姓を賜わったのですが、彼は遠慮したのか、やはり鄭成功と名乗りつづけました。たまに花押《かおう》などに用いているていどです。日本では近松門左衛門の戯曲『国性爺合戦』が、当時、大当たりをとったこともあって、鄭成功の知名度はきわめて高かったようです。もっともこの芝居はほとんどがフィクションで、作者もそれを意識したのでしょうか、姓の字をわざと性に変えています。

鄭一族は貿易を家業としていたのですが、十七世紀の貿易船は、いったん海上に出ると海賊船に襲われる危険があり、そのため武装し、船員にも軍事訓練をほどこしていました。ですから、貿易船団はすぐに強力な艦隊にもなったのです。鄭成功も海軍力を中心とする戦闘集団の首領となり明王朝再興のために北伐をおこないました。もちろん全中国を修復するのが最終の目的でしたが、その第一歩として、どうしても南京を奪回しなければなりません。けれども、鄭成功の南京攻撃は失敗に帰しました。いちどは海上で暴風に遭って出直し、二度目は南京城下まで迫りながら、清軍に撃退されたのです。

その後も鄭成功は福建南部の厦門《アモイ》、金門《きんもん》などに拠《よ》って、海軍力をもって清軍に抵抗をつづけました。不屈の意志をもつ人です。彼の父親の鄭芝龍は早くから清に降《くだ》り、息子にも降伏を勧告していました。ほかのことはともかく、このことだけは父親のことばといえども、鄭成功は意志をまげるつもりはなかったのです。

そのころ、オランダの東インド会社が台湾を支配し、台南にゼーランジャ城を築いていました。北伐失敗後、鄭成功は台湾作戦を計画し、これはみごとに成功したのです。オランダ軍は戦いに破れ、鄭成功に降伏して台湾から退去しました。鄭成功は、台湾を基地として、抗清運動をつづけるつもりだったのでしょうが、惜しいことに、三十七歳という若さで世を去ったのです。

厦門の付録のように鼓浪嶼《コロンス》という小さな島があります。厦門から船で十分ほどの近さです。この渡し船が、ふつうのフェリーのように車をのせないことに、首をかしげる人がいるでしょう。けれども、鼓浪嶼に着けば理由がわかるはずです。この小さな島はぜんたいが観光地になっています。

島内には自動車はおろか、自転車さえ走っていません。坂が多いので、車はあまり役に立ちませんし、小さな島なので、どこへ行くにも車を使うほど遠くはないのです。

風光明媚《ふうこうめいび》のこの鼓浪嶼は、かつて外国の租界であり、富豪の別荘地でした。一般の人たちはしめ出されていたのです。いまでは厦門の人たちの息抜きの地となっています。島の最高峰は、じつは鄭成功の水操場（海軍訓練の指揮所）だったのです。そのゆかりがあって、山麓《さんろく》に鄭成功記念館が建っています。鄭成功にかんするさまざまな文物が展出されて、そのなかには彼の出生の地である日本の平戸に立っている「児誕石碑」（平戸藩家老葉山高行撰《せん》）の拓本も含まれています。

鼓浪嶼は岩の島です。あちこちの岩にさまざまな文字が彫られています。「日月倶処」「与日争光」などと読めますが、頂上の岩を日光岩と呼ぶことにちなんだのでしょう。

鄭成功も鼓浪嶼の風光をこよなく愛したといわれています。

福建省の省会（省の行政府の所在地）は福州市です。宋《そう》代の福州太守張伯玉が、住民に榕樹《ようじゅ》を植えることを奨励したという話があり、榕樹の多いまちなので、別名を榕城といわれています。まちの南に閩江《びんこう》が流れているといいたいところですが、南岸の一部も福州市になっているのです。閩江は大きな河で、この河の名の「閩」が、福建そのものを指すようになりました。福建省の北部は閩北、南部は閩南と呼ばれるような例です。

福州のまちを歩いていると、ふと日本を思い出すようなムードをかんじます。それは木造の家屋がすくないからでしょう。中国の建物は、煉瓦《れんが》や石造、あるいは漆喰《しっくい》塗りのものが多いので、木造家屋の列をみると、なんだか戸惑ってしまいます。福州杉などといって、この地方は材木の質の良さと豊富なことで知られているのです。

土地の人の話によりますと、建築工事の能率と機能性に優れていることで、煉瓦造りが昔に比べてずっと増えたそうです。そういえば、工事中の建物は殆《ほとん》どが煉瓦造りでした。

福州に来て、なにはともあれ見ておかねばならない場所は鼓山《こざん》でしょう。山中に太鼓に似た巨石があるのでそう名づけられたということです。福州市の東郊にあり、中心部から車で三十分ほどで行けます。

鼓山には湧泉寺《ようせんじ》という名刹《めいさつ》があります。五代後梁《こうりょう》の開平二年（九〇八）に建立されましたが、二度も火災に罹《かか》り、現在の寺は明の嘉靖《かせい》二十一年（一五四二）に炎上したあと再建されたものです。天王殿、大雄殿、法堂の三つの建物がこの白雲峰湧泉禅院（これが正式の名称のようです）の主要部分になっています。清初につくられた蔵経殿には二万冊以上の経文が蔵され、なかでも七冊のビルマ貝葉《ばいよう》経は珍しいものです。

珍しいといえば、天王殿の前の一対の千仏陶塔でしょう。宋の元豊五年（一〇八二）につくられた八角九層、高さ七メートルのやきものの塔です。宋の陶塔はこの一対しかのこっていません。美術史だけではなく、建築史にとってもこれは貴重な資料だといわれています。千仏陶塔というのは、それぞれの塔上に仏像が千体あまりつくられているからです。ただし、この陶塔はもともとここにあったものではありません。福州市郊外の龍瑞寺にあったものを、ここへ移したのです。龍瑞寺では保護の点で不便なので、遺跡として万全の保護態勢の整っている湧泉寺に移したほうがよいと判断され、一九七二年に移転がおこなわれました。

移転といえば、おなじ一九七二年に、福州西禅寺から一本の古い鉄樹が移されました。鉄樹は鳳《ほう》尾蕉《びしょう》ともいい、雌雄の別があります。湧泉寺には雌雄一対の鉄樹があり、そのうちの一本は五代閩国（九〇九―九四五）時代に植えられたといいますから、樹齢はすでに千年をこえています。千年鉄樹といって寺の名物ともなり、至れり尽せりの保護が加えられていますので、西禅寺のものも便乗させてもらったのでしょう。それにしても、千年もたっているのに、まだ年々、花を咲かしているのですから、この植物の生命力の強さには驚くばかりです。

湧泉寺のハイライトは、なんといっても寺の東の霊源洞にある磨崖《まがい》石刻でしょう。有名な西安の碑林は、各地の石碑を一ケ所に集めたものですが、この寺の磨崖石刻は天然の岩に、各時代の風雅の士が詩文をかいて彫りつけたものです。最も古いのは宋の蔡襄《さいじょう》（一〇一二―一〇六七）のものといわれています。ほかに李綱、趙汝愚《ちょうじょぐ》、朱熹《しゅき》など宋代の文人の筆跡も残っていて、時間が経つのも忘れてしまうほどです。

福州は榕城のほかに、三山という別称もあります。城内に三つの岡《おか》――屏山《へいざん》、于山《うざん》、烏山《うざん》をもつからです。于山には美しい七層の定光塔がそびえています。寺名は万歳寺ですが、いまは于山図書館として使っています。寺の東に明代の名将で倭寇《わこう》を撃った戚継光《せきけいこう》をまつった戚公祠《せきこうし》があり、祠《ほこら》内の磨崖石刻は近代のものです。抗日戦争時代、日本の海賊を破った戚継光のことが思い出されたのはとうぜんでしょう。郁達夫《いくたつふ》「満江紅」（詞の題）が彫られているのも興味深いことです。

定光塔は通称「白塔」で、これにたいしてほど遠からぬところにある浄光塔（一名「保聖堅牢塔」）は、くろずんでいるので烏（黒）塔と呼ばれています。唐代の創建ですが、一九五七年に重修したものです。

福州の港湾は馬尾というところにあります。中国で近代的な造船所がはじめてつくられた場所です。清末、ここには船政学堂（日本の海軍兵学校に相当する）もつくられました。林則徐の妹の子であり、また林則徐の娘の夫でもあった沈葆楨《しんほてい》が、洋務運動に熱心で、故郷の福州をその中心地の一つにしたのだともいわれています。新しい近代化運動に、この土地も大きな貢献をすることでしょう。

港湾といえば、福建に古い国際貿易港があったことを忘れてはなりません。それは泉州《せんしゅう》というまちです。泉州という地名から日本の堺《さかい》を連想される人がいるかもしれません。むかし貿易港として栄えたことにかけては、両者に共通点があります。けれども福建の泉州は、日本の堺よりずっと古い貿易港でした。帆船時代の港湾は、かなりの河に面しておればよいわけで、かならずしも海に面する必要はなかったのです。

東西交易が盛んであった唐代、泉州はすでに海外にひらかれた港でした。唐の開元年間（七一三—七四一）、各地に開元寺が建立され、泉州にはいまもその名をもつ寺がのこっています。泉州市に近づくと、優雅な二つの塔が見えてくるはずです。それが泉州開元寺の東塔と西塔にほかなりません。この石塔は、それぞれ四十数メートルの高さがあり、最上層まで登って、閩南の景観をたのしむことができます。

現在の泉州開元寺は、なんども重修されたものですが、壁に割り込むようにしてのびている桑の木だけは、創建のときのものだと伝えられています。ずいぶん古い木です。どうやら福建は名木の土地といえそうです。奥の経堂では、国画（日本でいう日本画に相当するもの）の展覧会などがひらかれます。泉州一帯は東南アジア各地などへ、おおぜいの華僑《かきょう》を送り出した地方です。里帰りをした華僑たちが、記念に郷里の画家の作品を買うといったシーンがよくみられます。二階にはさまざまな文物が展示されていますが、それほど古いものはありません。それでも、私にすれば、林則徐の書いた聯《れん》や、彼とともにアヘン戦争の難局にあたった両広総督鄧廷楨《とうていてい》の書などがあって、興味深いものがありました。

寺に隣接して新しい博物館ができています。なんとそれは、泉州の近くから出土した宋代の貿易船を、そっくりそのまま展示してあるのです。暴風に遭ったのか、事故によったのか、船は沈没して見棄《みす》てられ、泥土に埋まって、二十世紀になって、やっと日の目をみたのでした。積荷に胡椒《こしょう》や龍涎香《りゅうぜんこう》などがあるところをみますと、海外から泉州へ入ってきて沈んだと推定されます。出る前に沈んだのであれば、絹や陶磁器がみつかるはずですから。

国際貿易港ですから、外国人がおおぜい住んでいたのはいうまでもありません。南宋末から元初にかけて、泉州の長官をしていた蒲寿庚《ほじゅこう》という人物がアラビア人であったらしいことは、学界ではすでに定説になっています。この人物については、桑原隲蔵《くわばらじつぞう》博士にくわしい論文があります。

マルコ・ポーロの『東方見聞録』に、ザイトンという大貿易港の話が出ていますが、それが泉州であったことも桑原博士が論定しました。その繁栄ぶりに興味のある人には、『東方見聞録』をお読みになるようおすすめします。

明代にこの地方から李卓吾《りたくご》という、当時の常識からみれば異端の思想家があらわれました。儒教のモラルを徹底的に批判するような思想体系をその著書にくりひろげたのです。そのような著書は為政者に焼かれるだろうと予想して、題名を『焚書《ふんしょ》』としたほどの変わり者です。最後には獄死するのですが、中国の思想史を語るとき、忘れてはならない人物とされています。この李卓吾は回教徒の家に生まれました。彼が外国人（アラビア人かペルシャ人）の子孫であるか、漢族の回教徒の家に生まれたのであるか、諸説紛々としているようです。けれども、泉州という開放的な国際港の風土が、彼のような特異な思想家を生んだのはたしかでしょう。

鄭成功の出身地である南安県石井（ここにも鄭成功記念館があります）は、泉州府に属していました。泉州開元寺大雄宝殿のなかの大きな鉄香炉は、その鋳銘によって、鄭成功の父鄭芝龍が寄進したことがわかっています。なお泉州開元寺には、詩人でもあり音楽家でもあり篆刻《てんこく》家でもあった李《り》叔同《しゅくどう》（一八八〇―一九四二）の金石作品が収蔵されています。李叔同は日本に留学し、上野の美術学校と音楽学校に学び、三十九歳のとき出家して弘一《こういつ》法師と呼ばれました。彼が福州鼓山湧泉寺の古版仏典を翻印して、日本の禅寺に贈ったことは、日中友好の佳話《かわ》として記憶されてよいでしょう。一九二八年のことでした。彼自身は天津生まれの浙江籍の人ですが、人生の後半を福建南部の諸寺院ですごし、泉州の温陵で逝去しました。

泉州が国際港としての地位を失ったのは、河川の水深が土砂《どしゃ》によって浅くなったからだといわれています。また貿易船が大型になったことも、その一因と考えてよいでしょう。泉州の地位にとってかわったのが厦門《アモイ》でした。厦門は別名を鷺江《ろこう》ともいい、もともと一つの島でしたが、解放後、大規模な埋立てによって、大陸とつながり、鉄道も通じ、車でも自由に往来できるようになったのです。厦門から大陸側に渡ったところが集美《しゅうび》で、ここは有名な華僑陳嘉庚《ちんかこう》を生んだ土地です。陳嘉庚はシンガポールを本拠として、一代で巨富を築きましたが、愛国者であった彼はそれをほとんど祖国に捧《ささ》げました。宏壮《こうそう》な集美中学、さらに厦門大学もいまは国立となっていますが、もとは陳嘉庚が創設したものです。現在、集美の陳嘉庚墓のそばには、毛沢東の筆による巨大な「集美解放記念碑」がそびえています。

清代後半、清朝政府は対外貿易を広州一港に限定し、広東《カントン》十三行といわれる特許商人を指定しました。けれども十三行の大半は、厦門出身の貿易業者であったことがわかっています。国際貿易におけるかつての厦門の占めた地位が、どれほど重要なものであったか、これによっても想像できるでしょう。

福建に森林資源が豊富なことは前述しました。また閩江をはじめ、河川が多く、それによって材木を運ぶ便もよかったです。特産品としては福州の漆器、とくに脱胎漆器はよく知られています。また寿山などの石は、印材としてすぐれていて、田黄石や鶏血石《けいけつせき》などは、極上品になると黄金よりも高い値段がつくものです。清代では歴代の巡撫《じゅんぶ》（省長）が石材の専売権のようなものをもっていて、利益は大官のポケットにはいる仕組みになっていたようです。

けれども、大衆に最も親しまれた福建の名産といえば、なんといってもお茶でしょう。福建は中国でも有数の茶どころとして知られています。とくにこの地のウーロン茶は、世界的にその名が轟《とどろ》いているようです。福建は、もちろん緑茶も大量に産しますが、茶葉を半ば発酵させたウーロン茶は、この地方独特のもので、他の追随を許しません。茶葉を完全に発酵させると紅茶になってしまいます。どのあたりで発酵をとめるか、それがウーロン茶製造の秘訣《ひけつ》でしょう。

ウーロン茶のふるさとは、大別して安渓《あんけい》と武夷《ぶい》になるでしょう。安渓のウーロン茶は鉄観音、武夷のそれは水仙の名で親しまれています。鉄観音と武夷水仙とは、どうちがうのでしょうか？　専門家に訊《き》いてみましたが、風味のことはことばでは微妙な点まで表現できないので、とにかく飲んでみることだといわれました。けれども、だいたいの特徴として、鉄観音はかおりが高く、武夷水仙はかおりが長つづきするといわれています。

崇安《すうあん》県の茶場（中国茶業研究所は、杭州《こうしゅう》に移されましたが、一九三八年創設されたときはここにありました）の責任者は、面白いたとえで説明してくださいました。中国では誰でも知っている芝居に「西廂記《さいそう》」というのがあります。そこに登場する女主人公たちにたとえたのです。

「鉄観音は紅娘《ホンニャン》で、武夷水仙は鶯々《インイン》です」

紅娘という女性は舞台に出る回数も多く、そのうごきやせりふもきわめてはでです。それにくらべると深窓育ちの鶯々は、あまり登場しないし、万事にひかえめであります。けれども観客の心のなかに、なんとなく長くとどまるキャラクターです。

そういわれるとそんな気もします。お茶を口に含んで、ゆっくりと飲んでみましょう。鉄観音はかおり高く、たしかにおいしいお茶です。武夷水仙は一時的なかおりにかけては、鉄観音より劣るでしょう。けれども飲んだあとも、歯牙《しが》のあいだにまだ茶のかおりがしばらく残っているのです。

——武夷留香

ということばがあるそうです。はでさはないけれども、そのかおりはひそやかにとどまっているのです。

お茶のことはこれくらいにしておきましょう。武夷水仙のふるさとである武夷山の名勝を紹介したいとおもいます。

武夷山脈は福建と江西の省境に沿うように走っています。福州から車で行くには古田《こでん》を経由して建甌《けんおう》から崇安へ出ればよいのですが、一日で行くのはすこし無理でしょう。建甌あたりで一泊しなければなりません。鉄道なら南平《なんぺい》市まで行き、そこから一日工程の車の旅で崇安に着くことができます。武夷山は県でいえば崇安県に属すのです。山脈の最高峰は二千メートルをこえるのですが、そんなところまで行く必要はありません。景観奇絶として知られているところは、せいぜい五百メートルほどの山地です。

山中には滝からの水しぶきが、たとえば簾《すだれ》のようにかかっている水簾洞《すいれんどう》、あるいは鷹《たか》の嘴《くちばし》に似た鷹嘴岩《ようしがん》、流香澗《りゅうこうかん》、清涼峡、玉柱峰などさまざまな名がつけられた場所があります。ここでも磨崖石刻は盛んで、「漱石枕流《そうせきちんりゅう》」といったなつかしい句もあって愉快です。

大きな岩壁の半ばに、石垣をつくって三本の茶の樹《き》が植えられています。これが大紅袍《だいこうほう》です。ウーロン茶は岩地のものほど良質で、武夷岩茶などといわれるほどです。この三本は最も良質で、清代は皇帝への献上茶として、一般の人は近づけなかったといわれています。

堂々たる岩の山塊には大王峰と名づけられ、どことなくやさしさがかんじられるところは玉女峰と名づけられています。天柱峰だとか虎嘯岩《こしょうがん》だとか仙釣台など、名前をきくだけでたのしくなるほどです。

山歩きのあとは筏《いかだ》に乗って川くだりをたのしむべきでしょう。九曲渓といって、その名称のとおり、九ケ所の彎曲《わんきょく》部分をもつ河で、宋の朱熹《しゅき》が「九曲歌」を作っています。九曲と呼ばれる獅子《しし》林《りん》の近くから筏に乗るのです。ゆるやかな流れですが、曲がるところは急流となり、筏師が腕のみせどころとばかり、たくみに棹《さお》をあやつります。六曲から五曲にいたる北岸は、この渓谷のハイライトといってよいでしょう。そこに観光客の休憩所も設けられています。茶業研究所の建物も、ときに遊覧客が休憩の場所として利用するようです。仙掌峰の下にある「壁立万仞」は明代の石刻です。けれどもなんといっても、最もすばらしいのは、仙掌峰の東の天游岩《てんゆうがん》でしょう。

六曲の峰は奇にして碧水《へきすい》は彎《まが》り
天游、仙掌は雲関に挿《さ》す
渓声、嵐影《らんえい》、舟行遍《あまね》く
翠は繞《めぐ》る武夷第一山

とうたわれたように、ここここそ武夷第一の景勝の地といってよいでしょう。

考古学的にも武夷一帯には研究されるべきテーマが多いそうです。たとえば九曲くだりをしても、絶壁にどうしてかけたのか木材のかたまりを見ることがあります。これは三、四千年前の岩棺葬制の遺物だといわれているようです。

感心したり、驚いたりしているうちに、三曲から二曲へ、そして、九曲渓川くだりの終点の九曲大橋の手前に着きます。そこから見える玉女峰のすがたは、水面に影をうつして、ひときわあでやかです。そのあたりには、忘憂草という可憐《かれん》な花が咲いていました。

人によっては、桂林《けいりん》の山水にくらべて、あでやかさにかけては武夷の山水のほうが上であると評価しているそうです。

桂林・南寧

――桂林《けいりん》の山水は天下に甲《こう》たり。

桂林の風光を語るとき、かならずこのことばが前置きのようにされます。甲というのは、十干(甲、乙、丙、丁……)の最初の字なので、第一という意味になるのです。

どこにもお国自慢というのがあって、天下一争いをするものですが、山水の美しさにかけては、桂林と争おうとするライバルはあまり見あたりません。

この地方は三億年ほど前は海底にあったそうです。気が遠くなるほどの長い歳月のあいだ、海水の浸蝕《しんしょく》によってつくられた石灰岩の奇峰が、あちこちにそびえているさまは、まさに奇観としかいいようがありません。

広西《カンシー》チワン族自治区の主要都市の一つが桂林市で、政治的にも経済的にも大切な場所ですが、人びとはその地名をきくと、なによりもまず「すばらしい山水」を頭にうかべます。

安徽《あんき》省の黄山《こうざん》、江西省の廬山《ろざん》とともに、桂林は歴代の画人が一度は訪れて、その景観を描きたいとあこがれた土地でした。そんな意味で、桂林のことを、

――山水のふるさと

と呼ぶ人もいるようです。

季節によっては、桂林のあたりを歩くと、モクセイの花のかおりが漂ってきます。日本では「桂」といえば、あの大きなカツラの木のことですが、おなじ字が中国ではモクセイを意味します。このあたりに、同文の小さなおとし穴があるようです。

桂林という地名は、モクセイの林が多かったことから名づけられたのでしょう。

地図で見ると、桂林はだいぶ奥まったところにあるようにみえますが、中国南方の地理は、「南船北馬」といわれるように、水路を考慮に入れなければなりません。桂林のそばを流れる灕江《りこう》は、桂江となり、梧州《ごしゅう》のあたりで潯江《じんこう》をあわせ、珠江《しゅこう》となって広州に達するのです。広州とは水路でじかに結ばれていることになります。そればかりではありません。北のほうに霊渠《れいきょ》という水路によって、湘江《しょうこう》とつながり、これは長江の水路に結びつくのです。

桂林は南北ともに、水路によって文明の中心地につながっていたのです。私たちが想像するよりも、この地方はずっと早くひらけていたとおもわれます。

さすがに古くから、名勝地として知られていました、畳彩山《じょうさいざん》のなかは、岩石にさまざまな字を彫っていますが、「四望山」の三字を彫ったのが最も古く、唐代のものだということです。

唐代、桂林には仏教が栄え、その遺跡があちこちに残っていますが、この地の仏教は、長安あたりとは伝来の経路が異なるようです。仏教といえば、西域の人がシルクロード経由で伝えたと、反射的に考えてしまうようです。たしかに長安の仏教は、おもにそのルートで伝わったでしょう。けれども桂林はそうではなかったように思われます。

五世紀初頭の中国人求法僧《ぐほうそう》の法顕《ほっけん》は、西域から天竺《てんじく》（インド）へ行き、そこから海路で中国に帰りました。彼の大旅行のルートによってわかりますが、中国と西方とは、シルクロード以外にも、いわば南海の海上ルートでつながっていたのです。

桂林には、とうぜん北から中原の文明が伝えられ、また自分たち固有の地方文明があり、さらには南そして西からも、異域の文明が伝わりました。

冒頭に述べましたように、桂林の山水は天下第一で、それについては、多くの文人が詩文をつくってたたえていますし、多くの画人が、すばらしい山水画を描いています。ここで、くどくど説明するよりは、百聞は一見に如《し》かず、と申し上げておきましょう。そして、おもに歴史をふりかえってみることにします。

漢のころ、ここは零渓郡に属していました。後漢末の天下大乱のとき、劉備《りゅうび》と孫権《そんけん》とがシノギを削った土地で、諸葛孔明《しょかつこうめい》がこの地方の行政にあたった時期もあったそうです。しかし、三国になって、呉の孫権の支配下となり、そのころは始安郡と呼ばれました。唐代には桂州と呼ばれ、宋《そう》代の静江府、元は静江路、そして明《みん》になってから、桂林という名がポピュラーになったようです。

桂林の歴史で、日本人が最も親近感をおぼえるのは、日本へ律《りつ》を伝えに渡航した、あの鑑真《がんじん》和上が、この地に一年ほどとどまっていたことでしょう。

揚州の大明寺にいた鑑真さんが、日本から唐へ留学にきていた栄叡《ようえい》や普照《ふしょう》たちに請われて、伝戒の師として日本へ渡航することを決意したのは、唐の天宝元年（七四二）のことでした。翌年、第一次の渡航を計画しましたが、これは失敗してしまいます。

鑑真和上の日本渡航計画は、五たび失敗をかさね、六回目にやっと成功したのです。第一次渡航からかぞえて十一年、彼が奈良のみやこの土を踏んだのは、すでに六十六歳のときでした。

この感動的な物語は、古くから日本の仏教界に語り継がれ、また近くは、井上靖《いのうえやすし》氏の小説『天《てん》平《ぴょう》の甍《いらか》』で、現代日本の読書人にもよく知られています。

ところで、長江の下流に近い揚州にいた鑑真さんが、日本へ行くのに、どうしてこんな桂林まで来てしまったのでしょうか？　もちろん、桂林に来るために来たのではありません。

鑑真さんの第五次渡航失敗は、それまでの四回の失敗にくらべて、最も悲惨なものだったのです。暴風に遭い、十四日ものあいだ海上を漂流しました。鑑真さんの伝記である『唐大和上東征伝』には、

——舟上に水なく、米を嚼《か》めば喉《のど》乾き、咽《の》むに入らず、吐《は》くも出でず、鹹水《かんすい》を飲めば、腹即《すなわ》ち脹《ふく》れ、一生の辛苦、何ぞこれより劇《はげ》しからんや。……

と、しるしているほどです。

大漂流の末、鑑真さん一行は海南島に漂着し、その地方の有力者の馮氏の世話になりました。五回目の失敗にもかかわらず、鑑真さんは再起を期して、まだ日本へ渡航する意思を堅持しています。そのためには、いちど揚州に戻らねばなりませんが、広東《カントン》南部から長江流域へ行くには、二つのコースがありました。

珠江を北にさかのぼり、江西省にはいり、南昌《なんしょう》、鄱陽湖《はようこ》を経て長江にはいるコースがその一つです。もう一つのコースは、珠江を西にさかのぼり、桂林に出て、湘江から長沙《ちょうさ》を経て長江にはいるものです。

鑑真さんははじめ後者のコースをえらんだので、桂林までやって来たのです。おそらく、海南島で世話になった馮一族の馮古璞《ふうこぼく》という者が、始安の都督として桂林にいたから、都合がよいと思ったのでしょう。

桂林で鑑真さんは大歓迎を受けました。なにしろ地方長官である都督が、徒歩で城外まで迎えに出たばかりか、

――五体を地に投げ、接足して礼し、引きて開元寺に入らしむ。

と、記述されています。地上にはいつくばり、鑑真さんの足に接吻《せっぷん》するという、最大級の待遇だったのです。

――大和上、留住すること一年なり。

と、『唐大和上東征伝』にありますが、そのあいだ、鑑真さんは桂林で、精力的に宗教活動をおこなったようです。ちょうど科挙（官吏試験）の受験生が、郡内の各州から集まっていましたが、それらの人たちは都督にしたがって、鑑真和上から戒律を受けました。

ところが、鑑真さんは予定どおり、湘江から長沙を経て長江へ出るコースはとることができませんでした。なぜなら、そのとき広州にいた大実力者の盧奐《ろかん》という人が、鑑真和上が桂林にいることを知って、迎えることにしたからです。

桂林から船で灘江をくだり、桂江にはいり、そして珠江の水に乗って、広州へ行ったのです。広州へ行くまでに、端渓《たんけい》の硯《すずり》で有名な端州というところがありますが、そこの龍興寺で、日本僧の栄叡がついに死んでしまいました。

鑑真さんに日本行きを懇願したのは、この栄叡でした。この日本僧の熱意にほだされて、鑑真さんは日本行きを決意したのです。その人を亡くして、鑑真さんはたいそう悲しかったにちがいありません。

——大和上、愛慟《あいどう》して悲しむこと切に、喪《も》を送りて去る。

とあります。一説によると、鑑真さんはこのとき、悲しさのあまり、泣きすぎて目を悪くしたのだということです。

広州に去った鑑真さんは、再び桂林へ戻ることはありませんでした。広州からは江西経由のコースをとって揚州へ帰ったのです。しかも、その帰途、広東と江西の境界あたりの韶州《しょうしゅう》で、とうとう失明しました。

鑑真さんの偉大さは、失明したのちも、日本渡航の素志を変えなかったことです。年齢も六十代の半ばですから、たいていの人なら、ここでがっくりするでしょう。

——これ、法の為《ため》の事なり。何ぞ身命を惜しまん。

という鑑真さんの不退転の意志力に、私たちは、ただただ驚歎《きょうたん》するだけです。

桂林に遊ぶ人は、かならずといってよいほど、灘江くだりをたのしむでしょう。たいてい、桂林郊外から船に乗って、陽朔《ようさく》県城まで行くのです。

桂林の山水は天下第一だと、まえに述べましたが、その桂林のなかでも、陽朔の風光が第一等だといわれています。灘江くだりの二、三時間のあいだ、私たちはただ「あれよ、あれよ……」と、その絶景に見とれるばかりです。案内の人が、あちこちの奇山、奇岩の名前を教えてくれるのですが、あまりにも多すぎて、いちいちおぼえられません。

灘江名物は鵜飼《うかい》です。日本の長良川《ながらがわ》の鵜飼とは、すこしやり方がちがうのですが、そののびやかなようすはおなじです。

私は灘江くだりの船のなかで、両岸の景色に見とれながら、ふと、

(鑑真さんも、ここでおなじ絶景をたのしんだことであろう。……)

と思いました。

しかし、ひょっとすると、鑑真さんは山水どころではなかったかもしれません。盧奐という南海の大都督に、無理やり呼ばれての広州行きです。一年も在留した桂林地方の素朴な親しみ深い人たちとの別れ——二度と会えない別れのあとです。そのうえ、端州で死んだ日本僧栄叡は、桂林出発のときから、かなり重い病気であったにちがいありません。親しい人たちとの別れや、十余年、苦労をともにした栄叡の病気のことで、さすがの桂林の山水も、鑑真さんの心をたのしませなかったかもしれないのです。

桂林の馮古璞という都督が、鑑真さんを迎えて、開元寺へ案内したことは、さきほど引用文のと

ころで述べました。

開元寺は万寿寺ともいいます。隋《ずい》代の創建で、唐代に興善寺、宋代に寧寿寺と呼ばれたこともあるようです。桂林城の南門にあたる文昌門外に、それは建てられていました。唐代の舎利塔遺跡もそこにあります。桂林の仏寺としては、最古であり、また名門と称してよいでしょう。鑑真さんはそこに住み、宗教活動の拠点としたと思われます。

その開元寺からすこし東へ行ったところに、象鼻山《しょうびさん》という小高い岩山があります。象が鼻を水のなかにさしいれているような形から、その名がつけられたのです。鼻とからだのあいだが空洞になっているのはいうまでもありません。

象鼻山の頂上（といっても、麓《ふもと》から歩いて十分ほどしかかからない）には、明代に創建された宝塔があります。その宝塔には、普賢菩薩《ふげんぼさつ》の線刻が施されています（むかしから、普賢菩薩は象の背に乗っているものとされているので、「象鼻山」の頂上の塔にふさわしいとされたのでしょう）。

この象鼻山からは、桂林の市街がよく見えます。桂林を訪問される人は、この山上から俯瞰《ふかん》を、ぜひスケジュールのなかにいれてください。

山に囲まれたり、山を背にしているまちはすくなくありません。しかし、桂林市の特色は、まちのなかに山があちこちにあることです。ひときわ目立つのは、独秀峰《どくしゅうほう》でしょう。いまこの山は、広西師範学校の構内になっています。独秀峰の東には洑波山《ふくはざん》があり、その背後の山塊が畳彩山《じょうさいざん》で、古い石刻が多いことは前に述べました。

畳彩山のなかに、「風洞」というのがあります。奇峰、奇岩の多い桂林には、とうぜん洞窟《どうくつ》も多いのです。かなり巨大な鍾乳洞もあります。鍾乳洞としては、むかしから七星岩と蘆笛洞《ろてきどう》が知られています。とくに後者は、設備もよく整って、桂林観光には忘れてはならないところです。ただし、畳彩山の風洞は鍾乳洞ではありません。岩山のなかの洞窟ですが、通り抜けられるようになっています。人間ばかりでなく、風も通り抜けて行くので、夏でも涼しいところです。

風洞のなかには、歴代の文人の詩文が、あちこちに彫りこまれています。ちょうど風の通りみちのところに、風にそよぐ竹の葉が彫られてあって、なるほどと思わされました。

象鼻山と江をへだてて、新しいりっぱなホテル「灕江飯店」が建っています。そのホテルの裏が、巡撫街《じゅんぶがい》と呼ばれたところで、むかし巡撫公署がありました。巡撫とは省の長官のことです。現在、広西チワン族自治区の行政府の所在地は南寧《なんねい》市ですが、むかしはこの桂林市でした。

象鼻山からむかいの灕江飯店を眺めると、私たちはたちまち近代史にひき戻されてしまいます。鑑真さんのことは千二百年ほど前のことですが、この象鼻山頂に大砲を据えて、巡撫公署を砲撃しようとした太平天国戦争は、いまから百三十年ほど前のことにすぎません。

桂林は守り易い土地でした。灕江およびその水系が、濠《ほり》のようになって、まちぜんたいを守っているのです。洪秀全《こうしゅうぜん》の率いる太平天国軍は、桂林城を攻めあぐねました。西のほうの開元寺のむこうに、牯牛山《こぎゅうさん》という小高い丘がありますが、その山頂にも大砲を据えたそうです。

当時の大砲は、たいした威力はなかったらしく、それに砲弾の量も限度がありました。砲撃だけでは桂林は陥《お》ちません。地下に坑道を掘って攻めようとしたのですが、穴を掘っても、すぐに水浸しになるので、それも成功しませんでした。太平天国軍には、鉱山の労働者もいたので、本来なら、坑道を掘るのはお手のものだったのです。太平天国軍の強さは、こんなところにもあったと思われます。

包囲しているうちに、兵糧が問題になりましたし、士気にも影響が出てきます。太平天国軍の大目的は、天下を取って世直しをすることで、それからみれば、一城一市にこだわることはありません。やがて太平天国軍は、桂林城の囲みを解き、全軍、先を急ぐことになりました。

太平天国軍と清《しん》軍とのあいだに、地上の遭遇戦がなかったわけではありません。象鼻山を占領するにしても、清軍がそれをたやすくゆるすものではないのです。やはり激戦がくりひろげられました。

太平天国戦争の桂林における主戦場は、「将軍橋」と呼ばれるところでした。現在、そこは南渓公園になっています。石造の屋根つきのりっぱな将軍橋がありますが、それは解放後につくられたものです。しかし、橋の場所は百三十年前とまったくおなじであるとききました。

十世紀の五代の梁《りよう》国の将軍彭彦輝《ほうげんき》が、ここに駐軍したことがあるので、将軍橋という名がつけられたそうです。十一世紀半ば、北宋の将軍狄青《てきせい》も、南寧に拠《よ》った反乱軍を撃つために、この地に陣を張りました。場所は桂林南大門の約一・五キロ南ですが、どうしたわけか戦争と縁の深いところです。

一八五二年四月十九日、清軍の副都統の烏蘭泰《ウランタイ》は、象鼻山の太平天国軍を攻めようとして、将軍橋のあたりで戦闘がおこなわれたのです。この戦いで、烏蘭泰は砲撃を浴びて負傷し、陽朔に後退しましたが、約二十日後に死にました。

将軍橋のある南渓公園も、観光客がよく訪れるところです。そこには白龍井《びゃくりゅうせい》という、岩清水の湧《わ》く大きな井戸があり、水質の優秀なことで知られています。いまでも、天秤棒《てんびん》に桶《おけ》をかついで、水を汲《く》みに来る人があとをたちません。

南渓公園の岩山にも、多くの洞窟があります。いちばん大きいのは白龍洞で、そこにもおびただしい石刻が見られます。清代のものもありますが、いちばん多いのは明代のようです。なかには、唐の太和年間（八二七―八三五）の李渤《りぼつ》の詩碑もあります。ほかにも馬皇洞、玄巌洞、龍背洞などがありますが、これらの洞窟には、かつて太平天国軍が駐屯していたそうです。

南渓公園のいちばん高いところに登りますと、眼下にみごとな建物群がならんでいるのが見えます。近代的ですが、おちついたたたずまいの建物です。これが有名な南渓山医院であります。

この病院がなぜ有名かといえば、ベトナム戦争のときに、負傷したベトナム将兵の治療のためにつくられたからです。ベッド数は八百ほどですが、当時は患者はみなベトナム人でした。彼らを看護したのは、中国人の医師や看護婦で、輸血にはもちろん中国人の血が用いられたのです。当時としては、中国でも最高の病院でした。

現在のベトナムの指導者のなかで、この病院で療養し、中国人の輸血で命を救われた人もすくなくないでしょう。南渓山医院は、まるで歴史の生きた証人のように、桂林の山あいにならんでいます。

南渓公園からあまり遠くないところに、

――甑皮岩《そうひがん》陳列館

というのがあります。そこは新石器時代初期の遺跡のあるところで、その遺物を陳列した建物なのです。いまから八千年から一万年ほど前の遺跡で、ぜんたいの四分の一ほどしか発掘されていませんが、比較的完全な遺体は十三体ほど出たそうです。陳列館に展示されているのは、おもにこの「甑皮岩洞穴遺跡」から出土したものの複製品です。

桂林はこれくらいにしておきましょう。

広西チワン族自治区の現在の政治の中心が、南寧市であることは述べました。

南寧市は漢代の鬱林《うつりん》郡、唐代の邕州《ようしゅう》で、南寧という地名は元代あたりから用いられたようです。ここは交通の要衝で、とくにベトナムへの鉄道が通っているところです。街路樹にマンゴーが多く、いかにも南国のまちというかんじがします。

南寧市は桂林ほどには、歴史のエピソードに富んでいません。けれども、このまちには、見るべきものが二つあります。

第一は、一九七八年十二月にひらかれた、「広西チワン族自治区博物館」です。じつに広大なもので、ゆっくり見学しようとすれば、一日がかりになりかねません。展示品は、考古学的なものから美術工芸関係、さらには革命記念的なものまで含まれています。とくに銅鼓の収集にかけては、この博物館はおそらく世界一でしょう。直径一メートル以上の大銅鼓がずらりとならんだ壮観さは、まったくみごとというほかありません。

美術については、石濤《せきとう》が広西出身ということで、その「水墨芭蕉」「行書詩冊頁」「行書論画小巻」などが目につきます。回族の画人、清の馬秉良《ばへいりょう》の朱竹軸は、八十五歳の作品ながら、迫力じゅうぶんです。

第二は「薬用植物園」です。

名前は植物園ですが、じつは動物も含まれています。黒葉猴、梅花鹿、烏鶏《ウチ》などがいました。烏鶏は外見からみれば白いニワトリですが、じつは骨以外はぜんぶ黒いという奇妙なもので、やはり薬用にするそうです。

われわれしろうとにはわかりませんが、この植物園には、世界でもまれな種類のものが、かなり多いということでした。たとえば、その根が解毒、止血、高血圧に効くといわれる「馬兜鈴《ばとうれい》」は広西にしかないそうです。この方面に関心のある人だけではなく、一般の人にも見逃せない場所でしょう。

広西は古い歴史をもっていますが、中国の歴史の表舞台に立つことは、その地理的な条件からみて、ほとんどなかったといえるでしょう。十九世紀後半になって、突如として、広西のある地点から、中国を揺るがす歴史的な大運動がはじまりました。

それは太平天国でした。

太平天国を指導して、のちに天王となった洪秀全《こうしゅうぜん》は広東省花《か》県の出身ですが、布教活動と革命運動をはじめたのは、広西の桂平《けいへい》県にある金田村《きんでんそん》を中心とする地方でした。洪秀全を補佐した五人の最高幹部（のちに五王と称されました）のうち、南王の馮雲山《ふううんざん》以外の四人――東王の楊秀清《ようしゅうせい》、西王の蕭朝貴《しょうちょうき》、北王の韋昌輝《いしょうき》、翼王の石達開《せきたつかい》は、すべて広西の人だったのです。

南寧市から桂平県城まで、自動車で約五時間かかります。快適なアスファルト道路ですから、それほど疲れません。桂平県城から金田村まで、車で約三十分です。潯江《じんこう》に合流する鬱江《うっこう》をフェリーで渡って、甘蔗《かんしょ》畑の多い農村を走ります。桂平県城から金田村までのアスファルト道路は、一九七八年に完成したそうです。

洪秀全の指導する太平天国が、金田村で挙兵したのは、道光三十年十二月十日といわれています。太陽暦では一八五一年一月十日にあたるわけです。異説もありますが、数日の差にすぎません。いずれにしても十九世紀の後半が、いよいよこれから始まろうとする時期でした。

挙兵の前に、彼らが革命運動の拠点にした紫荊山《しけいざん》には、現在、大きなダムがつくられています。水力発電所もあり、「金田水電站」と呼ばれ、一九七一年から発電を開始したそうです。

清朝にとって、太平天国軍は反乱軍であったので、それを記念するようなものは、根こそぎ破壊されました。洪秀全など幹部の生まれた家、その祖先の墓にいたるまでこわし尽したのです。

いくら清朝が破壊に努力しても、金田村の土地まで消滅させることはできません。挙兵前、太平天国の人たちが軍事訓練をおこなった、いわゆる「営盤」の場所は、もちろん残っています。そこは挙兵の儀式をおこなった土地と伝えられ、場所そのものが、「全国重点文物保護単位」に指定され、高さ約三メートルの「金田起義地址」の碑が立てられています。周建人氏の筆になるものです。近くの犀牛潭《さいぎゅうたん》という池は、当時よりすこし狭くなっているそうですが、そこの岩洞は太平天国軍の秘密の武器貯蔵庫だったと伝えられています。

太平天国軍は一八五三年に南京《ナンキン》を占領し、ここを「天京」と改名し、一八六四年、陥落するまで十余年にわたって、清朝と天下を二分するほどの勢いをみせました。内訌《ないこう》などがあり、革命はついに成功しませんでしたが、中国人民が封建勢力にたいして、不屈の抵抗精神をもつことを、事実によって証明しました。

広西の金田村は、そのかがやかしい革命の発光源として、いつまでも記憶されるでしょう。

広州

広州《こうしゅう》はむかしから、海にむかってひらかれた中国の南の窓でした。

この地には五人の仙人が羊にのってやって来たという伝説があり、そのため五羊城《ごようじょう》という別称があります。

これも伝説ですが、春秋末期、呉と越とが長いあいだ戦い、越王勾践《こうせん》がついに呉をほろぼしたとき、呉の王族が逃れて、いまの広州に「南武城」を築いたともいわれています。ところが、戦国時代になって、越も楚《そ》のためにほろぼされ、越王の子孫がこの地に亡命して、かつて呉王の子孫の築いた南武城を修復して住んだという説もあり、これはなにやら因縁話めきます。

秦《しん》の始皇帝は天下を統一し、この地を南海郡としました。秦末に南海郡尉となった趙佗《ちょうた》は、秦の滅亡によって自立し、南越国をたて、みずから武王と称し、首都を番禺《ばんぐう》にさだめたのです。これは現在の広州市にほかなりません。

やがて、漢が天下のあるじとなりましたが、建国当初は南方まで手がまわらず、趙佗の自立をしばらく認めていました。趙佗は漢に臣従して王に封じられた形をとりましたが、地元では「皇帝」と称し、皇帝にしか許されない黄色の琉璃瓦《るりがわら》の宮殿に住んでいたのです。本来なら、これは僭越《せんえつ》なことで、反逆の罪に問われかねません。けれども、趙佗はタカをくっていました。長安からは遠いし、南方は高温多湿の土地なので、とても遠征軍など送れないだろうとおもっていたのです。

表面上は藩属国で、事実上は独立国であった、この趙氏の南越がほろびたのは、漢の武帝の元鼎《げんてい》六年（紀元前一一二）のことでした。

このころ、漢は衛青《えいせい》や霍去病《かくきょへい》といった将軍たちの活躍で、建国以来の宿敵である匈奴を分裂させ、砂漠の北に撃退し、国威は旭日《きょくじつ》昇天の勢いだったのです。そして、南越にたいして、幼い王が王母とともに上京して参内《さんだい》し、忠誠を示すことを要求しました。

藩王は長安に赴いて参内するのが義務ですが、歴代の南越王は病気と称して上京せず、せいぜい息子を人質に送ることでごま化していたのです。僭称のことがありますので、それを理由に抑留されるおそれもあったからでしょう。

先代の南越王の嬰斉《えいせい》も、王子時代、長安へ行っていましたが、そこで邯鄲《かんたん》の樛《きゅう》氏の娘と結婚し、父王が重病になったので帰国したのです。即位してからは、漢がいくら使者を出して要求しても、長安に出ようとはしませんでした。その嬰斉が亡くなって、樛氏の生んだ興《こう》が王となったのです。例によって、漢の使者が来て、王と王母の参内を要求してきたわけです。王母の樛氏にとっては、長安はむかし住んだなつかしいところなので、使者にたいして参内を承諾しました。

ところが、丞相《じょうしょう》として三代の王に仕えた呂嘉《りょか》という老臣が承知しません。ここで、南越国は王母を中心とする親漢派と、呂嘉を中心とする独立派に分裂して争うことになったのです。ついに呂嘉は王母と漢の使者を攻め殺し、王の異母兄の建徳を南越王に立てました。これにたいして、武帝は大遠征軍を派遣したのです。漢の国力は、すでにそれを苦にしないほど充実していました。

遠征軍の主力は楼船（水軍）十万で、長江および淮河《わいが》以南の兵が召集されたのです。漢軍は五路から南下しました。そのなかには、巴蜀《はしょく》の囚人部隊や夜郎（貴州省の北）の兵まで含まれています。

楼船将軍の楊僕《ようぼく》は、城の東南に陣を取り、城に火を放ちました。南越の将兵たちは、西北に陣した漢の伏波将軍路博徳《ろはくとく》の軍営に追いこまれることになり、ことごとく降伏したのです。呂嘉も彼に擁立された建徳も、いったん海上に逃れましたが、まもなくつかまってしまいました。これによって、南越国は五代九十三年で亡びたのです。

現在の広州一帯は、こうして再び南海郡という名に戻りました。広州という名称がはじめて使われたのは、三国時代の呉になってからで、三世紀のことです。南北朝時代、この地が南朝に属したのは、いうまでもありません。南朝の梁《りよう》は広州都督府を置き、隋《ずい》は広州総管府を置きました。唐も広州です。天宝のころ南海郡とされた時期もありましたが、すぐに広州に戻っています。このころには、もう広州という地名はすっかりなじまれたのです。

広州は南海貿易の拠点でした。東南アジアはもとより、インド、アラビア、ペルシャとの交易も盛んでした。

五世紀のはじめ、西域から天竺《てんじく》（インド）にはいって取経した法顕《ほつけん》は、帰途、海路によりましたが、その自伝によりますと、耶婆提国（ジャワと推定されています）から広州へむかった、とあります。法顕の乗った商船は、暴風のため漂流して、山東省の膠州湾《こうしゆうわん》あたりに着いたのですが、目的地は広州だったのです。西から中国へむかう商船は、どの船も広州をめざしました。

七四九年、五回目の日本渡航に失敗した鑑真和上は、漂着した海南島から広西《カンシー》にはいり桂林《けいりん》まで行きましたが、広州太守の盧奐《ろかん》に迎えられて、一春を広州にすごしています。『唐大和上東征伝』によりますと、当時の広州には、インド僧の寺が三ケ所もあり、在留外国人も多かったということです。港には世界各地から船が集まり、世界の珍宝が積まれてきていました。これによっても、広州がいかに繁栄していたかがわかるでしょう。

唐末、黄巣《こうそう》という人物が造反をおこしました。そのころ、造反の幹部に官職を与えて懐柔する方法がよく用いられていたのですが、黄巣は八七九年、広州を包囲したとき、唐朝に広州節度使の官職を要求したといわれています。しかし、唐朝はこれを拒絶しました。役得の多いポストらしく、これを造反の頭目に与えるのは惜しいとおもったのでしょう。黄巣は怒って、広州を攻め陥《おと》してしまいました。けれども、酷暑と疫病のため、兵隊がつぎつぎとたおれるので、黄巣は広州をすぐに放棄して、北上せざるをえなくなりました。

広州は裕福で魅力のある土地ですが、薔薇《ばら》に刺《とげ》があるように、瘴癘《しょうれい》という毒素ももっていたのです。

広州を訪ねる人は、かならずといってよいほど越秀《えつしゅう》公園に遊ぶでしょう。そこから広州全市を見おろすことができるからです。ことにそこにある鎮海楼は、五層の古楼で、眺望もすぐれています。この楼は明初に建てられたのが火災にかかり、嘉靖《かせい》十五年（一五三六）に提督の張経が再建したものです。その後、清代にも修復されましたが、久しく荒廃していたのを、解放後にまた修復して、現在は博物館となっています。

楼前にはアヘン戦争時代の古い大砲も展示されていて、歴史ファンには興味深いものがあります。越秀公園にはプールや体育場もありますが、体育場のかたわらの高みにそびえているのが中山記念碑です。

孫文は広東《カントン》省の香山県に生まれました。香山県はいま中山《ちゅうざん》県と改名されていますが、広州市の南七十余キロのところにあります。もちろん孫文と広州市との関係も深く、若いころ広州の博済医学校に学び、ここで開業したこともありました。孫文が計画した最初の武装蜂起《ほうき》も広州においてで、これは失敗して、同志の陸皓東《りくこうとう》が犠牲となり、孫文は日本に亡命しました。一八九五年十月のことです。

第二回の蜂起は、義和団事変のおこった一九〇〇年の十月のことで、場所は広東省の恵州でした。これは補給難のために失敗しました。

一九一一年十月の武昌《ぶしょう》蜂起で辛亥《しんがい》革命が成り、清朝が崩壊するのですが、その年の旧暦三月末、広州での蜂起失敗は黄興《こうこう》が指揮したもので、孫文はヨーロッパ遊説中でした。この失敗によって革命党は、その精鋭を多数失ったのです。痛恨のきわみといわねばなりません。

清朝当局は、このときの革命党の戦死者を、刑死人の共同墓地に葬らせることにしましたが、ここに一人の義人がいて、黄花崗《こうかこう》の土地を寄附して、戦死者を合葬したのです。収容された遺体は七十二で、ほとんどが日本留学生だったといわれています。

広州市の東部、白雲山の麓《ふもと》、動物園のまえの道路を先烈路と呼びますが、黄花崗はその路のほとりにあります。そこには「七十二烈士之墓」があり、その前に供花の絶えることはありません。事件は革命党員の総督公署突入ではじまったのですが、いまは戦死者の墓地の名をとって、黄花崗事件と呼ぶことがあるようです。

先烈路の西端には、「広州起義烈士陵園」があります。

一九二七年は、上海《シャンハイ》で蔣介石《しょうかいせき》の白色テロがあり、八月一日に南昌で武装蜂起（建軍記念日になっています）があったりして、革命の歴史でも重要な年ですが、広州でも十二月十一日に中国共産党の指揮する蜂起がありました。広東コンミューンが樹立されたのですが、国民党の李福林《りふくりん》軍がこれに攻撃を加え、コンミューンに参加した共産党員や労働者が数千人も犠牲になりました。

この蜂起の犠牲者を記念して、一九五四年につくられたのが、この「広州起義烈士陵園」です。

革命の策源地であった広州には、革命の遺跡がすくなくありません。烈士陵園からほど遠くない「農民運動講習所旧址《きゅうし》」もその一つです。ここはもと廟《びょう》だったのですが、一九二六年二月、毛沢東がこの農民運動講習所所長となり、革命的農民を教育しました。現在は革命遺跡として、各地からの参観者に開放されています。内部はできるだけ当時の状態に復原されていて、革命の歴史を研究するうえで、たいそう参考になります。

越秀公園のそばの解放北路を南に行き、さらに東へ折れたところに中山記念堂があります。いうまでもなく孫文を記念するために建てられたものです。

魯迅《ろじん》は広東コンミューンの蜂起のあった一九二七年の一月に広州に来ました。前の年、厦門《アモイ》大学文科教授となりましたが、学校当局のやり方に不満で辞職していたのです。広州では中山大学の文学系主任と教務主任を兼ねました。魯迅が広州に来たのは、郭沫若《かくまつじやく》や郁達夫《いくたつふ》たち創造社の人たちと協力しようとおもったからです。けれども、魯迅が広州に来たときには、郭沫若は北伐に従軍して広州にいませんでしたし、郁達夫たちも広州を去っていました。

広州滞在中、魯迅は香港《ホンコン》に招かれて、二回講演をおこないましたが、講演原稿は当局の削除訂正を受けて、はじめて新聞に掲載することが許されたのです。さらに四月になりますと、武装警官隊が中山大学を包囲して学生四十名を逮捕するという事件がおこりました。魯迅は逮捕された学生を救出しようと努力したのですが、それもむなしく、彼の学生であった畢磊《ひつらい》たちは殺されたのです。魯迅は大学の招聘《しょうへい》状を返上して抗議を示し、やがて六月に正式に辞職しました。彼が広州から上海に移ったのは、この年の十月のことでしたから、広東コンミューン蜂起の直前のことだったのです。

魯迅の広州滞在は短かったとはいえ、このような激動期でしたから、関係は浅かったとはいえません。それを記念する魯迅記念館は、貢院跡に建てられています。

貢院というのは、封建時代の官吏登用試験場のことです。試験にはいろんな段階がありましたが、省の最高試験が郷試で、これに合格すると挙人となり、首都北京《ペキン》における会試の受験資格が与えられます。最後の試験に合格すると進士と呼ばれたのです。試験はまる暗記に強い人に有利で、思索力や創造力はほとんど考慮されません。まる暗記主義の受験戦場の跡に、創造的な思想家であり文学者であった魯迅の記念館が建てられているのは、なにか意味深長のようです。

広州は旧城の南を珠江《しゅこう》が流れていますが、現在の広州市は珠江以南も含まれています。ふつうその部分は河南と呼ばれていますが、現在の中山大学はその河南の一部の康楽というところにあります。孫文を記念して中山大学と名づけられたのですが、その前身は国立広東大学で、さらにそのまえは嶺南《れいなん》大学と呼ばれていました。

五嶺の南という意味で、古くから広東と広西の南部は嶺南と呼ばれていたのです。

広州は南にひらかれた窓であったと述べましたが、清代にあっては、「唯一の窓」といえました。なぜなら清朝政府は対外貿易を広州一港だけに限っていたからです。これは鎖国時代の日本が、長崎一港だけに交易を許していたのと似ています。

西欧の産業革命の波も、帝国主義の波も、中国にむかっては、まず広州におしよせたのはいうまでもありません。その大きな第一波はアヘン戦争でした。

アヘンは毒物ですから、清朝政府も輸入を禁止していたのですが、政府当局の無能や腐敗によって、禁輸は有名無実となっていました。アヘン輸入のため、中国の銀が流出し、重大な事態にまでなったのです。さすがの清朝政府も、アヘン取締りの強化を決意し、一八三八年、欽差《きんさ》大臣として林則徐を広州に派遣しました。林則徐はイギリス商人所有のアヘン約二万箱（一箱六十キロ）を没収して廃棄したのですが、これによって紛争がエスカレートし、一八四〇年、イギリスは艦隊を派遣しました。

強硬策をとりながら、イギリスの派兵に直面すると、清朝政府は腰くだけとなり、林則徐を罷免して、投降派の琦善《きぜん》をその後任としたのです。琦善は香港割譲、六百万ドルの償金支払を含む仮条約を結んでしまいました。さすがに清朝政府もこれを認めず、琦善を罷免したのですが、イギリスはあくまでも武力による脅威によって事を解決しようとして戦端をひらいたのです。

当時の清国の軍隊は腐敗していて、戦争の役に立たず、連戦連敗、長江に攻めこまれ、南京陥落目前のところで、清朝政府も屈辱的な「南京条約」を結ばねばならなくなりました。各国もイギリスにならって、つぎつぎと清国と不平等条約を結んだのです。

現在の人民路がむかしの広州城の西側の城壁の線でした。いまはもちろんすでに取り払われていますが、人民路以西が城外だったのです。人民南路の珠江寄りの西は、いまでも十三行街という名がついていますが、アヘン戦争の前はそこが外国人居留地でした。江戸時代の長崎出島のように、交易に来た外国人がそこに住み、原則としてそこから外に出ることは許されなかったのです。

アヘン戦争のあと、治外法権をもつ租界が開港場につくられましたが、広州の場合、十三行街の南の珠江の中洲《なかす》を埋め立て、「沙面《シャーメン》」と称したものがそれでした。沙面の西部がイギリス租界で、東部がフランス租界だったのです。中国のなかにありながら、中国の警察権も司法権も及ばない、屈辱のシンボルのような土地でした。

沙面の東に珠江をまたぐ人民大橋がかかっています。そのかたわらに、「沙基《さき》惨案烈士記念碑」がたっているのです。沙基事件は一九二五年におこりました。香港と沙面の租界で働いていた中国人労働者約三万が、広州にひきあげるといったストライキがあったのです。これは愛国運動の一環で、六月二十三日、約六万人が参加するデモ行進が、沙面に通じる沙基路で、イギリス租界から発砲をうけました。このとき、中国人側は五十二人の死者とおびただしい負傷者を出したのです。この事件に憤慨した中国人は、全国的な抗議デモをおこない、香港の労働者の総ひきあげがあり、香港はその機能を喪失しました。イギリス商品や貨幣のボイコットが徹底的におこなわれ、これはじつに十七ケ月間もつづいたのです。中国の愛国運動が最も高揚した時期で、イギリスもついに譲歩せざるをえなくなりました。

沙基惨案烈士記念碑は、このときイギリス側の発砲によって犠牲になった人たちを記念するために、その現場にたてられたものです。

記念碑といえば、越秀公園から飛行場へ行くまでのあいだの三元里というところにも、「三元里抗英記念碑」がたっています。

一八四一年五月二十四日のビクトリア女王の誕生日を期して、イギリス軍は広州再攻撃を始め、十三行街に上陸し、その主力は残虐のかぎりを尽して、泥城《でいじょう》から四方砲台にむかいました。アヘン戦争における重要な一齣《こま》ですが、このとき、例によって清の政府軍は戦わずに撤退したのです。けれども、英軍の残虐行為に憤慨した三元里の住民たちは、鍬《くわ》や鋤《すき》や棒などを武器として集まり、「平英団」(イギリスを平らげる団)という幟《のぼり》を立てて抵抗しました。このレジスタンスに集まった住民は二万といわれます。

平英団は三元里郊外で、マドラス第三十七歩兵団など一千名の英軍を包囲しました。折からの豪雨で、雨に弱いフリント・ロック銃を使っていた英軍は全滅寸前だったのです。そこへイギリスから依頼された広州府の知事がやってきて、「もし包囲を解かねば、六百万ドルの賠償金を三元里の住民に払わせる」などとおどして、やっと平英団を解散させたのです。イギリスの軍隊をおそれず、敢然とたちあがった三元里の平英団の勇気ある行動を記念するために、これまたその現場に記念碑がたてられたのです。

アヘン戦争の遺跡は、ほかにも虎門《こもん》があります。珠江が広州からマカオ附近に流れ出る河口に、虎門水道があり、林則徐がイギリス商人から没収したアヘンを処分したのも、砲台守備の水師提督関天培《かんてんばい》が、壮烈な戦死をとげたのもこのあたりでした。河口の伶仃洋《れいていよう》や磨刀洋は、当時のアヘン貿易の最も盛んなところだったのです。

このように、広州は近代史の遺跡がいたるところにあるまちです。けれども、古代の遺跡がまったくないわけではありません。まえに述べた鎮海楼は明代の創建でした。広州のまちを歩いていますと、二つの塔がよく目につきます。その一つは六榕寺《りくようじ》の花塔といわれるものです。六榕寺は南朝の梁の大同三年（五三七）建立と伝えられています。そのとき、西域に仏骨を得て塔を建てたのですが、火災にかかり、北宋《ほくそう》の元祐《げんゆう》五年（一〇九〇）に土地の人が再建したのが現在の花塔です。細身のすらりとしたかんじの塔はきわめて優雅にみえます。九百年の歳月を経ていますので、このあいだ補修工事がおこなわれました。もう一つの塔は、イスラム教の礼拝堂である懐聖寺の光塔です。

外国貿易の中心であった広州には、古来、数多くの外国人が住みつき、それぞれの信仰生活を送っていました。鑑真滞在中も婆羅門《ばらもん》寺があったと記録されていることは前述したとおりです。大食《タージ》（アラビアおよびペルシャも含めることがある）の人たちが、広州におおぜい居留していたことは、文献にものっています。越秀公園の近くにも、「清真先賢古墓」というのがあり、マホメットの母の兄弟で、広州に使節として来て客死したワッカスの墓と伝えられています。碑文によれば、ワッカスは唐の貞観《じょうがん》三年（六二九）に死去したということです。

とくに歴史的遺跡というのではありませんが、流花公園や荔湾《れいわん》公園は市民の憩いの地として知られています。年に二度ひらかれる広州交易会には、世界各地から商人が集まりますが、彼らにとっても、忙しい商談のあいだの憩いの場所となっています。

おもに広州市について述べましたが、最後に広州近郊のことにすこしふれることにしましょう。広州市の西南に仏山市《ぶつざんし》があります。ごく近くなので、車で行ってもほかのまちに出かけたという気がしないほどです。仏山はむかしから生産都市でした。現在でも広東省のなかで最も紡績業の盛んな都市です。また製陶業もなかなか盛んですが、おもに日用の器具をつくっています。景徳鎮のように、芸術作品を多くうみ出す日も、そんなに遠くないでしょう。近代的な製鉄業がおこる前、仏山は鉄工所がたくさんあったところです。西欧からの鉄製品の輸入によって、仏山の鉄工所は軒なみ大打撃を受けたといわれています。

仏山には祖廟という有名な廟があり、北宋の創建で、約九百年の歴史をもっています。現在は北京の故宮とおなじように、博物館となっていますが、香港やマカオから里帰りした中国人や、各地華僑《かきょう》がよく訪れるところです。博物館内には、八大山人《はちだいさんじん》の花鳥や清代の陶磁器などの名品が展示されていますが、黎簡《れいかん》のような広東出身の画人の作品もあって、地方色もうかがわれます。

　現在、仏山市の人口は二十五万で、祖廟のほかにも仁寿寺の塔など、旅行者の目を慰めてくれる場所があります。広州から近いことで、これからも観光地として開発されることでしょう。

　広州市の北約三十キロほどのところに花県《か》があります。そこは太平天国の領袖《りょうしゅう》であった洪秀全の故郷です。洪秀全が生まれたのは、県城の西北の福源水というところですが、まもなく洪家は家をあげて官禄垳《かんろつぷ》村に移住しました。官禄垳村は、現在の花県新華人民公社に属している大垳大隊のあるあたりです。花県の県城のすぐ近くです。

　洪氏宗祠《そうし》であった建物が、現在は広東省花県洪秀全記念館となっています。また省の重点文物保護単位として、洪秀全故居が指定されています。すぐ近くに太平天国の幹部であった洪仁玕《こうじんかん》の故居の遺跡もあります。彼らは一族だったのです。また洪秀全が教師として教鞭《きょうべん》をとった村塾もあります。しかし、これらの遺跡は、辛亥革命以後になって復原したのが大部分です。清朝にとっては、洪秀全は謀反人ですから、それを記念するような建物などはほとんど破壊されました。現在、私たちの目のまえにあるのは、できるだけ原状に近く復原されたものです。

　たとえば、洪秀全が教えた塾は、一九六二年に復原されたもので、そこにかかっている「書房閣」という額は、郭沫若の筆になるものでした。その近くに一本の龍眼《りゅうがん》の木がありますが、これは洪秀全が植えたものだと言い伝えられています。なお洪秀全の生家である福源水は、解放後、ダムがつくられたので、いまは水の底にあるわけです。そこは福源水庫と呼ばれていますが、それにつながるところに、一九五八年にもっと大きなダムがつくられ、原名は海埔というのでしたが、

「洪秀全水庫」と名づけられました。長さ七キロに及ぶダムです。洪秀全の名を冠したダムは、おおぜいの農民たちに恩恵を与えているわけです。約二万ヘクタールの農地を灌漑《かんがい》する全長百キロの用水路が、そのあたりにめぐらされています。このダムが完成したあと、旱魃《かんばつ》にみまわれることはなくなり、稲作二回と小麦との三毛作がつねに可能となったのです。洪秀全蜂起の理想が、ようやく実現しつつあるといえるでしょう。

仏山市をすこし西へ行くと肇慶《ちょうけい》市があります。西江が流れていますが、そのあたりは羚羊峡《れいようきょう》と呼ばれ、その南岸のいちばん端の谷を、「端渓」と称しています。肇慶市近辺を、かつては端州と呼んだ時代もありました。鑑真和上に日本渡来を請い、つねに和上の側近にいた日本僧の栄叡《ようえい》が病死したのは、この端州の龍興寺であったのです。一九六二年、鑑真和上逝世千二百年の年、この地に栄叡の記念碑が立てられました。

端渓はまた名硯《めいけん》の産地として知られ、日本の文人たちに親しまれてきたのは周知のとおりです。むかしから日本に渡ってきた端渓の硯《すずり》は、おびただしい数にのぼるでしょう。

（この作品は一九八一年四月、東方書店より刊行されました）

中国歴史の旅

二〇〇五年 三 月三十一日　初版第一刷

著　者　陳《ちん》舜《しゅん》臣《しん》

発行者　杉田早帆

発行所　株式会社　たちばな出版
〒一六七-〇〇五三
東京都杉並区西荻南二-一七-八 2F
TEL　〇三-五九四一-二三四一(代)
FAX　〇三-五九四一-二三四八

印刷所　凸版印刷株式会社

定価はカバーに記載してあります。
落丁本・乱丁本はお取り替えいたします。

ISBN4-8133-1876-2

㈱たちばな出版ホームページ　http://www.tachibana-inc.co.jp/